희망이 떠나면 무엇이 남는가

신데렐라
포장마차
2

희망이 떠나면 무엇이 남는가

신데렐라 포장마차2

ⓒ 정가일 2020

초판 1쇄	2020년 3월 13일		
지은이	정가일		
출판책임	박성규	펴낸이	이정원
편집주간	선우미정	펴낸곳	도서출판 들녘
디자인진행	한채린	등록일자	1987년 12월 12일
편집	박세중·이수연	등록번호	10-156
디자인	김정호	주소	경기도 파주시 회동길 198
마케팅	정용범	전화	031-955-7374 (대표)
경영지원	김은주·장경선		031-955-7381 (편집)
제작관리	구법모	팩스	031-955-7393
물류관리	엄철용	이메일	dulnyouk@dulnyouk.co.kr
		홈페이지	www.dulnyouk.co.kr
ISBN	979-11-5925-507-6 (04810)	CIP	2020005935
	979-11-5925-279-2 (세트)		

이 도서의 국립중앙도서관 출판예정도서목록(CIP)은
서지정보유통지원시스템 홈페이지(http://seoji.nl.go.kr)와
국가자료공동목록시스템(http://www.nl.go.kr/kolisnet)에서 이용하실 수 있습니다.

까다로운 라틴어 해석에 도움을 주신
성염 요한 보스코 교수님께 깊은 감사를 드립니다.

차 례

솔
베
로
니
크

솔 베로니크 *sole veronique*

- 서대기와 포도소스로 만드는 대표적인 프랑스 요리.

서대기는 맛이 매우 섬세하여 진한 소스를 사용하면 향을 잃어버리는데 청포도로 만든 소스가 가장 잘 어울린다. 조리법은 아주 간단하다. 버터를 녹여 칠한 서대기를 석쇠에서 오 분 정도 앞뒤로 굽고 청포도를 졸여 만든 소스를 위에 뿌려주면 된다. 옛날부터 도버해협의 서대기가 맛있기로 유명했지만 지금은 남획으로 개체수가 많이 줄어들어서 산란기에는 조업을 금하고 있다.

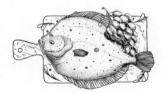

엽서를 뒤집자 프랑스어로 쓴 몇 줄의 문장이 있었다.

CDoerrnnuicèorpei garCâocren duec DoopuivarCeosr

Dnouuccoep BiiajCoourxn due cMoopiisasCaocr

MnaulceobpoilagCioar, Mnèurceo, RpeiianCeo dren l'uecnof-

peira

아무도 말을 하지 않았다. 아니, 말을 할 수 없었다. 문제의 처음부터 이런 것이 나올 줄은 상상도 하지 못했다. 이철호 회장이 고개를 갸우뚱했다.

"이건… 무슨 글이지? 프랑스어도 아니고…."

"영어도 아닌 것 같은데? 무슨 말인지 모르겠어요?"

소주희도 고개를 갸우뚱했다.

"전혀 모르겠어요."

— ·◦◦◦◦· —

경쾌한 로고송이 울리며 지적인 얼굴의 중년 남자 아나운서가 억지로 입가를 끌어올린 미소를 지으며 인사했다.

"안녕하세요. '미드나잇 포커스' 진행자 이진하입니다. 오늘은 최근 한국에서 많이 발생하고 있는 고미술품 및 문화재 도난 사건에 대해서 각계 전문가들을 모시고 의견 들어보는 시간을 마련했습니다."

카메라가 이동하며 가운데 테이블을 기준으로 양쪽에 두 명씩 앉아 있는 패널들을 비추었다.

"먼저 H대 미술사학과 교수로 재직 중이신 박인순 교수님."

방청객들의 박수를 받으며 박 교수가 고개를 숙였다.

"경찰 출신의 황금철 변호사님."

사각형 얼굴에 굳건한 표정을 한 남자가 인사했다.

"전직 여당 국회의원 이상미 전 의원님."

날카로운 눈매에 굳게 입을 다문 중년 여인이 살짝 고개를 숙여 인사했다.

"마지막으로 한국미술가협회 고문을 맡고 계신 신기원 교수님."

북어처럼 마른 늙은 남자가 힘겹게 고개를 숙였다.

"그리고 이 자리에 직접 오시지는 못했지만 H대 미대 교수이자 이전 정부에서 문화부장관을 역임하셨던 김성기 전 장관님이 연결되어 있습니다. 장관님 안녕하십니까?"

사회자의 왼쪽에 있는 대형 모니터가 켜지며 초췌한 얼굴의 노인이 화면 가득 나타났다. 밀가루를 뒤집어 쓴 것처럼 하얗게 센 머리와 눈썹이 그를 한층 더 늙어 보이게 만들었다. 사회자를 비롯해 패널, 참석자 모두가 그의 모습에 깜짝 놀랐다. 불과 몇 년 전만 해도 젊은이 못지않게 의욕적으로 활동하던 사람이었기 때문이다.

"안녕하십니까?"

전 장관은 깨진 유리를 긁는 것 같은 갈라진 목소리로 인사했다. 머리를 드는 것조차 힘들어 보였다.

"최근, 한국의 고미술품과 문화재가 도난당하는 사건이 증가하고 있습니다. 2017년 기준으로 도난당한 문화재는 이천백사십구 점에 달하지만 같은 기간 도난당한 문화재가 회수된 비율은 고작 삼십오 퍼센트에 불과합니다. 일부에서는 모든 국보와 문화재를 정부가 한곳에 모아서 관리해야 한다는

의견까지 나오고 있습니다. 황금철 변호사님, 도움 말씀 부탁
드립니다."

다부진 얼굴의 남자가 말을 받았다.

"네, 경찰은 이들 문화재 다수가 이미 해외로 밀반출된 것
으로 보고 인터폴에 협력을 요청한 상태지만 솔직히 해결은
요원합니다."

"문화재 도난 사건은 오히려 매년 증가하고 있습니다. 이유
가 뭘까요?"

"네, 그건…."

"한마디로 시스템 부재가 문제죠!"

황 변호사가 대답하려는 순간 이상미 전 의원이 끼어들
었다.

"범죄자들의 수법은 날로 진화하는데 경찰의 수사 방법은
아직도 구태의연한 과거 방법 그대로를 답습하고 있습니다."

사회자는 나지막이 한숨을 쉬고 카메라맨 뒤의 담당 PD
를 노려보았다. 저 사람은 이전에도 항상 다른 사람의 말을
끊고 자기 할 말만 하는 유형으로 토론의 맥을 끊는 것으로
유명했다. 절대 섭외하지 말라고 말렸지만 "저런 사람이 나와
서 '어그로'를 끌어줘야(악역을 맡아줘야) 시청률이 오른다"며
PD가 기어이 섭외한 것이다.

"실제로 한국에서 경찰 한 사람이 담당하는 국민의 수는 오백이십 명에 달합니다. 기본 치안 유지도 어려운 상황에서 문화재나 다른 사건까지 처리하는 건 현실적으로 무리가 있습니다."

황 변호사가 구체적인 수치를 제시하며 대답했다.

"그걸 되게 해야죠! 안 되면 되게 하라! 모르세요?"

하지만 이상미 전 의원은 자기 할 말만 하고 있었다. 입술에 한껏 힘을 주고 있어서 턱이 도드라져 보였다.

"아니, 무슨 '새마을운동' 합니까? 정말 중요한 건 문화재에 대한 국민의 전반적인 인식이 부족하다는 겁니다!"

박인순 교수가 높은 톤의 경상도 사투리로 말했다.

"아니, 그것보다 국제사회와 함께…."

이들의 말싸움에 다른 사람들까지 끼어들며 스튜디오는 난장판이 되어버렸다. 사회자가 분위기를 바꾸기 위해 말을 잘랐다.

"자, 다들 조금 진정하시고 우리 김성기 전 장관님 말씀을 좀 들어보겠습니다. 장관님, 이 문제는 이전 정부에서도 계속 언론의 지적을 받아왔던 사항 아니겠습니까? 이 문제를 어떻게 처리해오셨는지 여쭤보고 싶습니다."

"잠깐만…."

화면 속의 노인이 떨리는 손으로 뭔가를 입에 털어 넣었다.

"전 정부는 사실 저런 문제에 아주 무능했습니다. 그들은 미개하게 토목사업으로 경기를 부양시키는 정책을 고수해서 문화복지예산을 모두 삭감했습니다. 그 결과가 바로 오늘의…"

이상미 전 의원이 입에 거품을 물고 쏘아댔다.

그런데 화면 속 전 장관의 상태가 좀 이상했다. 숨을 몰아쉬며 답답한지 손으로 목을 쥐어뜯었다. 입에서 하얀 거품이 새어나왔다. '끄으윽' 하는 신음과 함께 의자 등받이에 기대어 괴로워하더니 기어이 쾅 소리를 내며 책상에 엎어졌다. 카메라 앞에 놓인 얼굴이 부릅뜬 눈으로 카메라를 노려보았다. 부들부들 몸을 떨다가 이윽고 미동도 하지 않게 되었다. 사회자를 포함한 모두가 충격에 휩싸였다. 다들 눈을 동그랗게 뜨고 서로를 쳐다보았다. 담당 PD가 손으로 목을 자르는 시늉을 하며 입 모양으로 "컷! 컷!"을 외쳤다. 너무 놀라서 얼어붙은 사회자의 얼굴을 끝으로 갑자기 텔레비전 화면이 꺼지며 '기술적 결함으로 임시 화면을 송출합니다.'라는 문구가 떠올랐다.

소년은 두려움에 떨며 침대에 누워 있었다. 이제 곧 '그것'이 온다! 몸을 움직여보지만 손도 발도 움직이지 않는다. 눈을 꼭 감아보지만 아무 소용없다. 이미 '그것'은 방 안에 있다. 보이지 않아도 느낄 수 있다. 역겨운 냄새가 난다. 짙은 숲속의 어둠 같은 축축하고 비릿한 냄새가 방 안에 가득하다. 턱이 덜덜 떨린다. 춥다. 뼛속까지 냉기가 들어차는 것처럼 춥다.

눈을 뜨고 발아래를 본다. 아무것도 없다. 하지만 안심할 수 없다. 그것은 언제나 의외의 공간에서 나타난다. 조심스럽게 눈을 돌려 왼쪽을 본다. 아무것도 없다. 다시 오른쪽을 본다. 역시 아무것도 없다. 조금 마음을 놓는다. 어쩌면 오늘은 안 오는지도 모른다. 오늘 밤만은 이대로 편하게 잘 수 있을지도 모른다. 그렇게 생각하니 갑자기 잠이 온다. 긴장이 풀어지면서 애써 참았던 잠이 벌어진 풍선 꼭지에서 바람 새어나오듯 한꺼번에 터져 나왔다. 실낱같은 희망을 품으며 크게 하품을 한다. 그 순간 역한 숨결이 얼굴에 와 닿는다. 소년은 그대로 얼어붙었다. 차갑고 습한 피비린내 같은 숨결…. 고개를 들어 위를 본다. 녀석이다!

까마귀 가면을 쓴 악마! 그가 침대 머리맡에서 소년을 내려다보고 있다. 강철 같은 긴 부리 뒤로 검은색 깃털로 덮인 얼굴, 유리처럼 검고 둥근 두 눈 뒤로 빨갛게 빛나는 눈동자…. 검은색 머리 꼭대기에 달린 빨간색의 긴 발. 까마귀가 말한다.

'세 발 까마귀의 세 번째 발은 머리 위에 있다.'

비명을 지르지만 소리가 나오지 않는다. 손발을 휘저어도 움직이지 않는다. 그저 누운 채로 까마귀를 쳐다볼 뿐이다. 눈 좌우로 차가운 눈물이 흐른다. 아무것도 없던 왼쪽 벽에서 까마귀가 툭 튀어나온다. 오른쪽 벽에서도 검은 그림자가 꿈틀대는가 싶더니 까마귀 한 마리가 튀어나온다. 침대 발치의 어둠 속에서 거대한 검은 그림자가 일어선다.

까마귀들의 왕이다! 이 미터가 넘는 거대한 까마귀…. 목 부분이 빨갛고 노란 털로 뒤덮여 있다. 검은색 망토 사이에서 두 개의 창백한 손이 튀어나온다. 왼손은 손가락 세 개를 편 채로, 오른손에는 모래시계가 들려 있다. 빨간 눈동자가 소년을 쳐다본다. 왼손의 손가락 한 개가 접히자 펼친 손가락이 두 개가 되었다.

"이제 곧 시작된다! 종말이!"

까마귀왕의 눈이 빨갛게 빛난다. 그리고 오른손의 모래시계가 밑으로 떨어진다.

⟨≈⟩

'삐비비비빅! 삐비비비빅!'

신영규는 눈도 뜨기 전에 휴대폰을 움켜쥐었다. 신호음이
꺼지며 다급한 목소리가 이어졌다.

"팀장님! 사건입니다."

김 형사였다.

"알았다!"

휴대폰을 제멋대로 던지고 신영규는 양손을 움직여보았
다. 다행히 손은 제대로 움직인다. 꿈속에서 그는 한 번도 어
른인 적이 없었다. 지난 이십 년간 그는 언제나 무기력한 어린
아이 모습 그대로였다. 그가 그 집에 들어가던 바로 그때의 모
습이다. 엄마와 떨어져 도깨비 소굴 같은 그 집에 들어갔던 그
날 이후로 악몽은 언제나 똑같은 모습으로 그를 짓눌렀다. 무
슨 수를 써도, 어디에 가도, 그 꿈에서 벗어날 수 없었다. 변한
것이 있다면 이제 까마귀왕의 손가락이 두 개로 줄었다는 것
뿐이다. 무슨 의미일까? 신영규는 곧장 화장실로 가서 세면대
의 차가운 물속에 얼굴을 담갔다. 꿈속의 냉기와는 다른 신선

한 차가움이 머리를 맑게 해주었다.

'이제 됐다!'

자신은 더 이상 꿈속에 있지 않음을 자각하며 거칠게 세수를 했다.

'나는 아이가 아니다!'

치약이 아니라 소금으로 이빨을 닦았다.

'나는 무력하지 않다.'

맨 얼굴 그대로 면도용 칼로 빠르게 면도를 했다.

'나는 아무것도 두렵지 않다!'

빗질해서 머리를 정리해 넘기고 똑같은 옷이 몇 벌이나 있는 옷장에서 세련된 양복을 꺼내 입었다.

전화를 받고 십 분도 안 된 사이에 그는 이미 나갈 준비를 마쳤다.

그의 직업은 정상적인 잠자리를 보장하지 않는다. 그래서 그는 이 일을 좋아한다.

고개를 들어 거울을 보자 등 뒤에서 큰 까마귀 한 마리가 그를 노려보고 있었다.

'평소와 똑같다!'

휴대폰과 자동차 키를 들고 신영규는 무표정한 얼굴로 밖으로 나갔다. 닫히는 문 뒤에서 까마귀가 배웅하듯 '까악!'

하고 울었다.

도곡동의 고급 아파트 '노블 프라이드'는 대한민국 최상위 일 퍼센트가 모여 사는 곳이다. 아파트 한 채에 몇 십억을 넘는 집값이나 한 달에 수백만 원에 달하는 관리비는 물론 정치가에 연예인, 스포츠 스타 등 대단한 사람들만 모여 사는 곳이라 그런지 보안이 물샐틈없이 철저한 것으로도 유명하다. 외부인이 안으로 들어가려면 청와대 급의 보안 절차를 거쳐야 하는 것으로 악명이 높아서, 다른 아파트는 날마다 시끄러운 잡상인들의 소음에 시달려도 이곳만은 먼 바다의 무인도처럼 조용한 일상이 유지된다. 하지만 오늘 밤은 달랐다. 아파트 주변은 각종 언론매체에서 나온 방송용 차량과 기자, 카메라맨으로 둘러싸여 대만의 야시장처럼 북적거렸다. 인터뷰 도중에 죽은 김성기 전 장관이 이 아파트에 살고 있었기 때문에 불과 몇 시간 만에 경찰차와 방송사의 차들이 벌 떼처럼 아파트 근처로 몰려들었다. 완강한 경비원들도 공권력 앞에서는 어쩔 수 없이 철문을 열어주었지만, 여전히 외부인의 출입은 막고 있었다. 기자들은 아파트 정문에 갈대처럼 빽빽이

진을 치고 서서 출입하는 경찰차량과 구급차 등만 보이면 득달같이 달려들어 현장을 중계하고 있었다.

"김성기 전 장관이 살던 이곳 노블 프라이드는 현재 많은 취재진과 경찰차, 구급차 등이 북새통을 이루고 있습니다. 아, 말씀드린 순간 자동차 한 대가 정문으로 다가오고 있습니다. 잠깐 여쭤보겠습니다."

기자가 마이크를 앞세우고 다가왔지만 은색 포르쉐는 그를 무시하고 곧장 정문으로 달려갔다. 은색 포르쉐가 다가오자 막아섰던 경비들이 신영규가 내민 경찰수첩을 보고 황급히 무거운 철문을 열어주었다. 포르쉐가 안으로 들어가는 그 짧은 틈새에 카메라맨들이 벌 떼처럼 달려들어 아파트 내부를 촬영했다. 폭죽이 터지듯 연속으로 플래시 불빛들이 터졌다.

"나다. 어디야?"

신영규가 눈을 찡그리며 블루투스 마이크로 말했다.

"팔 층 D호입니다."

김정호 형사가 대답했다. 같은 경찰이지만 김정호 형사의 근면함은 정말 비교할 바가 없을 정도였다. 언제나 현장에 가장 먼저 도착하고 가장 먼저 주변을 탐문한다. 느리게 천천히 움직이는 예전의 김건과는 또 다른 타입이었다. 과연 이 친구가 잠을 자나 싶을 정도였다. 아마 내일 경찰서에도 가장 먼저 와 있을 것이다.

차에서 내린 신영규는 먼저 경비실로 가서 사망자의 동선과 행적, 방문자 등을 확인했다. 이미 형사들이 몇 번이나 다녀간 뒤라 경비과장은 찌푸린 얼굴과 반대로 순순히 묻는 말에 대답해주었다.

"어제 방문자는 없었습니다. 가장 최근에는 삼 일 전에 젊은 여자 한 분이 왔었어요."

"젊은 여자?"

"제자라는데 비서처럼 평소에 수행하는 분이었습니다."

신영규는 그 비서의 이름과 연락처를 휴대폰에 기록하고 밖으로 나갔다.

경찰들이 입구에서부터 경비를 서고 있었다. 순경들의 경례에 고개를 끄덕이고 엘리베이터로 곧장 팔 층으로 올라갔다. 내리자마자 한눈에 D호의 위치를 알 수 있었다.

활짝 열린 문으로 복도까지 밝은 불빛이 흘러나오고 있었다. 경관들과 형사들, 과학수사대원 등으로 북새통을 이루는 집 안으로 신영규는 천천히 걸어갔다.

"팀장님!"

입구에서 기다리던 김 형사가 달려왔다. 그의 등 뒤로 보이는 장식장에 여러 나라에서 사온 듯한 커피 머그잔들을 모아 놓은 것이 보였다. 집주인의 취향을 잘 알 수 있었다.

"빨리 오셔야겠습니다. 안에서 좀 문제가…"

"문제?"

신영규가 집 안으로 들어가자 화난 목소리로 뭔가를 지시하고 있던 삼십 대 전후의 대가 세 보이는 여자가 그를 보고 인상을 찌푸렸다. 그리고 그 얼굴 그대로 그를 막아섰다.

"강남서 강력계 오유령 팀장입니다. 신영규 팀장님이시죠?"

살짝 드러난 경상도 말투 속에 짜증이 섞여 있었다.

신영규는 앞에 있는 사람을 보지도 않고 아파트 내부만 훑어보고 있었다.

그의 태도에 오유령 팀장이 발끈했다. 그녀 역시 신영규 못지않게 빠르게 출세한 재원이었다. 전국에서 몇 안 되는 여성 강력계 팀장으로 여성계의 많은 지지를 받고 있었다. 일각에서는 지나치게 정치적이라 평했지만 많은 사람들이 그녀를 장래 여성 경찰청장감으로 점치고 있었다. 그리고 어느 누구보다 본인이 그렇게 믿고 있었다.

"아니, 자살이 분명한 사건인데 왜 사체를 못 내가게 하세요? 지금 팀장님 때문에 저희들 집에도 못 가고 이게 뭡니까?"

신영규가 벽으로 천천히 걸어갔다. 벽에는 레오나르도 다빈치의 〈최후의 만찬〉이 걸려 있었다. 실물과 같은 크기의 정교한 모사품으로 그림물감의 양감까지 그대로 재현되어 있었다.

"이거 대단한데?"

"뭐 말입니까?"

"이 그림."

신영규가 그림을 가리켰다.

"이건 단순한 모사품이 아니야. 이대로 밀라노의 산타 마리아 델레 그라치에 성당에 가져다 걸어도 차이를 못 느낄 만큼 정교하게 만들어진 그림이다."

"이런 그림을 어디서 샀을까요?"

"파는 물건이 아닐 거야. 이렇게 정교한 모사품은 본 적이 없어."

신영규와 김정호는 한동안 그림을 빤히 처다보았다. 보면 볼수록 잘 만든 가짜였다.

"둘이서 뭐하세요?"

오유령 팀장의 가시 돋친 말을 흘려들으며 신영규는 옆으로 시선을 돌렸다.

한쪽 벽면의 책꽂이에는 프랑스어로 된 책이 빽빽이 꽂혀 있었다. 철학부터 예술사, 화집에 이르기까지 전 분야에 걸친 인문학 원서로 가득 차 있었다. 한 권을 빼 보니 중요한 부분에 메모지를 붙이고 뭔가 메모를 잔뜩 해두었다. 책은 단순한 장식품이 아니었다. 집 안 곳곳에 그림과 미술품이 적절하게 배치되어 있어서 고고한 문화의 기운이 잔잔하게 흐르고 있었다.

"그리고 아무리 광수대(광역수사대)라도 다른 구역까지 굳이 찾아오시는 이유가 뭡니까? 저희가 처리하고 나중에 자료 보시면 되잖아요?"

노기등등한 오유령 팀장 못지않게 강남 경찰서 형사들도 불만이 많은 모양이었다. 노골적인 시선들이 두 사람을 향하고 있었다. 김정호 형사는 불안한 표정으로 시선을 피했지만, 신영규는 태연하게 그들과 시선을 마주하며 코웃음을 쳤다.

"오유령 팀장?"

신영규가 맥을 끊듯 오 팀장의 이름을 불렀다.

"네?"

"지금 자살이 확실하다고 했나?"

신영규는 경찰대 후배인 오유령에게 존댓말을 할 생각이

없어 보였다. 사실, 그는 선배에게도 존댓말을 할 생각이 없었다.

"당연하죠! 온 국민이 지켜보던 중에 약 먹고 죽었잖아요? 자살 말고 뭐가 있는데요?"

"동기는?"

오유령 팀장이 화를 참으려고 잠시 말을 멈췄다.

"고인은 지병이 심해져서 우울해 했답니다. 최근에 노화도 심해졌고요. 자살 원인으로 충분할 것 같은데요?"

"무슨 병이지?"

"그게…."

"병은 얼마나 심했나?"

오유령 팀장은 말문이 막혔다.

"그게 무슨 상관인데?"

어느새 그녀의 말도 짧아져 있었다.

"상관이 있지. 병이 심해져서 자살을 선택할 순 있어. 하지만 그건 병이 중해져서 일상생활이 불가능하거나 우울증이 심해질 때 이야기야. 하지만 여기 보안업체 직원들 말로는 이 양반, 생활이 평소하고 크게 다르지 않았다고 하더군. 정기적으로 외출도 했고, 모임에도 참석했다. 정호야! 일정 확인했지?"

"네, 말씀대로 평소 생활은 크게 다르지 않았답니다. 어제는 원래 방송국에 패널로 나갈 예정이었지만 병이 심해져서 화상통화로 대신하기로 했고요."

김정호 형사가 태블릿PC를 보며 대답했다.

산영규의 시선이 벽 한쪽에 걸려 있는 흑백사진으로 향했다. 젊은 시절의 김성기 전 장관이 미국으로 보이는 한 식당에서 엄청나게 큰 스테이크를 앞에 놓고 외국인 친구들과 같이 웃고 있는 모습이었다.

"무슨 병이었지?"

"쇼글렌 증후군입니다. 몸의 면역 세포가 자기 몸을 공격하면서 생기는 병입니다."

"그래, 그거… 쇼그…"

오유령이 끼어들었지만 들은 체도 않고 신영규가 갑자기 코를 킁킁거리며 부엌으로 걸어갔다.

"말하다 말고 또 어디 가는데?"

오유령 팀장도 어쩔 수 없이 그를 따라갔다. 깔끔하게 정돈된 부엌에는 평소 자주 드나든 흔적들이 많았다. 여러 종류의 팬이 잘 닦여서 놓여 있었고 선반에는 각종 향신료가 종류별로 놓여 있었다. 노인 혼자 사는 것치고는 먼지도 별로 없이 깨끗한 편이었다. 신영규가 손을 내밀자 김 형사가 비닐장갑을 내밀었다. 비닐장갑을 끼고 냄비 뚜껑을 열자 안에 남아 있는 파스타 소스가 보였다.

"저녁 메뉴는 파스타였군?"

넓은 부엌 한쪽에는 고가의 외제 카푸치노 머신이 있었다. 카페에서 쓰는 고가의 물건이었다. 옆에는 원두커피가 들어 있는 유리 항아리와 분쇄기가 놓여 있었다. 신영규는 카푸치노 머신을 자세히 보고 커피 노즐을 만져보았다. 안쪽은 깨끗하게 청소된 채 바짝 말라 있었다.

"최근에는 사용한 적이 없다!"

냉장고 앞으로 걸어간 신영규가 냉장고 문을 열었다. 안에는 몇 가지 음식물이 정리되어 들어 있었다. 안쪽을 살펴보던 그가 납작한 금속용기를 꺼냈다. 뚜껑을 열자 향신료에 마리네이드한 스테이크 세 쪽이 들어 있었다. 지방이 거의 없는 부위였다.

"스테이크를 먹을 정도면 아직까지 심각한 단계의 노화는 아니다. 그리고!"

신영규가 스테이크의 냄새를 맡아보았다. 잘 숙성되어 있어서 굽기만 하면 바로 맛있게 먹을 수 있을 것 같았다. 상큼한 허브향이 식욕을 자극했다.

"자살을 준비하던 사람이 다음 날 먹을 스테이크를 준비

하나?”

“인터뷰 도중에 약을 먹고 죽은 건 사실이잖아! 충동 자살!”

오유령 팀장이 받아쳤다.

“죽은 건 사실이지. 하지만 그게 꼭 자살인지, 사고인지, 사건인지는 아직, 모른다!”

“그걸 당신이 어떻게 알아?”

오유령이 쏘아붙이자 신영규는 주머니에 손을 넣은 채 무표정한 얼굴로 그녀의 눈을 쏘아보았다.

“입구의 머그 컬렉션을 보면 집주인은 커피를 아주 좋아하는 사람인데 저 비싼 커피 머신을 최근에는 거의 사용하지 않았다. 그리고 마리네이드한 고기에는 지방이 전혀 없었어. 아마도 의사가 커피를 금지시키고 지방을 못 먹게 했겠지. 피해자는 그 와중에도 최대한 맛있는 음식을 먹으려고 노력했다. 삶에 대한 의!욕!”

말을 마친 신영규는 죽은 김성기 전 장관이 있는 방으로 갔다. 남자는 책상 위에 엎드려 죽어 있었다. 방 한쪽 구석에 반짝이는 나무 지팡이가 세워져 있었다.

과학수사대원들이 촬영을 마치고 주변의 지문을 채취하고 있었다. 신영규는 방 안을 자세히 살펴보았다.

"더는 못 기다립니다! 시신, 국과수로 옮깁니다."

"아직 안 끝났어!"

"당신들 이러는 거 같은 경찰 뒤통수치는 거야. 알아?"

악 쓰듯 쏘아대는 오유령의 말에 코웃음을 치며 신영규는 바닥에 납작 엎드려 아래쪽을 자세히 훑어보았다. 책상 아래쪽에 뭔가 작게 반짝거리는 것이 보였다. 조심스레 집어서 살펴보니 작은 포장지였다. 일반 약국에서 사용하는 포장지처럼 보였지만 약 이름이나 상호는 인쇄되어 있지 않았다.

"이거 조사해봐!"

과학수사대원이 포장지를 받아서 비닐봉지에 넣었다.

"지금 뭐 하시는 거예요?"

오유령이 항의했지만 신영규는 김정호 형사를 불러 "피해자, 사고영상 있어?" 하고 물었다.

김 형사가 태블릿PC로 김성기 전 장관의 사망 당시 영상을 보여주었다. 입에 뭔가를 던져 넣고 입을 오물거리다가 놀란 얼굴로 목을 움켜쥐며 의자 등받이에 몸을 기대고 괴로워하다가 책상 앞으로 넘어지는 영상을 신영규는 물끄러미 바라보았다.

"저건 약인가?"

신영규가 물었다.

"그런 것 같은데요."

"이상한데?"

"네?"

김 형사가 옆에 서 있는 오유령 팀장의 성난 얼굴을 훔쳐보며 물었다.

"약을 넣는 모습이 너무 자연스러워. 자살한다는 사람이 망설임도 없이 약을 먹잖아?"

"확실히 그렇습니다."

김 형사도 동의했다.

"타이밍도 이상해. 환자라면 시간을 맞춰서 약을 먹는 것이 보통인데 인터뷰 중에, 그것도 전국에 생중계되는 방송 도중 약을 먹었다는 것이 말이 안 된다."

"영상에서 보면 아주 자연스럽게 약을 꺼냈습니다. 평소에 먹던 것과 다르면 바로 알아채지 않았을까요?"

"그리고 약을 먹었다면 왜 물을 마시지 않았지?"

시신 주변을 살펴보며 무언가를 찾던 신영규가 옆에 서 있던 과학수사대원에게 물었다.

"여기 물병이나 주전자 있었나?"

신영규의 물음에 사진을 확인하던 과학수사대원이 고개를 저었다.

"없었습니다."

김 형사가 고개를 갸우뚱했다.

"그것도 이상하군. 약을 먹으려는 사람이 물도 준비하지 않았다? 최근 방문객이 있었나?"

"어제는 방문객이 없었고, 마지막 방문객은 삼 일 전에 왔었답니다."

"그래?"

신영규가 미간을 찌푸렸다.

"이제 됐죠? 정황상 고의로 독을 먹은 게 분명하죠?"

오유령이 덤벼들 듯 쏘아붙이고 사람들에게 말했다.

"자! 자! 시신 국과수로 옮겨!"

"네!"

과학수사대원들이 시신을 옮기려고 방 안으로 들어왔다. 그때 '저벅저벅' 하는 구둣발 소리를 내며 여러 사람이 한꺼번에 방 안으로 들어왔다.

"잠깐!"

굵은 남자 목소리가 외쳤다.

"시신, 손대지 마세요!"

"아, 씨! 당신들은 또 누구세요?"

오유령이 따지듯 물었다.

"검찰입니다. 대통령 특별지시로 지금부터 이 사건은 우리
가 조사합니다!"

"네?"

'검찰'이라는 단어에 급 공손해진 오유령은 '대통령'이라
는 단어에 고개까지 숙였다. 그대로 바닥에 엎드릴 기세였다.

"아, 수고 많으십니다."

너무나 빠른 태도 변화에 신영규와 김 형사도 깜짝 놀라
서로 마주 보았다.

"시신은 우리 검찰 법의학자가 조사합니다. 자, 옮기세요!"

"네! 그렇게 하십시오. 수고 많으십니다."

오유령이 굽실거리며 대답했다.

검찰 요원들이 시신을 내려서 들것으로 옮겼다. 신영규는
책상 위를 흘끗 보았다. 책상 위에는 큰 유리판이 있었는데,
죽은 사람의 침과 거품이 흥건했다. 죽기 전에 얼마나 괴로워
했는지 짐작할 수 있었다. 갑자기 신영규의 눈이 반짝였다. 유
리판 아래에 있는 뭔가를 발견했다. 그림엽서였다. 그런데 그
그림을 어디선가 본 적이 있었다. 바로 신데렐라 포장마차에
서 봤던 '레메게톤' 그림이었다. 신영규가 김정호 형사에게 눈
짓하고 슬쩍 엽서를 가리켰다. 그러고는 바로 몸을 돌려 검찰
요원들에게 다가갔다.

"서울시 경찰청 지능범죄수사대 신영규 팀장입니다. 이 사건 공조 요청을 하고 싶은데요."

"안 됩니다!"

"왜 안 됩니까?"

"대통령 특별지시로 이 사건은 검찰이 특별수사를 하게 되었습니다."

"부검자료도 안 됩니까? 지금 수사 중인 연쇄살인 사건하고 연관이 있는지만 알면 됩니다."

검찰 요원이 못마땅한 표정으로 인상을 찌푸렸다.

"글쎄, 안 돼요!"

"이 사건, 언론도 주목하고 있습니다. 나중에 검찰이 경찰 수사를 방해했다는 말이 나올 수도 있는데요."

'언론'이라는 말에 완고한 검찰 요원도 움찔했다. 한동안 신영규를 노려보던 그가 작게 한숨을 쉬었다.

"나중에 정식으로 서면 요청하세요."

신영규가 주의를 끄는 동안 김정호 형사는 몰래 책상 앞에서 휴대폰을 꺼내 무음 카메라 어플을 켰다.

"거기서 뭐 합니까?"

다른 검찰 요원이 김정호에게 다가왔다. 그는 '에취!' 하고 재치기를 하며 살짝 사진을 찍은 다음 주머니에 휴대폰을 넣는 동시에 손수건을 꺼냈다.

"아, 어제 팬티만 입고 잤더니… 저녁에 춥네." 하고 너스레를 떨었다. 옆으로 다가왔던 검찰 요원이 "빨리 나가세요!"라고 강한 어조로 재촉했다.

"저희는 뭘 도와드릴까요?"

오유령이 귀빈을 맞이하는 일류 호텔리어처럼 방긋 웃는 얼굴로 검찰 요원에게 물었다. 신영규에게는 한 번도 보여준 적 없는 표정이었다. 김 형사의 오케이 사인을 받은 신영규는 굽실거리는 오유령에게 "이런 게 진짜, 같은 경찰 뒤통수치는 거 아닌가?"라는 한마디를 넌지시 던지고 현장을 떠났다.

서울시 경찰청은 이상한 구조로 되어 있다. 일제강점기에 지어진 구 건물을 허물지 않고 그대로 보존한 채 그 옆에 거대한 신청사를 새로 세웠다. 그 때문에 보기에 따라서는 아이를 감싸 안은 엄마의 모습처럼 보여서 '캥거루 청사'로 불리기도 한다. 구청사, 신청사로 불리는 두 건물은 옛날에 지어진 그대로 보존된 긴 나무 복도로 이어졌는데, 이 복도를 둘러싸고 여러 가지 신기한 이야기들이 전해지고 있었다. 그중에서도 가장 신기한 것은 이 복도에서 일어난 큰 사건들이 모두 열여섯 시 이십 분에 일어났다는 점이다. 쌍권총으로 유명한 독립군 김○○열사가 권총으로 일본 순사들을 죽이고 대치하다가 분사한 사건도 바로 이 복도에서 열여섯 시 이십 분경에 일어났던 일이고, 일본이 패망하던 날 수감 중이던 독립운동가들을 죽이려던 일본 순사와 조선인들 사이에 총격전이 벌어진 곳도 이 복도, 열여섯 시 이십 분이었다. 그리고 최근, 외국 용병에 의한 경찰서 습격 사건도 바로 열여섯 시 이십 분에 일어났다. 이 복도 한가운데엔 오래된 괘종시계가 있는데, 큰 사건이 있을 때마다 열여섯 시 이십 분에 종이 울렸다고 한다. 그래서 이곳 직원들은 하나같이 열여섯 시 이십 분쯤 이 복도를 지날 때면 무슨 일이 벌어지는 건 아닌지 복도 한가운데 놓인 괘종시계를 긴장해서 보곤 한다는 것이다. 사람들은 이 복도를 열여섯 시 이십 분 복도, 혹은 일육이공 복도라고 불렀다.

그 복도를 지금 신영규가 걷고 있었다. 신청사를 지으며 안전 문제로 구청사의 모든 출입문을 막아서, 구청사로 이어지는 유일한 출입구는 이 복도와 연결된 후문뿐이었다.

구청사는 거의 사용되지 않았지만 몇몇 사무실과 유치장만은 그대로 쓰고 있었다. 이 유치장은 외부와 격리된 이곳의 특징상 요주의 인물이나 특별한 보호가 필요한 인물을 격리해놓는 곳으로 쓰고 있었다.

삼십 미터가 넘는 긴 복도를 지나 구청사 입구에 도착하자 그곳을 지키던 젊은 경관이 신영규를 보고 경례했다. 이른 새벽에도 바른 자세로 경비를 서는 모습이 믿음직스러웠다.

"그놈은?"

"그대로입니다."

주변을 둘러보니 각종 배선들이 어지러이 널려 있고 한쪽 벽에는 공사용 차단막까지 쳐져 있었다. 워낙 오래된 건물이라 배선에 문제가 많아서 한꺼번에 공사를 하는 중이었다.

"이건 언제 끝난대?"

"적어도 한 달은 걸릴 겁니다. 이번 기회에 구관 건물 배선을 전체적으로 다 손본답니다."

"그런데 전등은 켜놨네?"

"간신히 전등만 된답니다. CCTV나 다른 가전제품도 일체 안 됩니다."

신영규는 고개를 끄덕이고 어두운 복도 안쪽으로 돌아섰다.

순간, 그의 발이 멈칫했다. 아무에게도 말하지 않았지만 그는 어두운 곳을 싫어했다. 어두운 곳에는 까마귀들이 숨어 있을 것 같아서 몸이 굳어버린다.

"왜 그러십니까?"

경관이 물었다.

"아니다!"

가볍게 고개를 젓고 그는 앞으로 나갔다.

'나는 아이가 아니다!'

꽉 쥔 주먹이 부르르 떨렸다.

'나는 무력하지 않다.'

이마에 흐르는 땀을 무시했다.

'나는 아무것도 두렵지 않다!'

한 걸음을 떼자 다음 걸음이 무겁게 따라왔다. 그렇게 다시 한 걸음, 한 걸음…. 그는 천천히 걸어서 불빛이 있는 복도 안쪽으로 걸어 들어갔다.

구청사의 유치장은 과거에 독립운동가들을 가두고 고문하던 곳으로 일본 경찰은 조사실을 유치장 바로 옆에 붙여두어서 고문을 당하는 사람의 신음과 비명을 그대로 듣게 만들어 수감자들에게 겁을 주고 그들의 정신을 무너뜨리려 했다. 독재정권 치하에서도 이 유치장의 용도는 크게 다르지 않았다. 수많은 민주주의 운동가들과 학생들이 이곳으로 끌려와 모진 고문을 당했다. 재미있는 사실은 일본 순사로 근무했던 경험을 가진 당시의 경찰들이 일본인들의 전략을 똑같이 사용했다는 점이다. 그들은 민족 반역자에 독재정권 부역자인 자신들의 죄를 덮기 위해 반공이라는 가면을 쓰고 동포들을 핍박했다. 그래서 일본인보다 더 무서운 것이 친일매국노라는 말이 나온 것이다.

하지만 지금 이곳의 용도는 전혀 딴판이다. 신청사와 완전히 분리된 구청사의 유치장은 보호가 필요하거나 매스컴과 격리시킬 필요가 있는 사람만 수감하는 용도로 사용되고 있었다. 프랑수아는 신영규의 주장으로 특별히 이곳에 머물고 있었다.

무거운 철문을 지나 복도 안쪽 유치장이 있는 곳으로 들어섰다. 깜빡이는 형광등이 눈에 거슬렸다. 마치 시대물 드라마 세트장처럼 보이는 이곳에는 오랜 세월의 흔적이 고스란히 남아 있었다. 신영규는 유일하게 불이 켜진 유치장 앞에서 걸음을 멈췄다. 프랑수아가 침상 위에 가부좌를 틀고 앉아 눈을 감고 있었다. 인도의 구루처럼 초연한 모습이었다. 어째서인지 철창 안에 있는 프랑수아가 철창 밖에 있는 신영규보다 더 자유로워 보였다. 갑자기 질투 비슷한 감정이 치밀어 올랐다. 신영규도 명상이나 요가 따위를 시도했었다. 하지만 까마귀들은 절대로 그를 혼자 놔두지 않았다.

고아하게 앉아 있던 프랑수아의 배에서 '꼬르륵' 소리가 났다. '피식' 하는 삐뚤어진 웃음이 신영규의 입가를 스쳤다.

"밥은 먹었나?"

"그걸 밥이라고 불러요?"

프랑수아가 나지막이 대답했다.

"방은 지낼 만하고?"

"이걸 방이라고 불러요?"

메아리 같은 대답이 막힘없이 튀어나왔다.

"이제 대화 좀 할까?"

"이걸 대화라고 불러요?"

신영규는 살짝 당황스러웠다. 이렇게 한국말을 잘하는 외국인은 처음이었다. 얼마나 머리가 좋으면 외국어를 이렇게 잘할 수 있을까?

"오해하지 마라! 너를 여기 둔 건 보호하기 위해서다."

프랑수아는 신영규의 강력한 주장으로 보호를 위해서 이곳에 갇혔다. 과거 김건이 부상을 당해 경찰을 떠나게 만들었던 '경찰서 습격 사건'에 관계된 용의자들이 모두 죽은 일이 있었다. 그 뒤로 경찰은 중요 참고인을 외부와 차단된 곳에 따로 보호 수감했다. 프랑스 청년이 번쩍 눈을 뜨며 이쪽을 쳐다보았다.

"이게 보호라고요? 제 인권은 어디 있죠?"

"어딘가 있겠지!"

신영규가 프랑수아를 본떠서 깐족거렸다.

"내 차! 트럭은 어디 있죠?"

"바깥에 있겠지!"

그의 매서운 눈이 프랑수아를 살피고 있었다.

"내 변호사는 어디 있어요?"

"자기 집에 있겠지!"

프랑수아를 흔들어놓고 싶었지만 이 청년은 평온한 얼굴로 침상에 앉아 있을 뿐이었다. 조금 맥이 빠졌다.

"이제 내가 묻자."

신영규가 정색하고 말했다.

"한국에 온 목적이 뭐야?"

"당신들을 도우려고요!"

돕는다는 말에 인상이 찌푸려졌다.

"왜 푸드 트럭을 하고 있지?"

"당신들을 도우려고요!"

두 번째 나온 돕는다는 말에 신영규의 인상이 험악해졌다.

"너, 무슨 일을 꾸미고 있어?"

"당신들을 돕는 일이요!"

더 이상 참지 못하고 신영규는 손바닥으로 쇠창살을 강하게 내리쳤다.

"적당히 시간 때우면 끝날 줄 알겠지만 그냥은 안 보내!"

하지만 돌부처 같은 외국인 청년의 표정에는 일말의 변화도 보이지 않았다.

"임의동행은 마흔여덟 시간까지죠? 이제 하루 남았네요."

외국인이 한국 법까지 잘 안다는 사실에 신영규는 '쯧' 하고 혀를 찼다. 뭔가 노리는 것이 없다면 무엇 때문에 외국의 법까지 공부하지? 아무리 봐도 수상했다.

"좋아, 그럼 한 가지만 더 묻자! 김성기 전 장관, 아나?"

"성기 김? 그 사람 어디 있어요?"

프랑수아가 벌떡 일어나서 창살 앞으로 다가왔다. 신영규와 얼굴이 맞닿을 만큼 가까운 거리였다.

"너하고 무슨 관계지?"

"내가 한국에 온 이유 중 하나예요. 그 사람 어디 있죠?"

"오늘 새벽에 죽었다. 자살이라고 하지만 단순한 자살은 아니야. 누군가 고의로 죽였을 가능성도 있다!"

"*Non*(안 돼)!"

프랑수아가 고개를 떨어뜨렸다. 비통한 심정이 그대로 전해졌다.

"그들이 벌써 움직였나? 그럴 리가 없는데…"

신영규는 불어와 한국어를 뒤섞어 중얼거리는 프랑수아를 잠시 놔뒀다가 다시 물었다.

"그 사람 책상에서 네 트럭에서 본 것과 같은 그림이 있는 엽서가 나왔다. 무슨 의미지?"

프랑수아는 한동안 침통한 표정으로 말을 잇지 못했다.

"이제 한 사람 남았어요. 그 사람을 찾아야 해요. 변호사! 내 변호사는 어디 있죠?"

"그 사람 외국 출장 중이다. 비서 말로는 스위스 쪽으로 갔다고 하던데."

"아, 안 돼!"

프랑수아의 얼굴 가득 절망이 피어올랐다. 그러다가 갑자기 뭔가가 생각난 듯 "오!" 하며 고개를 들었다.

"김건 씨! 김건 씨를 불러줘요!"

김건이라는 말에 신영규의 표정이 일그러졌다.

"그건 안 돼! 네 변호사를 기다리던가, 다른 변호사를 알아봐!"

"안 돼요! 시간이 없어요! 이제 믿을 사람은 김건 씨밖에 없어요!"

화가 치밀어 올랐다.

"닥쳐!"

쾅하고 손으로 창살을 내리치자 프랑수아가 말을 멈추고 그를 쳐다봤다.

"필요한 말은 하지도 않으면서 뭘 돕는다는 거야?"

"나를 믿어요!"

"닥쳐!"

신영규의 큰 손이 다시 쇠창살을 흔들었다.

"잘 들어! 네가 나를 돕지 않으면 나도 너를 도울 수가 없다! 계속 이런 식이면 나도 다른 방법을 쓴다!"

말을 마친 신영규는 땅에 침을 뱉고 몸을 돌려 걸어 나갔다. 프랑수아는 어깨를 으쓱하고 다시 침상 위에 앉아서 눈을 감았다. 또다시, 프랑수아와 자신이 뒤바뀐 것 같은 느낌에 신영규는 마음이 불편해졌다. 뒤를 돌아보니 프랑스 청년은 깊은 산속의 수도승처럼 초연한 표정으로 눈을 감고 앉아 있었다. 편안해 보이는 그 모습이 부러웠다. 복도의 조명이 깜빡였다. 흐릿하게 점멸하는 신영규의 그림자 옆에 까마귀의 그림자가 겹쳐 보였다.

'나는 어디에나 있다!'

목소리가 말했다.

김성기 전 장관의 비서 강하라가 경찰서에 출두한 것은 다음 날 오전이었다. 아직 점심시간은 안 됐고 아침 먹은 지는 조금 지난 열 시에서 절반쯤 지난 시각이었다. 브런치 생각이 스멀스멀 피어날 무렵, 갸름한 얼굴에 긴 머리를 뒤로 묶고 뿔테 안경을 쓴 모범생 형의 젊은 여자가 사무실로 들어왔다. 예쁘장한 얼굴이지만 화장을 전혀 하지 않아서 어딘가 앳되어 보였다. 하얀색 블라우스에 검은색 정장 바지를 갖춰 입은 수수한 차림이었지만 날씬한 몸매 덕분에 옷 태가 잘 살아 있었다. 그녀는 경찰서에 처음 온 사람들이 누구나 그렇듯 불안한 눈빛으로 주위를 두리번거렸지만 나름의 침착함은 유지하고 있었다. 문제는 김정호 형사였다. 성실하고 명석하며 눈치가 빨라서 형사에게 필요한 조건을 다 가지고 있었지만, 그에게는 이 모든 장점을 상쇄할 치명적인 약점이 있었다. 바로 여성 앞에서 한없이 약해진다는 점이었다. 평소 자신의 이상형이 지적인 여성이라고 말해왔던 그의 머릿속에는 강하라가 사무실로 들어서던 그 순간부터 제럴드 졸링의 '러브 이즈 인 유어 아이즈'가 울려 퍼지고 있었다.

Love is in your eyes

당신 눈 속에 사랑이 있네요

and someone's gonna love you tonight now

누군가 오늘 밤 당신을 사랑할 거예요

Love is in your eyes

당신 눈 속에 사랑이 있네요

and someone's gonna hold you right now

누군가 지금 당신을 안아줄 거예요

We don't have to dance in silence

우리는 침묵 속에서 춤출 필요가 없어요

you don't have to be so blue

너무 우울해 하지 말아요

I feel that you're out of balance

당신은 혼란에 빠졌네요

But there's a life waiting for you

하지만 삶이 당신을 기다리고 있어요

Love is in your eyes

당신 눈 속에 사랑이 있네요

and someone's gonna love you tonight now

누군가 오늘 밤 당신을 사랑할 거예요

"강하라 씨죠? 여깁니다."

복승아 형사가 허스키한 목소리로 강하라를 불렀다. 껌을 질경질경 씹으며 노려보는 매서운 눈빛에 어색해 하면서 강하라가 자리에 앉았다.

"강하라 씨, 본인 맞나요?"

"네, 맞아요."

안경 뒤에 숨은 강하라의 눈이 복 형사의 눈과 잠깐 마주쳤다가 아래로 도망쳤다. 김 형사는 그런 강하라가 안쓰러웠다.

"거, 복 형사! 조사할 때는 껌 좀 뱉고…."

"이런, 미네랄!"

복 형사가 이빨로 껌을 물더니 오른손 엄지와 검지로 길게 잡아당겨 왼손 가운데 손가락에 둘러 감았다. 그러고는 반지처럼 껌을 감은 가운데 손가락을 펴 보이며 "됐죠?" 하고 물었다. 김 형사가 떨떠름한 표정으로 입을 다물자 복 형사가 다시 질문을 시작했다.

"주소가 ○○동 ○○번지, 생년월일…, 맞아요?"

"네, 맞습니다."

강하라가 다시 시선을 피하며 대답했다. 이름과 달리 성격은 그리 강하지 않은 것 같았다.

"직업이 뭐죠?"

"○○대학교에서 조교로 일하고 있어요. 박사과정 준비 중이고요."

박사과정 준비 중이라는 말에 김 형사의 눈빛이 빛났다.

"아유, 미인이신데 머리도 좋으시네."

"아, 감사합니다."

살포시 웃는 강하라를 보는 김 형사의 입이 헤벌쭉 벌어졌다.

"집중하세요! 지금 조사 중이잖아요!"

참다못한 복 형사가 핀잔을 주자 강하라가 고개를 숙였다.

"야, 복! 그렇게 강압적으로 하지 말고 좀 부드럽게, 응?"

"아, 진짜! 선배님! 잠깐 저 좀 보시죠."

노트북 모니터를 거칠게 내려닫은 복 형사가 자리에서 벌떡 일어나며 말했다.

"응? 지금?"

먼저 나간 복 형사의 뒤를 따르던 김 형사의 눈은 그대로 강하라에게 고정되어 있어서 의자에 다리를 부딪쳤지만 아픈 줄도 몰랐다.

사무실 밖 복도에서 복 형사가 화를 참으며 말했다.

"대체 왜 이러십니까? 제 일, 제가 알아서 합니다!"

"아니, 그건 아는데."

김 형사가 뒷머리를 긁으며 말했다.

"요즘 세상에 경찰도 태도를 부드럽게 해야지, 강압 수사 그런 거 안 돼!"

"제가 뭐 욕이라도 했습니까? 겨우 이름하고 직업 물어봤는데?"

"그게, 욕보다 태도가 더 문제야. 여자들은 단어보다 태도에서 더 상처 받는다, 너!"

복 형사가 뒷목을 움켜잡았다.

"아, 쓰멀 쓰멀, 혈압 올라오네! 경찰이 무슨 관광안내원입니까? 이것보다 어떻게 더 잘합니까?"

"그래도 너무 심하게 하지 마라! 친절! 웅? 따지고 보면 우리도 서비스직이야! 거, 미국 경찰 모토가 뭐야? 그거! 서비스 앤프로텍트(Service and Protect) 아냐?"

"서브앤프로텍트(Serve and Protect)죠!"

"그거나 고거나!"

복 형사는 손으로 세수하듯 얼굴을 문지르고 나서 다시 진정하려고 노력하며 말했다.

"일단은 저 사람도 용의자 아닙니까? 압박해야죠? 압박 면접 모르세요?"

복 형사의 항의에도 김 형사의 태도는 변하지 않았다.

"저렇게 여린 사람을 뭐 털 게 있다고 압박이냐? 참…"

"정말 한결같으십니다. 예쁜 여자만 보면 정신 못 차리고,

헬렐레!"

"뭐? 너 지금 뭐라 그랬어? 내가 언제?"

김 형사가 목소리를 높이는데 복도를 돌아 들어오던 소주희가 두 사람을 발견하고 달려왔다.

"김 형사님! 복 형사님!"

반갑게 달려온 소주희가 김 형사의 팔에 매달렸다. 그러자 조금 전까지의 화가 순식간에 녹아버린 듯 김 형사의 얼굴 가득 헤픈 미소가 피어올랐다.

"아니, 주희 씨가 여기 어떻게?"

"마침 뵈러 가려던 참인데 잘됐어요! 아, 복 형사님도 안녕하시죠?"

"안녕 못합니다. 어떤 '헬렐레' 하는 분 때문에….'

복 형사의 말에 김 형사가 "뭐?" 하며 발끈하다가 팔에 매달린 소주희를 보고 다시 활짝 웃었다.

"김 형사님, 저 여쭤볼 게 있어요. 도와주실 거죠?"

"아, 당연히 도와드려야죠! 민중의 지팡이 아닙니까? 서비스앤프로텍트! 말씀만 하세요!"

"뭔, 민중의 지팡이? 여자의 지팡이겠지!"

"어쨌든 지팡이 아니냐? 그게 중요한 거야!"

복 형사가 빈정거렸지만 김 형사는 느물느물 태연하기만

했다.

"저기 밖에서 말씀드려도 돼요?"

"나가시죠! 마침 쉬려던 참이에요."

"잘됐다! 그럼 나가요. 제가 커피 사드릴게요."

"그건 안 되죠. 공무원이 얻어먹을 순 없죠. 제 건 제가 살게요!"

두 사람이 희희낙락하며 나가는 모습을 보고 복승아는 고개를 저었다.

"정말, 한결같네! 여자 부탁이면 나라도 팔아먹겠다!"

— ⋈ —

김정호 형사가 소주희를 따라서 건물 밖으로 나오는데 갑자기 문 옆에서 김건이 튀어나오며 "김 형사!" 하고 불렀다.

"깜짝이야! 뭐이가? 넘자도 왔네?"

실망한 표정으로 김건과 소주희를 번갈아 쳐다보던 김 형사가 뭔가를 눈치채고 인상을 찌푸렸다.

"아, 뭐야! 두 사람 지금 그거 때문에 왔지? 프랑스 청년?"

"좀 도와줘!"

김건이 김 형사의 손을 잡으며 부탁했지만 김 형사는 손을 뿌리쳤다.

"안 돼! 지금 팀장님이 특별히 너네들 못 오게 하라고 하셨어! 그 친구 요주의 인물이야! 알아?"

김 형사가 찔러도 피 한 방울 안 나올 것 같은 냉정한 얼굴로 김건의 부탁을 거절했다. 그러자 이번에는 소주희가 간절한 눈빛으로 김 형사의 손을 꼬옥 잡았다.

"김 형사님, 사실 저도 프랑수아 잘 몰라요. 그치만 얼마나 불쌍해요? 친구 하나 없는 이국땅에서 혼자 감옥에 있잖아요?"

"아니, 그냥 유치장인데…"

김 형사의 눈빛이 흔들렸다.

"꼭, 좀 부탁드려요. 저희들 그냥 잠깐만 보고 나올게요."

큰 눈에 눈물이 글썽한 소주희를 보고 김 형사의 마음이 흔들렸다.

"십 분, 아니 오 분만이라도 좋아."

"아니, 시간이 문제가 아니야. 이건 원칙의 문제라니까!"

김건을 향한 김 형사의 태도는 칼처럼 단호했다.

"그럼, 일 분만 만날게요. 부탁드려요."

"일 분이면… 어쩌면… 될지도…"

하지만 소주희에게는 순두부처럼 약했다. 정말로 호불호가 확실한 남자였다. 한동안 먼 산을 보며 고민하던 김 형사가 길게 한숨을 쉬었다.

"알았어, 따라와! 하지만 될지 안 될지는 나도 모른다?"

"고마워, 너만 믿을게!"

김건이 팔을 잡자 '흥!' 하며 뿌리치던 김 형사는 "꺄악! 감사해요! 김 형사님, 최고!" 하면서 소주희가 끌어안자 볼이 발그레해지며 웃음을 감추지 못했다.

"아이, 뭘요. 서로 돕고 살아야지."

그 모습을 지켜보던 김건이 낮은 소리로 "야, 정말… 여자 부탁이면 나라도 팔아먹겠다."라고 중얼거렸다.

구청사 입구에서 경비를 서던 경관이 김정호 형사를 보고 경례를 했다.

"야, 너 저기서 찾던데? 완전 화나셨더라!"

"네? 어디서요?"

"사무실에서. 뭐 잘못한 거 있나?"

경비의 얼굴이 창백해졌다.

"그런 거… 없는데?"

"그런데 그렇게 화가 났겠어? 사무실 지금 완전 갑분싸야 (갑자기 분위기가 싸해지다). 빨리 가봐. 여기엔 내가 있을게!"

"네? 네! 알겠습니다!"

경관이 경례를 하고 "아, 뭐야? 그 DVD가 걸렸나?" 하고 중얼거리며 문으로 달려갔다.

"천천히 갔다 와! 다 이해한다!"

"넵! 감사함다!"

경관이 나간 뒤에 동정을 살피던 김정호가 "야옹! 야옹!" 하고 고양이 소리를 냈다. 곧 김건과 소주희가 조심스럽게 현관문을 열고 들어왔다.

"안쪽 철문 열고 들어가면 유치장 구역이야. 가기 끝 쪽에 있을 거야! 야, 시간 없어! 그 친구 금방 올 거야! 이 분, 아니 일 분 만에 나와! 알았지?"

김정호가 숨도 안 쉬고 다급하게 말했다.

"그래! 알았어! 고마워!"

"김 형사님. 고마워요!"

김건과 소주희가 안쪽 철문을 열고 유치장 구역으로 들어갔다.

"'야옹' 하면 나와! 알았지?"

그들의 등 뒤로 김정호 형사의 목소리가 길게 메아리쳤다.

"얼굴만 보고 바로 나오는 거다아!"

안쪽으로 들어가자 유일하게 불이 켜져 있는 유치장이 보였다. 뛰다시피 다가가서 안쪽을 보니 침상에 앉아 있는 사람 그림자가 보였다. 프랑수아였다.

"프랑수아!"

소주희가 옛날 영화의 한 장면처럼 철창을 향해 달려갔다. 그 모습이 슬로모션으로 보였다.

"소주희 씨! 김건 씨!"

프랑수아가 벌떡 일어나서 철창 앞으로 달려왔다.

"고생 많죠? 몸은 좀 어때요? 세상에, 얼굴이 반쪽이 됐어!"

울 것 같은 얼굴로 소주희가 물었다.

"나는 괜찮아요. 그보다, 내 트럭 어디 있어요?"

"트럭은 우리가 정리해서 근처 공용주차장에 세워뒀어요."

김건의 대답에 프랑수아가 안도의 한숨을 내쉬었다.

"휴우, 고마워요. 이제 좀 안심했어요."

"여기서 언제 나와요?"

"내 변호사하고 연락이 안 돼요. 아마 외국에 나갔나 봐요."

프랑수아가 쓸쓸한 얼굴로 소주희를 보았다.

"다른 변호사라도 찾아봐야죠?"

"안 돼요. 내가 믿을 만한 변호사는 그 사람뿐이거든요."

"그럼 못 나오는 거예요?"

걱정스런 얼굴과 달리 프랑수아가 빙긋 웃었다.

"괜찮아요. 임의동행은 마흔여덟 시간만 잡아둘 수 있어
요. 이제 하루 지났으니까 변호사가 없어도 하루만 지나면 나
갈 거예요."

"정말요? 잘됐다!"

김건은 놀란 얼굴로 프랑수아를 다시 쳐다봤다. 외국인이
한국법률에 정통한 것이 신기했다. 이 친구는 아무리 봐도 단
순한 요리사가 아닌 것 같았다.

"프랑수아, 한 가지 묻고 싶은 게 있어요."

"뭐죠?"

깊고 파란 눈동자가 김건을 향했다.

"저는 과거의 기억을 잃었지만 신 선배가 우수한 형사라는
건 압니다. 그 사람은 절대 사심이나 나쁜 감정 때문에 당신
을 체포했을 리가 없어요. 프랑수아, 우리한테 뭔가 숨기는 게
있나요?"

"*Oui!*(네) 있어요!"

프랑수아가 웃는 얼굴로 너무나 당당하게 대답하는 바람

에 김건과 소주희 둘 다 어안이 벙벙해졌다.

"하지만 나쁜 짓 아니에요. 오히려 저, 여러분, 한국을 도우려는 거예요. 이야기를 안 한 건 아직 때가 안 되어서 그런 거고요."

"때라니요?"

"그들이 모습을 드러낼 때, 목적이 분명해질 때, 곧 그때가 와요!"

프랑수아의 비장한 눈빛을 보고 김건은 갈등했다. 이 프랑스인을 믿어야 할지 말아야 할지 갈피를 잡기 힘들었다.

"그들이 누구죠?"

"잠깐, 탐정 아저씨! 지금 우리 프랑수아 의심하는 거예요?"

소주희가 갑자기 정적을 깨뜨렸다.

"네? 우리 프랑수아요?"

"그래요! 어떻게 우리 프랑수아를 의심할 수 있어요?"

"여기서 '우리'라는 표현은 한국어의 관용표현으로 친근감을 나타내는 의미로 쓰입니다."

프랑수아가 끼어들자 김건은 조금 빈정이 상해서 "나도 압니다!" 하고 쏘아붙이고 소주희에게 따지듯 물었다.

"그럼 의심 안 할 근거는 뭐죠?"

"간단하죠! 잘 생겼잖아요!"

"네?"

김건은 충격으로 입을 쩍 벌리고 한동안 말을 잇지 못했다.

"저 예쁜 눈을 봐요! 어디에 거짓이 있어요? 저게 나쁜 사람 눈일 리 없잖아요?"

"*Merci*(고마워요)! 주희 씨."

프랑수아가 싱긋 웃었다.

"아니, 잘생겨서 의심이 안 가면, 그럼 저 같은 얼굴은 뭡니까?"

"솔직히 아저씨 얼굴은 의심 가게 생겼죠! 사실 아저씨 처음 봤을 때 조금 무섭긴 했어요!"

"뭐라고요?"

김건이 발끈했다.

"어머, 아저씨! 지금 화내신 거예요? 와, 그러니까 진짜 의심 가게 생겼다. 범죄형!"

"아니, 주희 씨 정말…"

"두 사람! 잠깐만요!"

티격태격하는 둘 사이에 프랑수아가 끼어들었다.

"부탁이 있어요!"

"무슨 부탁인데요? 말만 하세요!"

소주희가 일 초도 망설임 없이 대답하자 김건은 더 기분이

나빠졌다.

"아니, 저 같은 범죄형한테 무슨 부탁을."

"아저씨!"

소주희가 소리쳤다.

"사람을 찾아주세요!"

프랑수아가 간절한 표정으로 부탁했다.

"그 사람, 내 아버지 친구예요."

"아버지… 친구요?"

"네, 아버지는 오래전에 프랑스에서 예술가였고 식당 오너였어요. 거기서 한국인 유학생들과 친구가 됐죠. 그 친구들과 자주 엽서로 연락하면서 같이 맛있는 음식을 먹었대요."

"엽서요?"

김건이 물었다.

"네. 그 사람들 사이의 놀이였대요. 누군가 맛있는 식당을 찾아내면 엽서에 암호로 시를 써서 보내고 그 안에서 단서를 찾아 요리 이름하고 시간, 식당을 알아내서 만나는 거죠. 그들은 그것을 '달팽이 게임'이라고 불렀어요."

"'달팽이 게임'이요?"

"네, 파리를 열 개의 작은 지옥이 모인 대(大) 지옥이라고 보고 필요할 때마다 암호로 장소를 정했대요."

"어렵네요."

김건이 고개를 갸우뚱했다.

"하지만 아버지는 마지막 엽서를 받았을 때 친구들을 만날 수 없었어요."

"왜요?"

소주희가 물었다.

"아버지께서 돌아가셨거든요."

순간, 복도 안에 정적이 흘렀다.

"제가 아직 열 살… 어릴 때였어요. 아버지께서는 갑자기 사고로 돌아가셨죠. 그래서 마지막 엽서를 보낸 친구들과 만나지 못했어요. 그때 그 친구들을 찾아주세요."

"그런데 왜 갑자기 그 사람들을 찾으려는 거죠?"

"아버지 유언이에요. 그 친구들한테 맡겨놓은 게 있대요."

"맡겨놓은 거요?"

그때 갑자기 복도 밖에서 '냐옹, 으냐옹~' 하는 발정 난 고양이의 울음 같은 다급한 소리가 들렸다. 김정호 형사의 신호였다.

"그 엽서는 어디 있죠?"

김건이 물었다.

"푸드 트럭 안에 있어요."

"너무 어려워요. 겨우 엽서 한 장을 보고 십 년 전 사람을 찾으라니?"

고개를 내젓는 김건에게 프랑수아가 싱긋 웃어 보였다.

"길은 있어요! 언제나!"

순간, 김건이 멈칫했다.

"길이 보일 때까지 찾거나 아니면 포기할 뿐이죠."

프랑수아는 웃고 있었지만 눈빛만은 진지했다.

"김건 씨! 당신은 찾을 수 있을 거예요!"

왠지 그 말을 부정할 수 없었다. 김건의 마음속 깊은 곳에서 같은 목소리가 공명하는 것 같았다.

"으냐옹! 흐걍! 흐걍!"

복도 밖에서 다시 다급한 고양이 소리가 울렸다. 꼭 욕하는 소리 같았다.

"알았어요. 가서 찾아보죠. 주희 씨! 빨리!"

김건이 서둘러 떠나려 할 때 프랑수아가 "잠깐만요!" 하고 그를 불렀다.

"네?"

"한 가지 부탁이 더 있어요. 오늘, 포장마차를 좀 열어 줘요."

"우리가요? 요리도 못하는데?"

"요리, 필요 없어요. 오늘, 중요한 사람이 올 거예요. 그 사람을 꼭 만나야 돼요. 그 사람이 오면 제 상황을 알려주세요. 부탁이에요!"

김건은 잠시 망설였다. 이제 고양이 소리는 '으꺅! 꺄우우~' 하는 신경질적인 원숭이인지 고양이인지 모를 소리로 바뀌고 있었다.

"내가 뭘 할 수 있는지 볼게요. 그럼…."

모자챙을 잡고 인사를 마친 김건이 서둘러 밖으로 나갔다.

"프랑수아, 몸 조심해요!"

소주희도 인사하고 황급히 김건을 따라 뛰었다.

"고마워요. 두 분!"

멀어지는 두 사람의 뒷모습을 보며 프랑수아가 작게 중얼거렸다.

"그들이 왔어!"

김정호 형사가 불안한 표정으로 입구에서 서성이며 "야옹!"을 외치고 있을 때 문이 열리며 경관이 들어왔다. 그의 손에는 캔 커피 두 개가 들려 있었다.

"김 형사님, 저 아무도 안 불렀답니다! 진짜 식겁했지 말입니다!"

"진짜? 안 불렀다고? 그럼 그 인간이 왜 그랬지?"

"그건 모르겠고 이거나 가져가라고 해서 들고 왔습니다. 드십쇼."

"응, 고마워."

경관이 내민 캔 커피를 받아들고 김 형사가 쭈뼛거리며 서 있었다.

"그런데 안에 누구 있습니까?"

경관이 날카로운 눈빛으로 안쪽을 살펴보며 말했다.

"아까부터 고양이 소리도 들리고…."

"있긴 누가?"

"아무래도 이상합니다. 잠깐만 보고 오겠습니다!"

"보긴 뭘 봐. 그냥 도둑고양이겠지."

김 형사의 만류에도 사명감으로 똘똘 뭉친 젊은 경관은 허리에서 삼단봉까지 꺼내들고 안쪽으로 저벅저벅 걸어 들어갔다.

"야! 조심해! 고양이한테 물리면… 아파!"

경관이 안으로 들어가자마자 반대편 공사용 차단막 뒤에서 김건과 소주희가 도둑고양이처럼 허리를 숙인 채 문 쪽으로 달려갔다. '빨리! 빨리!' 입 모양으로만 말하며 손을 내젓는 김 형사를 지나서 두 사람이 문밖으로 기다시피 나가자마자 문이 열리며 경관이 다시 돌아왔다.

"아무것도 없습니다."

"그래, 거 봐. 고양이라니까!"

"발정 난 고양이 같습니다. 못생긴 놈이라서 짝을 못 구했나 봅니다."

"뭐? 네가 그걸 어떻게 알아, 인마?"

김 형사가 발끈했다.

"네? 왜 화를 내십니까?"

"아니, 그게 아니라… 내가 동물애호가로서 말하는데, 혼자라고 꼭 외로울 거라고 넘겨짚지 마라! 혼자라도 할 건 다 해!"

"네? 그건 그런데…."

"그럼 됐고, 간다! 수고해!"

김 형사는 억지로 미소를 지으며 서둘러 문을 빠져나갔다. 평소와 달리 허둥댄 나머지 왼손과 왼발을 같이 움직이고 있었다. 그의 뒷모습을 보고 경관이 고개를 갸우뚱했다.

"왜 저러시지?"

건물 밖으로 나온 김 형사는 코너에 서 있던 김건과 소주희를 보고 '휴우' 하고 가슴을 쓸어내렸다.

"진짜, 너희 때문에 암 걸리겠다!"

"고맙다. 정호야. 내가 이 은혜 절대 잊지 않을게!"

"흥!"

김건이 잡은 손을 김정호 형사가 냉정하게 뿌리쳤다.

"김 형사님, 너무 감사해요!"

"아이, 뭘 이만한 일로… 물론 힘들긴 했지만."

하지만 소주희가 김 형사의 손을 잡자 이번에는 발그레한 얼굴로 못 이기는 척 손을 맡기고 있었다.

"덕분에 큰 도움 됐어."

"그러거나 말거나."

김건의 말에는 콧방귀를 뀌다가도 소주희가 "정말 덕분에 살았어요." 하자 "그러시다니 저도 기쁩니다." 하며 인자한 아빠 미소까지 지어 보였다.

"그래, 그 친구는 잘 있죠?"

"의외로 잘 있더라. 뭐, 내일이면 나오겠지만."

"그거 말이야, 어쩌면 팀장님이… 허걱!"

김 형사가 놀라서 숨을 턱 멈췄다.

"왜 그래?"

"팀장! 팀장!"

김 형사가 다급하게 두 사람에게 가라고 손짓했다. 멀리서 신영규가 이쪽으로 걸어오고 있었다. 다행히 코너 반대편에서 있던 김건과 소주희는 아직 발견하지 못했다. 눈치를 챈 두 사람이 서둘러 반대편으로 빠져나갔다. 그때서야 김정호를 발견한 신영규가 그를 불렀다.

"뭐 해? 여기서?"

"거저, 님자 기다렸지에이요?"

김정호 형사가 친숙한 북한 사투리를 쓰며 캔 커피를 내밀자 신영규가 깜짝 놀랐다.

"네가 웬일이야? 세상 짠돌이가 나한테 뭘 주네?"

평소에 자린고비로 유명한 김정호는 껌 한 쪽도 안 나누기로 유명한 사람이었다. 남한테 물질적 피해는 안 주지만 물질적 도움도 안 주는 사람! 사람들은 그를 소금 '염' 자에 병 '병' 자를 써서 '염병(鹽病)' 김정호라고 불렀다!

"기럴 수도 있디, 뭘? 날래날래 다니라우? 앙!"

신영규의 휴대폰이 울렸다. 복승아 형사였다.

"팀장님, 국과수에서 연락 좀 해달랍니다."

"그래? 무슨 일로?"

"그냥, 대지급이랍니다."

"알았다."

신영규는 곧 바로 국과수 오종환 교수에게 전화를 걸었다. 오랫동안 많은 사건에 도움을 준 사람이었다.

"오 교수님!"

침착한 목소리의 노교수가 전화를 받았다.

"너무 급해서 연락했어요. 지금부터 하는 말은 일급기밀입니다."

"네, 알겠습니다. 말씀하시죠."

"이번 자살자 사건 말인데요. 검사 측 부검 팀에서 보낸 자료를 분석했는데 검출된 독이 이전 빌라 여주인 살인사건 당시 아들이 자살할 때 썼던 독과 완전히 같아요!"

"네?"

소주희와 김건은 공영주차장 한가운데서 측은한 표정으로 서 있었다. 그들의 눈앞에는 신데렐라 포장마차가 술 취한 코끼리처럼 덩그러니 서 있다. 두 사람에게 많은 추억을 만들어주었던 마법의 공간이 지금은 일 그램의 신비함도 없이 초라한 모습으로 방치되어 있었다. 먼지 많은 서울의 날씨 때문에 단 하루 만인데도 유리창에 먼지가 얇은 막처럼 덮여 있었다. 왠지 애잔한 마음에 코끝이 찡해졌다.

"오늘, 가게를 열라고 했죠?"

소주희가 트럭에서 눈을 떼지 않은 채 물었다.

"그랬죠."

김건도 시선을 고정한 채 대답했다.

"우리 둘만으로요?"

"그렇죠."

솔직히 김건은 엄두가 나지 않았다. 이런 쪽 경험이 전무한 그는 무엇을 어떻게 해야 할지 감도 잡을 수 없었다. 보통은 머릿속으로 시뮬레이션을 하며 계획을 세우지만, 이번 일은 그의 영역 밖의 일이었다. "뭐부터 해야 할지 엄두가 안 나네요."

김건이 미간을 찌푸린 채 물었다.

"그건 정해져 있잖아요?"

소주희가 자신 있게 대답했다.

"정해져 있어요?"

"그럼요! 아저씨, 정신을 차리려면 뭐부터 하세요?"

"글쎄요? 찬물에 세수부터 하고…."

"그렇죠! 뭐든지 시작하려면 씻는 게 먼저죠!"

소주희가 씩씩하게 관리사무소로 달려가서 긴 고무호스와 막대걸레, 양동이, 손걸레 등을 빌려 왔다. 관리인 노인은 "원래 이런 거 안 빌려주는데…." 하면서도 꼼꼼하게 청소도구를 챙겨주었다.

"자, 시작할까요?"

소주희가 소매와 바짓단을 걷어 올리며 말했다. 얼떨결에 김건도 모자와 상의를 벗으며 "네." 하고 대답했다. 익숙한 솜씨로 양동이에 세제를 풀고 고무호스로 차에 물을 뿌리는 소주희의 모습이 밝게 빛났다. 하늘 높이 솟구친 물줄기 옆으로 무지개가 떠올랐다. 이 어린 아가씨의 생명력은 놀랄 정도로 강렬했다. 과거의 기억을 모두 잃고 답답한 상자 속에 갇힌 느낌으로 살아가던 김건에게 소주희는 신선한 충격과 활력을 주는 존재였다. 김건은 그녀와 같이 있는 것만으로도 살아 있다는 것을 느꼈다.

"아저씨!"

"네? 우푸푸!"

멍하니 서 있다가 소주희의 부름에 고개를 돌린 김건의 얼굴로 물줄기가 날아들었다.

"정신 차려요! 일해야죠!"

김건은 정신이 번쩍 들었다. 다시 날아드는 물줄기를 피하며 소주희에게 달려가서 호스를 빼앗아 반대로 소주희에게 물을 뿌렸다. "꺄아아!" 하고 비명을 지르며 도망치던 소주희가 손걸레를 들고 물을 막았다.

"좋을 때다!"

그들의 모습을 지켜보던 관리인이 부러운 듯 입맛을 다셨다.

김건은 진심으로 즐거웠다. 항상 느끼지만 이 사람과 같이 있으면 조금도 외롭지 않았다. 모든 것이 새롭고 매일이 즐거웠다. 같이 있는 순간순간이 보석처럼 빛난다.

"차에다 물 뿌려요!"

"넵!"

소주희의 지시대로 김건은 트럭에 물을 뿌리고 세제를 묻힌 걸레로 유리창과 몸통을 닦아냈다. 양동이에 깨끗한 물을 담아 걸레를 빨아서 차체의 물기를 닦아내고 지붕 위로 기어올라가서 먼지와 물기를 닦아냈다. 거의 한 시간 가까이 차를 닦은 두 사람의 눈앞에 훨씬 깔끔해진 신데렐라 포장마차가 서 있었다.

"어때요? 깨끗하죠?"

"와, 정말 그런데요."

김건이 감탄하며 대답했다. 조금 전까지 술 취한 코끼리 같던 외관이, 이제는 샤워를 마친 술 취한 코끼리처럼 말끔해져 있었다. 아주 조금, 이분의 일 그램 정도는 마법이 돌아온 것 같기도 했다.

"자, 여기 수건 써요. 감기 들라!"

관리인 노인이 수건 두 장을 들고 와서 내밀었다.

"감사합니다."

소주희가 활짝 웃으며 수건을 받자 관리인 노인도 멋쩍게 웃었다.

"우리 몇 시에 만나죠?"

머리를 말리며 소주희가 물었다.

"밤 열한 시 오픈이니까 열 시쯤 어때요?"

"그래요, 그리고 요리를 안 하는 대신에 손님한테 커피랑 다과를 제공하는 건 어때요? 무료로…."

"좋은 생각인데요."

"아저씨 사무실에 에스프레소 머신 있던데 그거 가져 오면 되겠네요. 저는 간식거리 좀 준비할게요."

"그게, 좀…."

김건이 망설이자 소주희가 물었다.

"왜요? 커피 못 내리세요?"

"아뇨, 그건 아닙니다."

"그런데 뭐가 문제예요?"

"혼자 마시던 거라 손님들한테 내놓기가 좀…"

"괜찮아요!"

소주희가 활짝 웃으며 말했다.

"분명히 맛있을 거예요."

"그걸 어떻게 아시죠?"

"전에 사무실에서 녹차 주셨잖아요? 그거 아주 맛있었어요."

"그래도 그건 커피가 아닌데…"

"된장 맛있는 집이 간장도 맛있다고 하잖아요? 저도 셰프인데 그거 모르겠어요?"

소주희의 자신 있는 말투에 김건도 덩달아 용기가 생겼다. 준비가 안 된 것을 하기 싫어하는 김건에게 소주희는 아주 간단하게 용기를 심어주었다.

"아, 오늘 '신포' 서는 장소가 어디예요?"

"잠깐만요. 어제가 잠실역이었으니까…"

김건은 수첩을 꺼내서 지하철 노선을 확인하고 다시 달력을 보며 머릿속으로 계산을 해나갔다.

"오늘은 뚝섬역이네요."

"잠깐만요. 아저씨, 혹시 그 지하철 노선도 옛날 거 아니에요?"

"그렇긴 한데, 왜요?"

"어휴, 그럴 줄 알았어!"

소주희가 휴대폰 지하철 노선 어플을 켜서 보여주었다.

"하루가 멀다 하고 새로운 역이 생기는데 예전 노선도를 보시면 어떻게 해요? 여기 보세요!"

휴대폰의 노선도를 본 김건이 자신의 수첩과 비교하며 깜짝 놀랐다.

"어? 정말이군요. 역이 또 늘었어요!"

수첩의 노선도에 다시 역을 써넣은 다음 그는 다시 신데렐라 포장마차 출현 장소를 계산하고서 이번에는 제법 자신 있는 표정으로 말했다.

"오늘은 성수역입니다."

"아, 그때 그 역! 기억나요. 그립다… 그럼 나중에 거기서 봐요!"

다 쓴 수건을 잘 접어서 관리인 노인에게 건네며 "잘 썼습니다." 하고 인사를 건넨 소주희는 "늦어서 먼저 가볼게요. 나중에 봐요." 하면서 긴 다리를 쭉쭉 뻗으며 달려갔다. 그 뒷모습을 김건과 관리인이 한동안 말없이 쳐다보았다. 까만 말꼬리처럼 찰랑대는 뒷머리가 코너를 돌아 사라져버리자 노인이 입을 열었다.

"꼭 잡어! 저런 색시 놓치면 평생 후회해!"

노인의 말에 김건은 "네?" 하고는 금방 다시 "네!" 하고 대답했다. 그 목소리가 이상하게 공허했다.

은색 포르쉐를 집어 던지듯이 주차장 빈 자리에 끼워 넣고 신영규는 후다닥 차에서 뛰어내렸다. 여기까지 오는 내내 몇 번이나 급하게 드리프트를 해서 김정호 형사는 목구멍까지 구토가 나오는 것을 억지로 참고 있었다.

"팀장, 욱!"

국립과학수사대 건물 안으로 바람처럼 날아가는 신영규를 부르다가 손으로 입을 막았다. 이미 그의 뒷모습은 건물 안으로 빨려들 듯 사라진 후였다.

"같이… 읍!"

김 형사는 더 이상 참지 못하고 급하게 화장실로 뛰어 들어갔다.

오종환 교수의 사무실까지 신영규는 한달음에 도착했다. 누군가가 인사를 건네기도 했지만 보이지 않았고 들리지 않았다. 사무실 문을 열고 들어가자 문 앞에 서 있던 오 교수가 바깥을 살피며 재빨리 문을 닫았다. 그가 손에 든 장비로 사무실 안을 구석구석 훑더니 신영규의 몸 근처에도 가져다 대었다. 도청장치나 몰카의 신호를 잡는 탐지기였다.

"교수…."

신영규가 입을 열려는데 오 교수가 손가락을 입 앞에 세웠다. 아무것도 없다는 것을 확인한 다음에야 오 교수가 탐지기를 내려놓았다.

"이제 됐어, 이야기하세."

"이건 뭡니까?"

신영규가 탐지기를 가리키며 말했다.

"요즘 곧잘 감시를 당하는 느낌이 들어서 말이야."

"최근에 도청 당한 적이 있으십니까?"

오 교수가 책상 서랍을 열어서 안쪽을 가리켰다. 여러 형태의 도청기와 몰카가 네 개나 들어 있었다.

"누가 그런 겁니까? 아니, 왜?"

"똥배 나온 노인네 몸 보자는 건 아니겠고, 아마 내가 조사한 것 때문이겠지."

특유의 익살스러운 표정으로 오 교수가 말했다.

"조사라면 아까 전화로 말씀하신, 그겁니까?"

"아마도 그렇다고 사료되네."

"도대체 무슨 말씀입니까? 김성기 전 장관이 자살할 때 쓴 독이, 얼마 전 김갑분 씨 아들이 자살할 때 쓴 독과 같은 거라고요?"

조급함을 참지 못하고 쏘아대듯 말하는 신영규를 오 교수는 침착하게 지켜보았다. 그는 신영규의 본성을 이해하고 배척하지 않는 몇 안 되는 사람 중 하나였다. 과거 이십 년 가까운 세월 동안 국립과학수사연구소 소장을 지낸 그는 은퇴한 뒤에도 계속 강단에 서서 고문 역할을 하며 후배들을 돕고 있었다. 오랜 경험에서 나온 노하우와 환갑이 넘은 나이에도 새로운 기술이 개발되었다는 소식만 들리면 전 세계 어디든 가서 배워 오는 학구열 때문에 지금도 그의 실력은 톱클래스를 유지하고 있었다.

"다 같은 청산가리 아닌가요? 어떻게 같은 독이라고 확신하세요?"

"그래. 그들이 먹은 독은 모두 공통적으로 청산가리야. 그런데 여기에 재미있는 게 섞여 있지."

"뭐가요?"

"테트로도톡신!"

"복어독이요?"

"그래, 청산가리는 맹독이고 금방 사람을 죽이지만 죽는 순간에도 말을 할 수는 있지. 내 생각에는 그래서 신경독인 테트로도톡신을 첨가한 것 같아. 아예, 입을 막으려고 말이야!"

신영규는 이전 김갑분 씨 사건 때 아들이 자살하며 '미쉘'이라고 딸 이름을 부르던 것이 기억났다.

"그 사건 때 피의자가 자살하면서 딸 이름을 불렀습니다."

"독성은 체중과 비례하지. 덩치가 크고 의지가 강한 사람은 한두 마디 정도는 할 수도 있을 거야. 하지만 신경독 때문에 긴 말은 어렵지. 그 사람 죽을 때 무슨 특징이 없었나?"

"혀가 뻣뻣해지고 온몸을 떨면서 거품을 물고 죽었습니다."

"덩치가 큰 사람이었지?"

"네!"

"이번 김성기 전 장관은 체구가 작은 편이었지. 몸무게도 표준 체중을 조금 넘을 정도고. 신경독이 먼저 작용해서 말 한마디 못 하고 죽은 거야."

신영규는 깊은 생각에 잠겼다. 영상으로 봤던 김 전 장관이 죽는 순간이 머릿속에 떠올랐다. 손으로 목을 쥐어뜯고 전신이 뻣뻣해지며 거품을 물고 쓰러지던 그 모습이 김갑분 씨 아들이 죽던 모습과 너무나 흡사했다.

밖에서 '똑똑' 하고 노크 소리가 들리며 "팀장님, 접니다." 하는 김 형사의 목소리가 들렸다. 신영규가 문을 열어주었다.

"그런데 이 독은 그전에도 나온 적이 있었네."

오 교수의 말에 깜짝 놀란 신영규가 바로 문을 닫아버렸다. 들어오려던 김 형사는 문에 코를 부딪치고 '아이고!' 하며 주저앉았다.

"경찰서 증거 보관실, 용병 습격 사건! 기억하나?"

자기도 모르게 신영규는 이를 악물었다.

잊을 리가 없다!

그 사건으로 인해 김건은 기억을 잃었고 모든 것이 바뀌었다. 신문 일 면에 '경찰 창설 이래 가장 치욕적인 사건!'이라고 대서특필되었을 정도였다. 담당자 모두가 강등되거나 전보 처리되었다. 신영규도 강원도로 좌천되어 일 년 가까이 시골경찰 생활을 했다.

"그때 현장에서 잡혔던 필리핀 용병 기억하지? 그 친구가 감옥에서 갑자기 죽었는데 그때 쓴 약도 이거야!"

오 교수가 빈 파이프를 입에 물며 말했다. 오래전에 담배를 끊었지만 그는 담배파이프에 박하 같은 허브를 넣어서 물고 있는 것을 좋아했다. 머리를 맑게 해준다고 말했다.

"그럼, 그때 사건 범인들이 이번 일과도 관련 있다는 말인가요?"

"자세한 건 모르지만 증거로만 보면 같은 독이 분명해. 이런 자살용 독을 만드는 건 의외로 아주 섬세하고 어려운 일이야. 아까도 말했다시피 독성은 사람의 몸무게에 비례하기 때문에 모든 사람에게 치명적인 독약을 만들기는 아주 힘들어. 더구나 신경독을 섞어서 만드는 건 더욱 어렵지. 이 독은 아주 창의적이야. 아마 이 독을 만든 사람은 자신을 예술가라고 생각할지도 몰라."

"예술가요?"

"그래, 예술은 여러 형태가 있으니까. 비범한 영역에 이른 사람들은 종종 자신을 예술가라고 칭하기도 하지."

신영규의 표정이 굳어졌다.

"예술가라?"

그의 입이 으르렁거리는 늑대의 것처럼 꿈틀대고 있었다.

뉴욕 발 서울 행 에어버스 457편은 조금의 여유도 없는 만석이었다. 승무원들도 여기저기 승객들의 끊임없는 요구 때문에 잠시도 쉴 틈이 없었다.

　"손님, 맥주 가져왔습니다."

　삼 년차 객실 승무원 제니 카로프스키는 벌써 세 번이나 콜을 해서 마실 것을 요구하는 뚱뚱한 백인 남자에게 맥주 캔을 가져다주었다. 남자는 고맙다는 인사도 없이 캔을 낚아채더니 그대로 목구멍으로 맥주를 들이부었다. 제니는 짜증을 내지 않으려고 애쓰면서 억지로 웃음을 지어 보였다. 무슨 병이 있는지 남자는 창백한 얼굴에 금방이라도 숨이 넘어갈 것 같은 모습으로 끊임없이 먹고 마셔댔다. 소화 장애가 있는지 한 번씩 트림을 할 때마다 입에서 하수구 처리장 같은 냄새가 터져 나왔다. 모기에 물린 목 뒤를 긁고 또 긁어서 피가 나고 있었지만 그는 조금도 신경 쓰지 않았다. 몸 상태로 보면 긁힌 상처 정도는 문제 축에도 들지 않을 것 같았다. 제니는 그 남자 옆자리에 앉은 수수한 양복 차림의 동양인 남자가 너무나 불쌍하다고 생각했다. 백인 남자의 큰 덩치 때문에 자리에서 밀려 절반이나 몸을 기울여서 피하고 있는데도 백인 남자의 팔에서 흘러내린 땀이 그의 양복에 잔뜩 묻어 있었다. 보다 못한 제니가 "선생님, 팔을 좀 옆으로 옮겨주시겠어요?"라고 부탁했지만 뚱뚱한 백인은 옆자리의 동양인을 흘끗 보고는 "이런 싸구려 양복, 한눈에 봐도 월마트에서 샀구먼! 다음에 내가 한 벌 사주지!" 하며 눈을 감고 몸을 뒤로 기댔다. 그의 몸무게 때문에 의자가 이상한 각도로 뒤로 넘어갔다. 그 바람에 뒷자리 승객이 깜짝 놀라서 벌떡 일어났다. 어쩔 수 없이 제니가 동양 남자에게 "뭐 필요한 것 없으세요?"라고 물었지만 남자는 "괜찮아요"라며 웃어 보였다. 아직 서울까지 가려면 많은 시간이 남았기에 제니는 남자에게 마음이 쓰였다.

객실의 불이 꺼지고 사람들이 차례로 잠에 빠져들었다. 캔맥주를 세 개나 마시고 잠들었던 뚱뚱한 백인이 비틀거리며 일어나서 엉덩이를 북북 긁더니 화장실로 느릿느릿 걸어갔다. 몸을 지탱하려고 의자를 움켜쥐며 걸음을 뗄 때마다 잠든 승객들이 놀라서 깨곤 했다. 여기저기서 불평 섞인 한숨이 터져 나왔지만 그는 조금도 개의치 않고 숨을 몰아쉬며 화장실로 향했다. 다행히 빈칸이 있어서 바로 문을 열고 들어간 그는 큰 덩치 때문에 거치적거리는지 문을 열어둔 채 그대로 소변을 보기 시작했다.

"어어어어어~ 아아아아!" 하고 짐승 같은 소리를 내며 소변을 본 그가 문이 닫히는 소리에 뒤를 돌아보니, 옆자리에 앉았던 동양 남자가 서 있었다.

"*What the... Hay! Walmart guy*(뭐야? 헤이, 월마트가이)!"

하지만 말을 마치기도 전에 동양 남자가 무서운 힘으로 그를 화장실 안으로 밀어 넣었다. 남자는 그대로 화장실 벽에 얼굴을 처박았다.

"*What the...*(이게 뭐…)?"

백인이 뒤로 팔을 휘둘렀지만 동양 남자는 왼팔로 그 팔을 제압하고 발로 남자의 무릎 뒤를 밟아서 바닥에 꿇어 앉혔다.

"억!"

남자가 쓰러지며 황소 같은 신음 소리를 냈다. 동양 남자는 재빨리 종이타월 뭉치를 꺼내서 백인 남자의 입을 틀어막았다. 백인이 "어! 어!" 하는 신음 소리를 냈다. 백인을 제압한 동양 남자는 주머니에서 금속제 샤프를 꺼냈다. 뒤쪽을 세게 누르자 샤프 끝에서 가는 바늘이 튀어나왔다. 일반 주사기보다 훨씬 가는 바늘이었다. 동양 남자는 한 치의 망설임도 없이 바늘을 백인 남자의 목 뒤쪽 모기에 물린 곳으로 찔러 넣었다. 백인 남자가 괴로워하며 몸을 떨기 시작했다. 동양 남자는 무서운 힘으로 그의 몸을 벽에 밀어붙이며 양손을 제압했다. 잠시 후 괴로워하던 백인 남자의 몸이 축 늘어졌다. 동양 남자는 백인의 몸을 변기 옆에 기대 앉혀놓고 그의 입에서 종이 타월을 꺼내 쓰레기통에 넣었다. 생각대로 일을 마무리한 남자는 거울을 보며 옷매무새를 바로잡았다. 모든 것이 완벽했다. 그는 접는 빗을 꺼내 정성스럽게 머리를 쓸어내리며 거울에 비친 '죽은 남자'에게 한마디 했다.

"*This is 'ARMANI'*(이 옷, '알마니'야)!"

동양 남자는 밖에서 화장실의 문을 닫고 옆 좌석에 비치된 안전 안내문 모서리를 이용해 걸쇠를 잠그며 사람들을 살펴보았다. 승객들은 아무도 화장실에서 무슨 일이 일어났는지 모르고 모두 깊은 잠에 빠져 있었다. 고양이 같은 조용한 발걸음으로 자리로 돌아온 동양 남자는 몸을 쭉 펴며 깊이 숨을 들이마셨다. 공기가 더할 나위 없이 신선하게 느껴졌다. 마침 지나가던 제니가 그를 보고 물었다.

"옆자리 승객은 어디 가셨나요?"

"밖에서 산책이라도 하나 보죠. 만월이잖아요?"

그의 농담에 제니가 활짝 웃었다.

"재미있는 분이네요. 상상력이 풍부하세요!"

"아, 네."

남자가 웃으며 대답했다.

"전 '예술가'거든요!"

"아, 어쩐지…."

제니도 웃었다. 남자가 조용히 부탁했다.

"실례가 안 된다면 콜라 한 캔만 마실 수 있을까요? 옆자리 승객이 오기 전에."

"물론이죠."

제니가 떠난 뒤에 동양 남자는 창밖의 둥근 달을 쳐다보며 중얼거렸다.

"잘 자, 친구."

그는 이빨로 혀끝을 살짝 깨물며 웃었다.

—◦◦◦◦◦—

김건은 저녁 열 시가 조금 넘은 시간에 성수역 근처 공원 입구에 트럭을 세웠다. 아무래도 트럭에 익숙하지 않아서 운전에 애를 먹었다. 주차를 하기 위해 앞뒤로 몇 번이나 왔다 갔다 하다가 간신히 차를 세웠다. 먼저 공원에 와 있던 소주희가 손을 흔들며 달려왔다. 언제 봐도 기운이 넘쳤다.

"짜잔!"

그녀가 손에 든 종이가방을 들어 보였다.

"그건 뭐예요?"

김건이 묻자 소주희가 종이가방을 열어 안을 보여주었다. 알록달록한 과자가 가득 들어 있었다.

"마카롱이에요! 프랑스의 대표 간식! 신포랑 어울리죠?"

"예쁘네요. 비싸겠어요."

"산 게 아니라. 제가 만든 거예요."

"그래요? 직접?"

"어렸을 때부터 마카롱 만들기를 좋아해서 많이 만들었거든요. 고등학교 때도 만든 적 있는데….'

말하면서 소주희는 가만히 김건의 눈치를 살폈다.

'아저씨 정말 기억 안 나세요?'

하지만 김건은 눈만 멀뚱멀뚱 뜬 채 웃고 있었다. 아무것도 모른다는 눈치였다.

"왜 그러시죠?"

"아무것도 아니에요. 아! 한 개 드셔보세요!"

소주희가 마카롱을 한 개 꺼내서 김건의 입에 넣어주었다. 무심코 받아먹은 김건이 맛을 음미하며 씹다가 갑자기 "앗!" 하며 벌떡 일어났다. 소주희도 같이 일어서며 "왜요? 뭔가 기억났어요?" 하고 외쳤다. 혹시 옛날 일이 떠올랐을까 하는 기대에 가슴이 뛰었다.

"내일 치과 가야 되는데, 단것을 먹었네요."

"네? 치과요?"

소주희가 어이없다는 듯 되물었다.

"네, 예약해둬서…."

"다른 건 뭐 기억나는 게 없어요?"

"특별히 없는데요?"

"하아!"

맥 빠진 한숨을 내쉬며 소주희가 털썩 주저앉았다. 고등학교 때 자신의 목숨을 구해준 영웅에게 자신이 직접 구운 마카롱을 선물한 적이 있었다. 김건이 그 사람이라면 분명히 기억할 텐데… 김건은 넋 나간 사람처럼 멍하니 앉아 있는 소주희의 눈치를 살피다가 "주희 씨." 하고 넌지시 불러보았다.

"네?"

소주희의 눈이 김건의 차분한 눈빛과 만났다. 그때의 영웅과 같은 눈빛이었다. 혹시?

"이제 우리 준비해야 됩니다! 시간이 없어요!"

"아, 네… 준비해야죠."

소주희가 길게 한숨을 내쉬며 몸을 일으켰다. 하지만 금방 그녀의 얼굴에 다시 웃음꽃이 피어올랐다.

"뭐부터 할까요?"

김건이 물었다.

"정리부터 해요!"

소주희가 김건의 어깨를 손으로 탁 치며 말했다.

익숙한 솜씨로 트럭 안을 정리하고 물건들을 옮기는 소주희를 따라서 김건도 바지런히 움직이기 시작했다.

익숙하지 않은 좁은 공간에서 같이 일하다 보니 서로 부딪히고 마주치기 일쑤였다. 처음에는 어색하게 서로 눈길을 피했지만, 차츰 익숙해지면서 이 상황을 즐기게 되었다. 김건은 이것이 소주희의 매력이라고 생각했다. 항상 웃음을 잃지 않고 같이 있는 사람을 편안하게 해주는 힘. 그래서 항상 이 사람과 같이 있고 싶게 만드는 매력이 그녀에게서 넘쳐흘렀다.

내부 청소와 정리를 마친 후, 두 사람은 나란히 앉아 한숨을 돌렸다. 아직 포장마차 개점시간인 밤 열한 시는 안 됐지만 두 사람은 손님이 올까 봐 마냥 느긋하게 쉴 수가 없었다. 김건이 내린 부드러운 커피를 마시며 두 사람은 오늘 할 일을 의논했다.

"와, 커피 향 좋다. 아저씨, 진짜 바리스타네요?"

소주희가 진심으로 감탄하며 말했다.

"일단, 자격증은 있습니다."

"오, 대박!"

"아니요. 예전에 제 선생님이 따보라고 하셔서."

"선생님이 선견지명이 있으시네요. 지금 어디 계세요?"

"항상… 그 자리에 계시죠."

김건이 조금 머뭇거리며 대답했다.

"어디에도 가지 않으시지만, 어디든 계시죠."

"와!"

소주희가 다시 감탄했다.

"철학적이네요."

"현실은 꼭 그렇게 멋있지만은 않습니다."

김건이 시선을 피하듯 고개를 돌리며 대답했다. 갑자기 바깥쪽이 소란스러워졌다. 소주희가 고개를 내밀어 밖을 보니 파란 교복을 입은 일단의 여고생들이 몰려오고 있었다. 그 모습이 꼭 파란 물결의 거대한 쓰나미 같았다.

"봐! 그 애 말이 맞지? 신포, 오늘 여기 있다니까!"

"정말! 정말!"

"꺄아! 설렌다! 프랑스 요리!"

교복 차림의 여고생 십여 명이 한꺼번에 몰려오자 번개구름이 몰려온 것처럼 시끄러워졌다.

"죄송한데, 오늘은 주인이 없어서 음식은 못 팔아요."

김건의 말에 단체로 실망의 한숨이 터져 나왔다.

"뭐야? 일부러 여기까지 왔는데…."

"그 애한테 장소 알아내려고 온갖 아부 다 떨었는데."

"헐…."

"자, 자! 대신, 커피랑 마카롱을 드려요. 공짜로!"

소주희의 말에 여학생들의 푸념은 단박에 자취를 감춰버렸다. 게다가 '공짜'라니! 여고생들이 "와아!" 하고 함성을 내질렀다. 공원 주변을 지나가던 사람들까지 다 이쪽을 쳐다볼 정도였다.

"'아아' 없어요?"

"'아아'요?"

여고생의 질문을 이해하지 못한 김건이 어리둥절해 있을 때 소주희가 재치 있게 나섰다.

"오늘은 드립 커피밖에 없어서요. 쏴리."

"'아아'가 뭡니까?"

"아이스 아메리카노. 요즘 쓰는 줄임말이에요."

"아! 줄임말도 공부해야겠네요!"

작은 컵에 담긴 커피와 마카롱을 하나씩 받은 여고생들이 옆에 있는 벤치로 몰려가서 와자지껄 떠들며 먹고 마시기 시작했다. 그 모습을 지켜본 다른 사람들도 하나둘씩 트럭 주위

로 와서 기웃거렸다. 소주희는 그들에게도 친절하게 응대하며
원하는 사람에게 커피와 마카롱을 나눠주었다.

"전, 커피는 됐어요."

직장인처럼 보이는 양복 차림의 남자가 피곤한 얼굴로 손
을 저었다.

"주시면 마카롱만 받을게요."

옆에 있던 운동복 차림의 노인은 "그거, 달달한 거요?" 하
고 묻더니 커피도 마카롱도 필요 없다며 가버렸다. 여고생들
만 다시 와서 커피를 리필하고 과자도 더 받아갔다.

"이상하네, 아이들만 좋아하는데요?"

"삶의 무게가 다르겠죠. 젊은 회사원은 내일 출근 때문에
커피를 못 마시는 거고, 어르신은 당뇨병이 두려우셨겠죠."

"그걸 어떻게 알아요?"

소주희가 조금 놀란 표정으로 물었다.

"그 남자는 아까부터 벤치에서 서류를 읽고 있었습니다.
야근을 하고 집에 가던 길인 것 같더군요. 지금 커피를 마시
면 잠들기 힘들겠죠. 어르신은 이 늦은 밤에 운동복 차림이셨
죠. 보통 경우라면 주무실 시간인데 굳이 나온 걸 보면 뭔가
목적이 있었을 겁니다. 예를 들면 혈당관리라던가…. 아마도
저녁을 드신 후에 혈당이 너무 높게 나와서 일부러 운동을

하러 나온 게 아닐까요?"

"우와!"

소주희가 감탄사를 연발했다.

"아저씨, 정말 탐정 맞네요! 어떻게 한 번 보고 그걸 다 알아요?"

"아뇨, 별거 아닙니다. 그냥 보이는 거예요."

김건이 담담하게 대답했다.

"프랑수아가 아저씨한테 부탁한 이유를 알겠어요."

"아, 그거 생각만 해도 막막하네요. 어떻게 해야 할지."

"아저씨라면 길을 찾으실 거예요."

소주희가 웃으며 말했다.

"글쎄요, 말은 쉽지만…."

김건은 다시 한 번 프랑수아의 말을 떠올렸다.

'길이 보일 때까지 찾거나 아니면 포기할 뿐이죠.'

신나게 먹고 마신 여고생들이 한 번 더 와서 리필이 되는지 물었다. 소주희는 웃으면서 그들을 일일이 응대하고 음료와 과자를 나눠주었다. 그 모습을 지켜보던 김건은 그녀가 진짜 어른이라는 생각이 들었다. 어른과 아이의 차이는 현실을 올바로 인식하느냐 못 하느냐에 있다. 소주희는 아직 어린 나이인데도 사회화가 잘 되어 있다. 일찍 사회와 만나서 많은 사람들을 상대해온 덕분일 것이다. 아마도 많은 실망과 좌절을 겪었을 것이다. 그런데도 자신을 잃지 않고 항상 긍정적으로 살아간다. 의도적으로 기억에도 없는 '김건'이라는 남자의 모습을 흉내 내고 있는 자신과는 근본부터 다르다!

"저 아이들, 정말 내일이 없는 것처럼 노네요."

소주희가 여고생들의 모습을 잔잔한 눈빛으로 쳐다보았다. 불과 몇 년 전, 자신도 저런 모습이었다.

"맛있고 좋은 것도 다 즐길 수 있는 때가 있는 모양이에요. 저 아이들의 인생에서 어쩌면 지금이 가장 빛나는 순간일지도 몰라요."

여고생들을 보면서 소주희는 자연스럽게 자신의 고등학교 시절을 떠올렸다. 마음이 맞는 친구들과 가장 행복했던 시간을 보냈다. 운 나쁘게 목숨을 잃을 뻔한 큰일도 겪었지만 영웅을 만나서 목숨을 구원받았다. 하지만 그 영웅은 지금 자신을 기억조차 하지 못한다.

"뭐 하나 여쭤봐도 돼요?"

소주희가 시선을 밖으로 향한 채 김건에게 물었다.

"네. 뭡니까?"

커피 찌꺼기를 버리고 기계를 정리하던 김건이 대답했다.

"아저씨, 기억… 다시 찾고 싶지 않으세요?"

기계를 닦던 김건의 손이 멈칫했다. 그 손이 잠시 후 다시 더 힘차게 움직였다.

"찾고 싶죠. 찾고 싶습니다. 하지만 좀 망설여지기도 해요."

"왜요?"

"겁이 나서요."

"겁이 나요?"

"네."

김건이 한동안 힘을 줘서 기계 옆면을 닦았다. 쓱싹쓱싹 하는 걸레질 소리만 트럭 안에 가득 찼다.

"저는 과거에 제가 어떤 인간이었는지 모릅니다."

김건이 걸레질을 멈추지 않은 채 말했다.

"제가 기억하는 건 감옥에 갇힌 후부터예요."

소주희는 아무 말도 할 수 없었다. '감옥?' 갑자기 드러난 과거에 가슴이 두근거렸다. '하지만 경찰이 왜?'

"제가 기억 못하는 큰 사건이 있었고, 다른 경찰 한 명은 현장에서 죽었죠. 저는 그때 부상으로 기억을 잃었어요. 처음에는 병원에 있다가 갑자기 범죄 공모혐의를 받고 감옥으로 이송됐어요. 도주의 위험이 있다고 했죠. 감옥에 있는데 점점 더 많은 기억을 잃어갔어요. 나중에는 더하기 빼기도 못 하게 됐죠. 머릿속이 점점 하얘졌어요. 시간이 갈수록 모든 기억이 사라지더니 얼마 안 가서 나 자신이 누구인지도 기억하기 힘들게 됐어요. 그때 저는 신영규 선배를 배신했습니다. 기억을 잃는 것이 두려웠어요. 모든 것을 잃기 전에 빨리 병원으로 가고 싶었죠. 그때 담당 검사가 저를 회유했어요. 신영규 선배를 주범으로 인정하면 병원에 보내주겠다고 했죠. 저는 그때 아주 잠깐 동안 갈등했지만 결국 그 검사 말대로 했죠. 그 사람은 신 선배를 주범으로, 저를 공범으로 기소하고 모든 죄를 뒤집어 씌웠어요. 그리고 저는 감옥으로 돌려보내졌죠. 병원으로 보내주겠다는 약속도 어겼어요. 신기하게도, 모든 것을 잊어가는 와중에도, 그 젊은 검사의 야비한 얼굴만은 잊을 수 없었어요. 지금도 선명하게 머릿속에 남아 있습니다."

걸레질을 멈춘 김건이 답답한지 심호흡을 했다.

"저는 신영규 선배가 저 미워하는 거, 이해합니다. 저라도 그랬을 거예요."

"아저씨⋯."

소주희는 무슨 말을 해야 할지 몰랐다.

"기억을 찾는 게 두려운 이유가 바로 그겁니다. 저는 저라는 인간이 과거에 어땠는지 정말 모르겠어요. 만약 친구를 팔아먹을 정도로 한심한 인간이었다면⋯. 그때의 내 모습이 과거의 나 그대로라면, 저는 스스로를 용서할 자신이 없습니다."

그녀는 머릿속이 하얘진 느낌이었다. 정신병원의 하얀 방처럼 아무것도 없이 사방이 막힌 공간에 자신의 의식이 갇힌 느낌이었다.

"저는 그냥, 지금 할 수 있는 일을 하면서 기다릴 겁니다. 언젠가 기억을 되찾게 되면 그것도 좋겠지만 못 찾게 돼도 그저 이렇게 최선을 다해서 하루하루를 살아가려고 해요. 제가 할 수 있는 건 그것뿐이에요."

어느새 시끄러운 여고생들도 썰물처럼 빠져나가고 없었다. 그녀들이 앉아 있던 벤치가 평소보다 더 외로워 보였다. 밤 열한 시가 넘은 공원은 바람 한 점 없는 바다처럼 고요했다. 많은 사람을 대하는 자리에 서서 같은 곳을 보다 보니 두 사람에겐 어느새 묘한 동질감 같은 게 생겼다.

"죄송해요. 제가 괜한 걸…."

"아닙니다. 저야말로 분위기를 망쳤네요. 죄송합니다."

"아니요. 제가 죄송해요."

두 사람이 서로에게 사과의 말을 탁구공처럼 주고받고 있을 때, 공원 입구에서 트럭을 향해서 한 사람이 걸어오고 있었다. 고풍스런 모자에 바바리코트, 살짝 저는 오른쪽 다리를 멋진 금색 지팡이로 지탱하고 허리를 쭉 편 채 걸어오고 있었다.

　가로등을 지나면서 드러난 살집 있는 얼굴에는 콧수염이 멋지게 빛나고 있었다. 네모진 얼굴에 부리부리한 눈이 군인처럼 강한 인상을 주었지만 열은 미소를 머금은 입술 덕분에 딱딱해 보이지는 않았다. 전체적인 분위기가 어딘가 김건과 비슷했다.

　"와!"

　소주희가 감탄했다.

　"삼십 년 뒤, 미래의 아저씨께서 찾아오셨네요!"

　김건 역시 멍하니 입을 벌린 채 다가오는 노신사를 쳐다보았다.

　"안녕하십니까?"

　남자가 모자를 벗고 정중히 인사했다. 어딘가 연극배우처럼 과장되어 보이면서도 의외로 자연스러운 몸동작이었다.

　김건도 반사적으로 모자를 벗으며 인사했다.

　"좋은 밤입니다. 그런데 프랑수아는 어디 있죠?"

　"아, 프랑수아는 사정상 못 왔습니다. 저희한테 대신 가게 문을 열어달라고 부탁했죠. 손님이 오실 거라면서."

　노신사가 싱긋 웃었다.

　"그 손님이 저를 말하는 것 같군요. 아, 실례. 저는 이런 사람입니다."

　노신사가 다른 손으로 바꿔 쥔 금색 지팡이의 손잡이에는 투명한 해골 모양이 빛나고 있었다. 불빛을 받아 반짝이는 특이한 장식에 김건과 소주희 둘 다 눈을 휘둥그렇게 떴다. 가슴 주머니에서 금색 명함 케이스를 꺼내 열더니 명함을 한 장 내밀었다. 특이하게도 명함은 작은 금박 테두리를 한 책 모양으로 접혀 있었다. 명함을 펼치자 안쪽에 '제 일 장'이라는 항목 아래 이름과 직함이 박혀 있었다.

　"아! 혹시, 이철호 선생님?"

　소주희가 펄쩍 뛰며 기뻐했다.

　"「일곱 개의 백합송이」! 「제 육 열」! 「여명의 눈빛」!"

　"아, 감사합니다. 젊으신데 제 작품을 다 기억해주시네요."

제 일 장

한국추리소설가협회 회장
이 철 호

이철호 회장은 소주희에게 살짝 허리를 숙였다.

"선생님, 예전에 연극배우도 하셨죠? '미스터리 극단' 맞죠?"

"그런 것도 아시네요. 아마추어들이 모여서 만든 임시 극단이었어요. 오 년 정도만 활동했는데 용케 기억하시네요."

"당연히 알죠! 저 고등학교 때, 선생님 광팬이었어요!"

"이거 참, 감사합니다. 여기서 팬을 만나게 될 줄은 몰랐네요."

"선생님 신간 본 지 오래됐어요. 새 책은 안 나와요?"

"아무래도 예전처럼 책이 안 팔려서요. 뭐, 곧 나오긴 할 겁니다."

"기대돼요. 나오면 꼭 살게요!"

눈을 반짝이며 말하는 소주희에게 노인이 정중하게 고개를 숙였다.

"감사합니다. 하지만 오늘은 일 때문에 왔으니 그 이야기를 먼저 할까요? 프랑수아가 뭐라고 하던가요?"

"손님께서 문제를 해결하는 데 도움을 주실 거라고 했습니다."

김건이 대답했다.

"문제가 뭐죠?"

"저희도 잘 모릅니다. 어떤 사람을 찾는 단서가 차 안에 있다고만 했어요."

"지금 이 시점에서 진짜 문제는…."

이철호 회장이 빙긋 웃으며 말했다.

"문제를 찾는 거로군요!"

보면 볼수록 그의 말투나 행동거지는 김건과 닮았다.

"문제 해결의 첫 번째는 바로 문제를 아는 거죠."

김건도 빙긋 웃으며 말했다. 김건과 소주희는 이철호 회장에게 커피와 과자를 건네고서 트럭 안 여기저기를 살펴보기 시작했다. 이 회장은 여유 있게 커피를 마시며 그 모습을 지켜보았다. 단서라고는 했지만 비밀 공간이나 깊은 곳에 숨기지는 않았을 것이다. 만약 그렇게 했다면 그건 단서가 아니라 보물이다.

"고전 추리소설 중에 이런 이야기가 있죠. 스파이가 숨긴 중요한 편지를 찾는 문제였는데요. 경찰이 아무리 애써도 찾아내지 못한 것을 탐정은 쉽게 찾았습니다. 어디서 찾았는지 아세요?"

이철호 회장의 질문에 소주희가 "음, 스파이니까 비밀의 방 같은 거 아닐까요?" 하고 대답했다. 하지만 벽에 걸린 액자를 살펴보던 김건이 담담하게 말했다.

"편지 보관함이죠. 너무 당연해서 아무도 의심하지 않을 곳."

김건이 액자들 중에서 레메게톤 그림이 들어 있는 액자를 조심스럽게 벽에서 떼어냈다. 액자 자체는 어디에나 있는 평범한 나무 프레임이었다. 어디에 특별한 장치가 되어 있는 것도 아니다. 액자를 뒤집어서 고정 핀을 열고 뒤판을 꺼내자 레메게톤 그림 뒤에 엽서 한 장이 들어 있었다. 평범한 프랑스의 항구 도시를 배경으로 한 엽서였다. 받는 사람의 이름은 장(Jean)이었다. 엽서를 뒤집어 보니 프랑스어로 쓴 몇 줄의 문장이 있었다.

CDoerrnnuicèorpei garCâocren duec DoopuivarCeosr

Dnouuccoep BiiajCoourxn due cMoopiisasCaocr

MnaulceobpoilagCioar, Mnèurceo, RpeiianCeo dren l'uec-
nofpeira

아무도 말을 하지 않았다. 아니, 말할 수가 없었다. 문제의 처음부터 이런 것이 나올 줄은 상상도 못했으니까.

이철호 회장이 고개를 갸우뚱했다.

"이건… 무슨 글이지? 프랑스어도 아니고."

"영어도 아닌 것 같은데? 무슨 말인지 모르겠어요?"

소주희도 고개를 갸우뚱했다.

"전혀 모르겠어요."

"이거 아마도… 아나그램(Anagram) 같은데요?"

집중해서 살펴보던 김건이 말했다.

"음, 아무래도 그런 것 같네요."

이철호 회장이 동의한다는 듯 고개를 끄덕였다.

"아나그램이 뭐예요?"

소주희가 눈을 동그랗게 뜨고 물었다.

"옛날부터 사용된 문자 암호 체계예요. 어구전철(語句轉綴)이라고도 불러요. 일종의 말장난으로 단어의 문자를 재배열하여 다른 뜻을 가지는 다른 단어로 바꾸는 것을 말합니다. 나중에 점점 여러 형태로 발전했는데 여기 있는 것은 원래 문자에 다른 문자를 섞어서 의미를 알기 어렵게 만든 겁니다. 예를 들면 '무궁화'라는 단어를 알지 못하게 하려고 '도라지'라는 단어를 넣어 '무도궁라화지'라고 쓰는 식이지요. 이때 끼워 넣는 단어를 '키워드'라고도 불러요."

김건이 소주희에게 설명해주었다. 그러고는 "이상한데?" 하며 고개를 갸우뚱했다.

"뭐가요? 그냥 키워드만 찾으면 되는 거 아니에요?"

소주희가 물었다.

"프랑수아는 이 시가 아버지 친구를 찾는 단서라고 말했어요. 고작 친구들끼리 주고받은 엽서에 아나그램을 쓰다니, 좀 지나치다는 생각 안 들어요?"

"정말 그렇군!"

이철호 회장도 그 말에 동의했다.

"이런 암호문은 정보를 감추려고 하는 사람들이 주로 사용하죠. 보통 두 부류, 정보기관이나 범죄자들이에요."

"범…죄자요?"

소주희가 놀라서 중얼거렸다.

"프랑수아 아버지가 범죄자라는 뜻은 아닙니다. 아직은 아무것도 몰라요. 어쨌든 이 문장이 아나그램이라면 키워드를 알아야 돼요."

세 사람은 한동안 말없이 엽서를 내려다보았다.

"어쩌면, 제가 도움이 될 것 같네요."

이철호 회장이 말했다.

"네? 혹시, 암호를 풀 줄 아세요?"

김건이 물었다.

"젊은 시절부터 암호 풀이에 관심이 많아서 연구 좀 했죠. 제 작품에도…."

"아! 「여명의 눈빛」! 거기에 일본군이 숨긴 금괴를 찾는 암호 풀이가 나오죠?"

소주희가 박수를 치며 말하자 이철호 회장이 빙긋 웃었다.

"그 책을 보셨나요?"

"네, 탐정 '백후'가 죽어가는 독립군에게 받은 반쪽짜리 암호문을 가지고 일본군이 숨긴 조선 황실의 보물을 찾아 임시 정부로 보내는 내용이잖아요? 정말 재미있었는데!"

"하하, 이거 참. 몸 둘 바를 모르겠네요."

"그런데 백후 탐정은 그 뒤로 안 나와요? 정말 캐릭터가 좋았는데."

"원래부터 시리즈가 아니라서 다른 작품에는 안 나왔죠. 조만간 「여명의 눈빛」을 리메이크하면서 속편도 다시 써볼까 생각 중입니다."

"정말요? 꼭 써주세요, 꼭이요!"

두 사람이 재미있게 이야기를 나누는 사이에 김건은 표지를 가죽으로 만든 수첩과 은색 만년필을 꺼내들었다. 엽서에 적힌 문장을 수첩에 꼼꼼히 옮겨 적은 다음 그것을 엽서와 비교하면서 다른 곳이 없는지 확인했다. 그러고는 수첩에 구멍이라도 낼 듯한 기세로 글자들을 뚫어지게 들여다보았다.

"아저씨, 뭔지 알겠어요?"

소주희가 물었지만 김건은 너무 집중한 나머지 아무것도 듣지 못했다. 소주희가 살짝 입을 내밀었다.

"집중력이 대단하네요. 저도 좀 볼까요?"

이철호 회장이 살짝 어깨를 잡으며 말하자 잠에서 깬 듯 김건이 고개를 들었다.

"아 네? 그러시죠."

김건이 자신이 보던 수첩을 내밀었다. 이철호 회장은 웃으며 고개를 젓더니 안주머니에서 최신형 휴대폰을 꺼냈다. 카메라 렌즈가 다섯 개나 달린, 요즘 한참 광고 중인 모델이었다. 폰을 알아본 소주희가 '우와!' 하고 감탄했다.

"이거 그 '노트13' 아니에요?"

"네. 부끄럽지만 제가 최신형 기계를 좋아해서요."

이 회장은 익숙한 손놀림으로 수동 카메라 어플을 켜서 야간모드에 접사를 장착하고 초점을 맞춰 사진을 찍은 다음 전자펜을 꺼내 사진 위에 점을 찍기 시작했다. 분위기는 김건과 비슷하지만 고령에도 불구하고 첨단 문물에 익숙한 듯했다.

김건 역시 만년필로 수첩 위에 뭔가를 체크하기 시작했다. 비록 디지털은 잘 모르지만 익숙한 방법으로 문제를 풀어나가고 있었다. 왠지 두 사람 사이에 묘한 경쟁이 시작된 것 같았다. 소주희 혼자만 두 사람의 눈치를 보고 있었다. 말없이 문제 풀기에 집중한 두 사람 덕분에 주위는 곧 깊은 정적에 잠겼다. 근처 풀밭의 쓰르라미가 '쓰르륵' 하고 날개를 부딪치는 소리가 공사장의 드릴 소리처럼 크게 들렸다.

"아, 역시 비교적 단순한 아나그램이었군요!"

이철호 회장이 과장된 목소리로 정적을 깼다.

"패턴에 변화가 없어요!"

"정말 그렇습니다. 키워드를 찾기는 쉽네요."

김건이 동의했다.

"원래 쉬운 거 아니에요? 그냥 글자 사이에 끼워 넣은 게 키워드라면서요?"

소주희의 말에 이철호 회장이 고개를 젓고는 설명을 시작했다.

"키워드를 넣는 방법은 여러 가지가 있어요. 원래 단어나 문장을 감추는 것이 목적이라서 키워드를 그냥 넣는 것보다 여러 가지 변형을 거치는 경우가 많죠. 예를 들어서 '무도궁라화지'라는 문장에서 키워드가 '도라지'라고 하면 그 도라지를 그대로 반복해서 쓰는 것보다 변형해서 쓰는 것이 더 효과적이겠죠. 가장 일반적인 것은 도, 도라, 도라지 같이 글자를 끊어서 반복하든지 도라지, 지라도처럼 순서를 바꾸고 중복시켜서 키워드를 모르면 찾기 어렵게 배치하는 거죠. 키워드를 끼워 넣는 패턴도 무궁무진해요. 단순히 글자 하나와 글자 하나 사이에 넣기도 하지만 일정한 패턴으로 두 번째나 세 번째마다 키워드를 넣을 수도 있어요. 실제로 아주 복잡한 패턴으로 만들어진 아나그램은 키워드나 패턴을 모르면 해독하기 어렵죠."

"이것도 그렇게 복잡한 거예요?"

소주희가 미간을 찌푸리며 물었다.

"다행히 이건 가장 단순한 종류예요. 한 글자마다 키워드를 넣어서 단순 반복된 형태죠."

"키워드가 뭐예요?"

소주희의 물음에 김건이 수첩을 내밀어 보여주었다.

"여기 첫 번째 문장을 보세요."

· · · · · · · · · · · · · · · · · · · ·

CDoerrnnuicèorpei garCâocren duec DoopuivarCeosr

"첫 번째 글자부터 시작해서 한 단어가 반복적으로 쓰이고 있어요."

"C…o…r…코르…코르누… 뭐예요?"

어려운 발음에 소주희가 고개를 갸우뚱했다.

"코르누코피아(Cornucopia)!"

"그게 뭐예요?"

"그리스 신화에 나오는 신물(神物)이죠. 소유자가 뿔 안에서 재물과 음식을 마음대로 꺼낼 수 있어서 '풍요의 뿔'이라고 불러요. 신화에서 처음 나오는 건 제우스가 염소 모양을 한 유모 아말테이아의 뿔을 꺾어서 만들었다고 해요. 또 다른 이야기로는 헤라클레스가 데이아네이라를 아내로 맞이할 때 강의 신 아켈로오스와 경쟁하게 됐는데, 아켈로오스가 황소로 변신해 싸움을 걸었지만 헤라클레스에게 져서 뿔을 뽑혔고, 이 뿔이 풍요의 여신 코피아의 축복을 받아 코르누코피아가 되었답니다."

김건이 긴 이야기를 숨도 안 쉬고 하는 동안 인내심을 가지고 듣던 소주희가 이철호 회장에게 물었다.

"선생님도 같아요?"

이 회장이 휴대폰을 보여주었다. 화면에는 엽서의 문장을 찍은 사진 위에 한 글자마다 빨간 점이 찍혀 있었고 아래쪽에 Cornucopia라는 단어가 적혀 있었다.

"와! 대단하시다! 어떻게 아셨어요? 정말 이쪽에 조예가 깊으시네요. 과연 대! 작가님이세요!"

"아, 저도 풀었는데."

김건이 중얼거렸지만 소주희는 못 들은 척 이철호 회장을 칭찬하기에 바빴다.

"정말 소설 속 탐정 같으시네요. 존경스러워요."

"저는 정말 탐정인데…."

김건이 다시 중얼거렸지만 소주희는 여전히 눈길도 주지 않았다.

"정말 대단한 건 김건 씨죠. 기억력이 놀랍네요. 신화 내용을 다 외우시나 봐요."

이철호 회장이 김건을 칭찬했지만 소주희는 "저 아저씨, 백과사전 전집을 다 외우신대요." 하고 별일 아니라는 듯 대답했다.

"백과사전 전집을? 그거 대단한데?"

이 회장이 다시 어깨를 으쓱하며 "요즘 세상에는 드문 재능이네요. 그냥 검색하면 되는데?" 하고 말하자 소주희도 "그러게 말이에요." 하고 맞장구를 쳤다.

"그때는… 그럴 필요가 있었거든요."

김건이 쭈뼛거리며 대답하자 이철호 회장은 활짝 웃으며 "농담입니다. 으하하!" 하고 그의 어깨를 툭 쳤다. 점잖은 외모 속에 무성영화의 희극 배우 같은 유쾌함이 숨어 있어서 같이 있으면 즐거워지는 사람이었다.

"그럼 키워드를 찾았으니까 무슨 내용인지 알겠네요?"

소주희의 말에 김건과 이 회장 두 사람이 동시에 고개를 저었다.

"일단 내용은 알았어요. 여기…."

김건의 수첩에 키워드를 제거하고 새로 쓴 문장이 있었다.

Dernière grâce de Douvres

Douce grâce de Moissac

Malebolgia, Mère, Reine de l'enfer

"이건 시로군?"

이철호 회장이 문장을 보며 말했다.

"첫 문장은 '도버의 마지막 은총', 두 번째는 '무와삭의 달콤한 은혜', 세 번째 문장은…."

"선생님, 프랑스어도 하세요?"

이 회장이 유창하게 시를 번역하자 소주희가 눈을 반짝이며 물었다.

"옛날에 프랑스에 체류한 적이 있었어요."

"저, 프랑스어 잘하는 남자, 너무 좋아해요."

"그래요? 내가 아직 안 죽었어요!"

소주희와 이 회장이 킥킥거리는 동안에도 김건은 시의 내용을 분석하려고 노력했지만 이내 "도저히 안 되겠어요. 이건 너무 어려워요!" 하며 고개를 저었다.

"애초에 십 년도 넘은 엽서 한 장으로 사람을 찾는다는 것부터 무리였어요."

"적어도 지금은 문제가 뭔지는 알게 됐죠!"

이철호 회장이 빙긋 웃었다.

"우리는 막 문제가 든 봉투를 연 거예요. 진짜 문제는 지금부터 시작이죠."

김건은 눈을 감고 숨을 내쉬었다. 예전, 스승에게 배운 명상 호흡법이었다. 벽에 부딪힐 때마다 그를 도와준 방법이다. 심호흡을 하며 머릿속에 만들어둔 자신만의 방으로 들어갔다. 방 안의 벽은 온통 수많은 문제들로 도배되어 있었다. 김건은 머리를 흔들어 모든 문제들을 다른 방으로 보내고 지금의 문제만 띄어놓았다. 이곳에 있는 동안 바깥의 시간은 정지된 것처럼 천천히 흘렀다. 김건은 다시 한 번 문제를 들여다보았다. 이건 무슨 뜻일까? 왜 이런 문제를 냈을까? 그는 출제자의 입장이 되어 다시 문제를 보기 시작했다. 몇 개의 패턴이 보일 듯 말 듯 어른거렸다. 하지만 어느 것 하나 명확하게 잡히는 것이 없었다. 아직은 단서가 너무 부족하다.

"세 번째 문장은 뭐예요?"

소주희의 물음에 이 회장이 눈살을 찌푸리며 대답했다.

"아, 세 번째 문장이 좀 생뚱맞아요. 말레볼지아, 어머니, 지옥의 여왕…."

"말레볼지아요?"

김건이 눈을 번쩍 뜨며 말했다.

"단테의 『신곡』에 나오는 제 팔 층 지옥의 이름이잖아요?"

"그래요. '말레볼지아', 혹은 '말레볼제'라고도 하죠."

이 회장이 고개를 끄덕였다.

"지옥의 이름, 거기다가 지옥의 여왕, 어머니… 도대체 무슨 뜻이죠?"

소주희가 고개를 저었다.

"분명히 무슨 의미가 있을 거예요. 암호문은 전체를 보면 어렵지만 그 내용은 단순하고 명료하게 하는 게 일반적입니다. 암호를 푸는 방법만 알면 같은 편이 그 내용을 바로 알 수 있어야 하니까요. 분명, 이 엽서를 주고받은 사람들끼리는 한눈에 알아볼 수 있는 간단한 규칙이 있을 거예요."

"간단한 규칙이라… 그렇겠죠."

김건이 무겁게 고개를 끄덕였다.

"제가 여기 온 이유를 알겠네요!"

이철호 회장이 웃으며 말했다.

"어? 혹시, 문제를 푸신 거예요?"

소주희가 놀라며 물었다.

"아니요. 애석하게도 저는 여기까지예요. 하지만 도움을 줄 사람을 알고 있어요."

"그래요? 지금 연락할 수 있나요?"

김건이 다급하게 물었다.

"안 됩니다. 그 친구가 밤 아홉 시 이후에 뭘 하는지는 아무도 몰라요. 하루를 두 번으로 나눠서 사는 친구라 내가 만날 수 있는 건 오전 아홉 시부터 저녁 아홉 시까지 열두 시간뿐이거든요."

"하루를 두 번으로 나눠요? 어떻게요?"

"말 그대로예요. 그 친구 일과는 오전 아홉 시에 시작하죠. 오후에 삼십 분 낮잠. 오후 여섯 시부터 아홉 시까지 휴식. 그리고 그다음 일과는 밤 아홉 시에 시작되지요. 즉, 그 친구는 하루를 두 배로 사용합니다."

"대단해! 하루를 이틀로 쪼개면 나이도 두 배로 먹나요?"

소주희의 농담에 이 회장이 '하하하' 하고 크게 웃었다. 이런 농담을 좋아하는 모양이었다.

"오늘은 늦었으니 이만 가봐야겠어요. 내일 오전 중에 다시 연락드리죠. 그럼…."

이철호 회장이 모자를 살짝 들었다가 놓았다. 김건도 손끝으로 모자챙을 잡아 내리며 인사했다. 노신사는 올 때와 마찬가지로 일정한 박자로 지팡이를 두드리며 경쾌하게 걸어서 가 버렸다. 『이상한 나라의 앨리스』에 나오는 모자 장수가 저렇게 사라지는 것이 아닐까 하는 생각이 들었다.

"우리는 어떻게 해요? 시간도 많이 늦었는데."

소주희가 물었다. 벌써 자정이 삼십 분이나 지난 뒤였다.

"오늘은 이만하죠. 정리하고 들어가야겠어요."

액자를 다시 걸어놓으려고 그림을 만지던 김건은 레메게톤의 그림 아래쪽이 접혀져 있는 것을 발견했다. "웅?" 하며 그림을 꺼내서 접혀진 곳을 펼치니, 아래쪽에 이런 문장이 보였다.

Spe derelicta quid manebit?

"이건 또 무슨 뜻이지?"

이른 아침부터 신영규와 김정호 형사는 컴퓨터 모니터를

뚫어지게 쳐다보고 있었다. 복숭아 형사는 두 사람이 화면에 고개를 박고 있어서 십구 금 영상이라도 보는 게 아닌가 싶어 몰래 뒤로 돌아갔지만 뜻밖에도 그들이 보고 있던 것은 강연 영상이었다. 평소와 달리 진지하게 화면을 보며 분석하는 김 형사의 모습에 살짝 가슴이 뛰었다.

"복숭아, 다녀왔나?"

신영규가 고개도 돌리지 않은 채 말했다.

"복숭아입니다! 김성기 씨 단골집 알아왔습니다."

"그래, 그럼, 강하라 주변 인물 탐문! 알지?"

"넵! 알고 있습니다!"

두 사람은 다시 강연 영상에 집중했다. 이번에는 복숭아도 함께였다.

한쪽 화면에 김성기 전 장관이 텔레비전에서 강연하는 모습이 나오고 있었다. 삼 년 전 모습으로 여전히 건강과 젊음을 유지하고 있을 때였다. 최근의 노인 같은 모습과는 완전히 달랐다. 이십 년은 젊어 보일 만큼 활력과 자신감으로 가득 차 있었다. 약 한 시간가량 되는 강연 내내 그는 지치지도 않고 시종일관 여유를 잃지 않은 채 강의를 이어갔다. 강연 내용은 '현대 미술사'였다. 다른 영상에는 한 달 전, 어느 대학에서 강연한 영상이 나오고 있었다. 완전히 허리가 구부정한 노인이 되어서 몸을 제대로 가누지도 못하고 간신히 머리를 들고 있었다.

"참, 사람 늙는 거, 한순간이네요."

김정호 형사가 탄식했다.

"오만(午慢)은 앞일을 모르는 어리석음에서 나오는 거다. 저 사람 본인도 자신이 저렇게 될 줄 몰랐겠지."

신영규가 화면에서 눈을 떼지 않은 채 말했다.

"참, 그러고 보면 세월 정말 빨라요. 저도 어느새 서른이 넘었더라고요. 이제 금방 마흔 되겠죠. 요즘은 정말 나이 생각만 하면 입이 바짝바짝 마른다니까요."

"잠깐, 뭐라고?"

화면을 보고 있던 신영규가 김정호 형사의 팔을 잡았다. 뼈가 부러질 것 같은 무서운 힘에 자기도 모르게 "악!" 하고 비명이 터져 나왔다.

"지금 뭐라고 했어?"

"아! 저도 서른이라고요!"

"아니, 맨 마지막에!"

"그게… 나이 생각만 하면 입이 바짝바짝 마른다고요."

"그래!"

신영규는 아까 무심코 지나쳤던 장면을 다시 돌렸다. 그러더니 어느 한 부분을 자세히 들여다보았다.

"아! 팀장님, 팔! 팔!"

김 형사가 목소리를 쥐어짜서 호소했지만 신영규는 손을 놓지 않고 화면을 노려본 채 마우스를 움직였다.

"이거다!"

최근 영상 속에서 노쇠한 김성기 교수는 눈을 깜빡거리며 목이 마른지 계속 침을 삼키고 있었다. 그러다가 주머니에 손을 넣어 뭔가를 꺼내더니 입에 넣었다.

"뭐지?"

신영규가 눈을 가늘게 뜬 채 물었다.

"사탕 같은데요."

복승아 형사가 눈을 가늘게 뜨고 대답했다.

"사탕! 쇼글렌 증후군 증상이 뭐지?"

김정호 형사가 태블릿PC로 번개처럼 인터넷을 검색했다.

"대표적인 증상으로 구강 건조증과 안구 건조증, 그리고 침샘이 마르는 증상이 있답니다."

"침샘이 마른다!"

"네, 그때는 물을 조금씩 마시거나 껌, 사탕을 먹으랍니다."

신영규가 화면을 정지시켰다.

"여기 봐! 이거 뭐 같아?"

강철 바이스 같은 손으로 굳게 쥔 팔을 흔들며 묻자 김 형사는 이를 악물고 비명을 참았다. 도움을 청하듯 복숭아 형사의 소매를 잡았지만 복 형사는 매정하게 그 손을 뿌리쳤다. 심호흡을 하며 고통을 참고 화면을 보던 김 형사가 고개를 갸우뚱했다.

"뭐, 먹는 거 같은데요? 사탕인가?"

"그렇지? 최근 걸로 다른 영상도 검토해봐!"

"넵!"

김 형사가 금방 다른 영상을 찾아냈다. 비교적 최근 영상으로 대학교에서 학생들과 대담하는 장면이었다. 대화를 하던 중간에 고개를 숙이고 뭔가를 입에 넣는 모습이 비교적 선명하게 보였다.

"바로 이게 이 사람 습관이다!"

늑대가 으르렁거리는 것처럼 신영규의 입가가 움직였다.

"병으로 인해서 생긴 습관!"

전날까지 꾸물꾸물하던 구름이 활짝 걷히며 모처럼 하늘이 드높아 보였다. 미세먼지도 없고 바람까지 시원했다. 드라이브를 하기엔 최고의 날이었다. 소주희는 김건이 운전하는 낡은 폭스바겐의 조수석에 앉아 있었다. 점심때를 막 지나 무더운 오후가 시작된 참이었다. 여전히 에어컨도 파워 윈도우도 없었지만 오늘만은 창문 사이로 들어오는 시원한 바람 덕에 불편함이 없었다.

가좌역을 지나 넓은 도로를 계속 달려가자 재개발을 마친 오른쪽과 오래된 주택가인 왼쪽이 화장하기 전후의 얼굴처럼 극명하게 대비를 이뤘다. 김건의 차는 왼쪽 주택가로 접어들었다. 내비게이션은 없었지만 김건은 복잡한 골목길을 잘도 이리저리 꺾어 들어갔다.

"아저씨, 전에 여기 와보셨어요?"

"아니요? 처음입니다."

김건이 거리를 가늠하듯 눈을 가늘게 뜬 채 말했다.

"처음인데 어떻게 골목길을 다 아세요?"

"지도를 외웠어요. 오늘 아침에."

태연한 김건의 대답에 소주희가 입을 딱 벌렸다.

"지도가, 외워지는 거예요?"

"그럼요. 위치는 결국 거리와 각도거든요. 그것만 외우면 골목도 쉽죠."

김건은 도저히 길이 없을 것 같은 골목 구석구석을 누비다

한국추리소설가협회

가 어느 주택가 벽 옆쪽에 자동차를 세웠다. 낡은 주택가 건물 중에서도 특히 낡은 집이었다. 반백년은 넘어 보이는 다 쓰러져가는 대문 옆에 비바람에 깎여나간 낡은 나무 현판이 위태롭게 걸려 있었다.

어젯밤에 만났던 이철호 선생이 회장으로 있는 바로 그 협회였다. 오전에 이 회장이 전화로 "문제를 풀고 싶으면 오전이 지나서 협회로 찾아오라."며 주소를 알려주었다. 김건과 소주희는 그의 말대로 점심도 거르고 이곳까지 달려왔다.

"들어가시죠."

김건이 앞장서서 귀신의 집 입구 같은 대문 안으로 들어가자 소주희는 선물용 미니사과 바구니를 손에 들고 머뭇거리다가 마지못해 따라 들어갔다.

대문 안으로 들어서니 잡초만 우거진 황량한 마당 가운데 우중충하고 기괴해 보이는 낡은 건물이 덩그러니 서 있었다.

"이층집으로 보였는데 반지하 위에 있는 높은 일 층 집이네요. 이해가 안 돼요. 그냥 이층집으로 지으면 될 걸 왜 굳이 이렇게 지었을까요?"

소주희가 인상을 찌푸리며 말했다. 실제로 설계자의 의도가 궁금해지는 집이었다.

"옛날에는 가내수공업을 하던 집이 많아서 아래층은 공장, 위층은 살림집으로 쓰던 곳이 많았죠. 주로 미국 수출용의 방재공장으로, 안에서 일하던 사람들이 창밖을 보지 못하게 해서 일의 집중력을 높일 목적으로 공장을 반지하로 만든 겁니다."

김건이 건물 위층을 올려다보며 말했다.

"으악!"

소주희가 놀라서 소리쳤다.

"뭐죠?"

"저기!"

소주희는 반지하의 창문 쪽을 가리켰다. 뭔가가 이쪽을 보고 있다가 '탁' 하고 커튼을 쳤다.

"사람이 있었나 보죠."

김건이 대수롭지 않다는 듯 말했지만 소주희는 "사람 눈이… 아니었어요!" 하며 그의 등 뒤에 숨어 오들오들 떨었다.

"아, 딱 맞춰 오셨군요. 어서 오세요."

위층의 문이 열리며 이철호 회장이 나와서 그들을 맞이 했다.

"차 소리를 듣고 알았죠."

두 사람을 반기던 이 회장이 소주희의 손에 들린 미니사과를 보고 펄쩍 뛰었다.

"그건! 사과 아닌가요?"

"네, 맞아요. 미니사과예요. 너무 맛있어서 드셔보시라고."

소주희가 말을 마치기도 전에 이철호 회장이 "안 돼요!" 하고 낮고 강한 어조로 말했다.

"사과는 절대, 집 안에 들일 수 없습니다. 죄송하지만 마음만 받기로 하지요."

살짝 토라진 소주희가 사과를 난간에 올려두고 입을 삐쭉 내민 채 층계를 올라갔다.

문을 열기 전에 이 회장은 두 사람에게 당부했다. 어젯밤에 봤던 것처럼 여유롭지 않은 조금 긴장한 모습이었다.

"지금부터 만나려는 사람은 보통 사람이 아니에요. 나도 이 친구를 안 지 꽤 오래됐지만 아직도 조심스러워요. 중요한 건 이 세상에서 적으로 삼지 말아야 할 첫 번째 인물이란 겁니다. 명심하세요!"

말을 마친 이 회장이 집 안으로 절뚝거리며 걸어 들어갔다. 문이 열리자, 현관문 위에 붙어 있던 작은 풍경이 딸랑거렸다.

안으로 들어선 두 사람은 동시에 입을 딱 벌렸다. 좁은 창 틈으로 들어온 강한 햇살 아래 책 먼지들이 유영하듯 공중에서 춤추고 있었다. 그 먼지의 군무 너머로 보기 힘든 장관이 펼쳐져 있었다. 집 안의 사방 벽이 각종 책으로 가득 차 있었다. 그것도 한 겹이 아니라 두 겹, 세 겹으로 사람 키를 넘는 높이로 모든 공간에 책이 가득 쌓여 있었다. 한쪽 벽 전체에 큰 책장이 놓여 있었지만 이미 한 치의 틈도 없이 책이 꽉 들어차 있고 그 앞으로도 책이 겹겹이 쌓여 있어서 사실상 책장에 무슨 책이 있는지 알 길이 없었다. 거실 반대편에는 높이 쌓인 책 더미가 창문을 절반 이상 막고 있었고 현관문 옆이나 방문 옆의 좁은 벽 앞에도 책들이 엄청난 높이로 쌓여 있었다. 만약 이곳에 지진이 일어난다면 '산사태'에 버금가는 '책 사태'가 일어날 것 같았다. 천정은 또 방에 어울리지도 않는 시스티나 성당의 그것을 본뜬 모양으로 천사 그림 같은 것이 어지럽게 그려져 있었다. 빛이 바래서 원래 색은 알아볼 수도 없는 그림들 아래, 생뚱맞을 정도로 화려하고 거대한 샹들리에가 모조품 유리조각을 치렁치렁 매단 채 사방으로 빛을 흩뿌리고 있었다. 그 밑에는 요즘은 보기도 힘든 촌스러운 오렌지색 가죽 소파와 역시 거대한 통나무로 만든 테이블이 놓여 있었는데, 그 위로 햇빛에 굴절된 샹들리에 유리조각의 스펙트럼이 춤추듯 투사되어 만화경 같은 도형을 그리고 있었다. 집 안 전체가 '지나간 것'과 '지나친 것'들로 부조화를 이루고 있었다. 발끝에 차이는 책을 조심하며 두 사람은 안으로 들어갔다.

책이 빽빽이 들어찬 책꽂이 앞에 수십 개의 상패들이 전시되어 있었다. 그중 특이한 모양의 상패가 눈에 띄었다. 이철호 회장의 지팡이 손잡이에 달려 있던 것과 같은 모양의 수정 해골이었다.

"이건 저희 협회의 심벌이지요."

이철호 회장이 말했다. 자세히 보니 수정 해골 아래 라틴어가 새겨져 있었다.

'*Memento mori*(죽음을 기억하라)!'

"두 분을 도와줄 사람은 저기 있습니다.

이철호 회장이 방 안쪽을 가리키자 책상에 앉아 있던 젊은 남자가 두 사람을 보고 자리에서 일어났다. 키가 크고 마른 남자였다. 그의 날카로운 눈빛이 뿔테 안경 뒤에서 빛났다.

"안녕하세요. 주동산입니다."

남자가 낮은 목소리로 인사했다. 한가한 여름날 오후의 뒷산 메아리처럼 무미건조한 저음이었다.

"안녕하세요?"

소주희가 가능한 한 밝게 보이려고 애쓰며 활짝 웃었지만 남자는 아무 반응이 없었다. 소주희는 살짝 당황했다.

"반갑습니다. 주동산 작가님! 오늘 저희가 찾아온 이유는 …."

김건이 말을 시작하려는데 주동산이 손을 들어 막았다.

"죄송하지만 호칭에 대해 정정하고 넘어가야겠네요."

"네?"

다소 황당하고 직설적인 행동에 두 사람은 놀라서 그대로 굳어버렸다.

"'작가'라는 호칭은 소설가뿐 아니라 모든 분야의 예술 창작을 하는 사람들을 지칭하는 말입니다. 글 쓰는 사람들을 작가라고 부르게 된 계기는 방송국에서 대본 쓰던 사람들을 '작가'라고 부르면서부터 시작된 것입니다. 그 뒤로 모든 글 쓰는 사람들을 통칭해서 '작가'라는 호칭으로 부르게 된 겁니다. 방송국의 파급력이 천박하게 전파된 좋은 예죠. 작가라는 호칭은 '소설가'라는 원래 호칭을 '다운그레이드'시킨 겁니다. 엄밀히 말하면 '방송작가'들은 예술가가 아닙니다. 그들이 하는 일은 시대를 대변하는 문학이 아닌 일회용 소모성 '대본용역'일 뿐이죠! 그들을 '작가'라고 부른 이유는 글을 쓰지만 예술가는 아닌 그들의 어중간한 상태에 의해 파생된 임시적 호칭일 뿐입니다. 따라서 저는 '작가'라는 어중간한 호칭으로 불리는 것을 거부합니다."

주동산의 신랄한 비판에 분위기가 혹한기 시베리아처럼 순식간에 얼어붙었다.

"갑분싸!"

소주희가 작게 중얼거렸다.

"보셨겠지만 여기는 '한국추리소설가협회'입니다. 이 시대에 진짜 문학을 하는 소설가들은 매우 드물죠. 저희는 이미 이 협회 회원으로서 '소설가'의 자격을 인정받은 예술가들입니다. 저 역시 메이저 신문사의 신춘문예에 두 번 당선된 후 이 협회에 들어올 수 있었습니다. 그러니까 저희들을 부르는 호칭은 '작가'보다 '소설가'가 더 적합하다고 믿습니다. '소설가'를 '작가'라고 부르는 것은 '대학교수'를 '학생'이라고 부르는 것과 같은 오류입니다. 주의 부탁드립니다."

이 모든 말을 주동산은 조금도 흥분하지 않고 단어 하나하나를 냉장고에서 곧바로 꺼낸 듯 냉정하고 침착하게 말했다. 소주희의 표정이 험하게 변하는 것을 감지하고 김건이 그녀의 팔을 살짝 잡아당겼다.

"아, 그렇군요! 몰랐습니다. '작가'라는 단어에 그런 의미가 있었군요!"

"네, 주의하겠습니다! '소설가님'!"

소주희도 억지로 웃으며 말했다. 친한 친구 중에 방송작가가 있어서 그런지 마치 자기 자신이 모욕을 받은 기분이었지만 김건의 만류로 여기 온 목적을 떠올리고 애써 참아 넘겼다. 하지만 속으로는 '어디, 도움이 안 되기만 해봐라!' 하고 이를 갈았다.

"자, 자기소개는 이 정도로 하죠. 여기 오신 이유는 들었습니다. 시간이 없으니 바로 안으로 들어가시죠."

벽시계를 흘끗 쳐다본 주동산이 방 안으로 두 사람을 안내했다. 그곳 역시 사방에 책이 빽빽이 쌓여 있었다. 양쪽에 각각 하나씩 책상이 놓여 있고 그 위로 각각 노트북과 데스크톱PC가 놓여 있었다. 듀얼모니터로 구성된 데스크톱PC 모니터에는 주식 시세 정보가 떠올라 있었다.

"예술가 어쩌고 하더니, 뭐야? 주식충이잖아?"

소주희가 낮게 중얼거리는 것을 듣고 김건이 눈치를 주었다. 그때였다. 주식 그래프가 빨간색으로 치솟으며 '빰빠라빠람! 빰빠라빠람' 하는 팡파르가 울려 퍼졌다.

"이게 뭐야? 혹시?"

소주희가 모니터와 주동산을 번갈아 쳐다보았다.

"별거 아닙니다. 제가 투자한 주식이 상종가를 쳤군요."

너무도 담담한 주동산의 대답에 두 사람은 다시 한 번 입을 떡 벌렸다.

"그럼, 수익이 얼마예요?"

"하한가에 일억이천만 원을 투자해서 정확히 아홉 배가 상승했으니, 십억팔천만 원이 됐네요. 순이익은 구억육천만 원입니다."

"구, 구, 구, 구억이요?"

소주희가 숨을 못 쉬고 말을 더듬거렸다.

"주식충이 아니라 주식신이었어!"

"별일 아닙니다. 정확한 예측만 하면 어렵지 않은 일입니다."

주동산이 그쪽 화면을 흘끗 보고 말했다.

"와! 정말 대단하시네요! 저, 어렸을 때부터 돈 잘 버는 남자가 이상형이었어요!"

소주희의 눈빛이 주동산을 향한 존경과 애정으로 번득였다. 조금 전까지 품었던 불타는 적의는 눈 녹듯 사라진 모양이었다.

이 엄청나게 빠른 변화에 김건은 그저 고개만 저을 뿐이었다.

"돈을 벌다니요?"

두 손을 모으고 눈을 빛내며 말하는 소주희를 주동산은 이상하다는 얼굴로 쳐다보았다.

"이건 제가 '비선형방정식'을 이용해서 만든 주식투자 프로그램을 이용한 모의투자입니다. 실제로 번 돈은 일 원도 없습니다."

"뭐라고요? 모의투자요?"

소주희가 펄쩍 뛰었다.

"이건 우사인 볼트가 취미로 휠체어를 타는 거나 같잖아요? 능력이 있으면서 왜 돈을 안 벌죠?"

"그 이유는 다음과 같습니다."

가운데 손가락으로 뿔테 안경을 밀어 올리며 주동산이 대답했다.

"말씀드렸듯이 제 직업은 '소설가'이고 동시에 그것은 현재 저의 존재 그 자체입니다. 제가 쓰는 글은 시대상을 반영하기에 저는 동시대 한 사람의 서민 입장에서 경험에 입각한 글을 씁니다. 덕분에 생동감 있는 문장을 구사할 수 있고, 그게 바로 독자들이 제 글을 좋아하는 중요한 요소로 작용합니다.

즉, 현재 제 글을 구성하는 가장 중요한 두 개의 키워드는 '소설가'와 '서민'으로, 저는 현재 제가 쓰고 있는 대하소설을 완성할 때까지 이 두 가지를 철저하게 유지할 의무가 있습니다. 그런데 만약, 제가 주식을 통해 쉽게 돈을 벌게 되면 저는 그두 개의 요소 중 한 개, 혹은 전부를 잃어버리게 됩니다. 소시민의 눈높이가 아니라 졸부의 입장에서 글을 쓰거나, 어쩌면 글 자체를 써나갈 이유를 잃게 되겠죠. 이런 모든 이유를 종합해보면 주식으로 많은 돈을 버는 행위는 어렵게 얻은 소설가로서의 제 존재 의의를 무너뜨릴 수 있는 위험한 선택입니다. 저는 출판을 통해 수익을 얻고 그것에 만족하며 살고 있습니다."

"말도 안 돼!"

소주희가 안타깝다는 표정으로 외쳤다.

"저한테는 말이 됩니다."

주동산이 냉정하게 말을 이어나갔다.

"거기다가 저는 극도의 안전주의자입니다. 물론 여기 환경을 보면 제 말을 믿기 어려우시겠죠. 제가 책에 깔려 죽거나, 건물이 무너질 수도 있습니다. 하지만 그런 사고(事故)들은 모두 제 이해의 범주 안에 있죠. 크루아상을 먹다가 질식사하거나 길을 건너다가 구급차에 치여 죽는 경우도 모두 제 이해의 범주 안에 있습니다. 우리 주변에는 언제나 위험이 존재해요. 사람들은 모두 언제 죽을지 모른다는 위험부담을 안고 살아가는 겁니다. 하지만 저는 위험성을 일부러 증가시키는 짓은 절대로 하지 않습니다. 그래서 저는 산에도 바다에도 가지 않죠. 그런 것들은 모두 위험을 증가시키는 행위입니다. 또한, 재산이 많아지는 것도 바로 그런 위험을 증가시키는 행위가 됩니다."

"하지만! 너무….'

포기하지 못하는 소주희의 팔을 김건이 잡았다.

"그만해요. 주희 씨. 세상에는 인생의 목적이 다른 사람들도 있습니다."

"이해 못하시겠지만 우리 주동산 씨는 이미 가상 투자로 백억 이상을 벌었어요!"

이철호 회장이 말했다.

"백억!"

소주희의 입이 다시 딱 벌어졌다.

"그 프로그램, 저 좀 빌려주세요!"

"완성품이 아니라서 안 됩니다."

"완성품이 아니라고요? 그럼 완성되면 더 많이 벌 수 있는 거예요?"

"오류가 수정되고 새로운 정보 값만 입력되면 아마 지금보다 세 배는 좋아지겠죠."

"세 배? 그럼 삼백억?!"

소주희가 충격으로 그대로 얼어붙었다.

컴퓨터 스피커가 다시 팡파르를 울려댔다. 그가 모의투자한 다른 주식까지 올라서 수익이 더 늘어났다. 소주희는 안타까운 표정으로 손톱을 깨물며 모니터를 노려보았다. 귀찮다는 표정으로 주식 시세 모니터와 스피커를 꺼버린 주동산은 두 사람을 옆 책상의 노트북PC로 안내했다.

"한번 봐주시죠."

화면에는 엽서 뒤에 적혀 있던 시가 그대로 타이핑되어 있었다.

Dernière grâce de Douvres   도버의 마지막 은총

Douce grâce de Moissac   무와삭의 달콤한 은혜

Malebolgia, Mère, Reine de l'enfer   말레볼지아, 어머니, 지옥의 여왕

"이철호 회장님이 찍어 오신 사진의 단어들을 다시 입력했습니다. 해독할 문장이 이게 맞나요?"

"네, 맞습니다."

김건이 자신의 수첩과 비교해보고 동의했다.

"시작하기 전에 몇 가지 명확히 할 것이 있습니다."

주동산이 컴퓨터의 녹음 기능을 켠 뒤에 김건과 소주희를 똑바로 쳐다보며 물었다.

"제가 듣기로는 이 시는 프랑스인 '장'과 그 한국인 친구들이 서로 만날 약속을 정하기 위한 암호엽서라고 들었습니다. 맞나요?"

주동산의 물음에 김건이 "네, 그렇게 들었습니다."라고 대답했다.

"그렇다면 이 시에는 그들이 만날 시간과 장소, 그리고 식당 이름과 메뉴 등이 암시되어 있을 가능성이 크군요. 그렇죠?"

주동산의 물음에 김건은 다시 "네, 그렇게 추정하고 있습니다."라고 대답했다.

"이 암호시를 푸는 목적은 이것을 통해 두 분의 프랑스인 친구의 아버지의 친구를 찾는 일이고요?"

"네, 맞습니다."

"한 가지만 더, 그 프랑스 친구가 영업하는 프랑스 요리 푸드 트럭은 밤 열한 시부터 자정까지 한 시간만 영업하는 것이 맞습니까?"

"네, 그래서 사람들이 신데렐라 포장마차라고 부릅니다."

"흠, 그럼 저하고는 평생 인연이 없겠네요."

주동산이 살짝 얼굴을 찌푸리며 말했다.

"왜요? 하루만 좀 늦게 자고 오실 수도 있잖아요?"

소주희가 이해가 안 된다는 표정으로 말했지만 주동산은 "루틴에서 벗어납니다."라고 잘라 말했다.

"마지막으로 이 일은 단순한 개인적 용도이며 상업적 용도로 쓰이지 않는 것이 확실합니까?"

"확실합니다!"

김건의 대답에 주동산이 고개를 끄덕이며 녹음 기능을 껐다.

"이제 됐습니다. 그런데 아주 까다로운 일을 맡으셨네요."

"정말 그렇습니다. 이런 암호 같은 시로 십 년 전 사람을 찾으라는 부탁은 처음입니다."

"동의합니다."

주동산이 고개를 끄덕였다.

"이 암호를 푸셨어요?"

소주희가 묻자 주동산은 "그렇기도 하고 아니기도 합니다." 라고 대답했다.

"같이 보시죠."

주동산이 모니터를 살짝 돌려서 사람들이 잘 보이게 한 뒤에 손가락으로 화면을 가리켰다.

"회장님이 주신 자료로 먼저 데이터를 분석해봤습니다. 빅데이터를 활용해서 이 단어들이 내포하는 의미를 찾아보려고요."

모니터에 떠 있는 시를 확대해서 화면 전체를 꽉 채웠다. 그중 첫 번째 행에 빨간 줄이 그어졌다.

"우선 첫 행을 보시면 '*Douvres*(도버)'라는 단어가 나옵니다. 도버는 프랑스와 영국을 이어주는 해협입니다. 영어식인 *Dover*(도버)의 프랑스식 표기죠. 프랑스 사람들은 '*Pas de Calais*(파 드 칼레)'라고 부르는데 이곳에는 유명한 특산물이 있습니다."

주동산이 키를 누르자 도버해협의 사진과 함께 납작한 생선의 사진이 화면에 떠올랐다.

"이건 '서대기'라는 생선입니다. 프랑스 사람들은 '*Sole*(솔)'이라고 부릅니다."

화면을 보고 있던 김건이 고개를 갸우뚱했다. 뭔가 떠오를 것 같은데 떠오르지 않는 표정이었다.

"영국인과 프랑스인 모두 서대기를 아주 오래전부터 좋아해서 남획한 덕분에 지금은 개체수가 많이 줄었죠. 그래서 양국 정부는 서대기를 보호하기 위해 산란기에는 포획을 금지하고 있습니다."

"사월부터 팔월까지 산란기라서 이 시기는 금어기라고 기억합니다."

김건이 기억을 떠올리며 말했다.

"잘 아시네요. 맞습니다. 그렇기 때문에 이 문장의 '마지막 은총'은 이 시기를 암시한 것으로 추정됩니다."

"그러니까 금어기가 시작되기 전 마지막 날, 바로 삼월 삼십일 일을 말한 거죠?"

김건의 대답에 주동산이 고개를 끄덕였다.

"과연 프로 탐정이시군요. 이 사람들이 만나기로 한 날은 삼월 삼십일 일입니다. 금어기부터는 서대기를 잡을 수 없기 때문에 미리 잡아둔 냉동고기를 쓴답니다. 그러니까 마지막 은총은 금어기 직전, 산란을 위해 가장 기름기가 오른 삼월 말의 서대기를 말하는 겁니다."

소주희는 조금 놀랐다. 첫인상과 달리 주동산은 칭찬에 인색한 사람이 아니었다. 그는 김건의 직관력에 솔직하게 감탄하고 칭찬했다. 어쩌면 그는 전혀 가식이 없는 사람인지도 모른다는 생각이 들었다.

"그럼 두 번째 행을 보실까요? 이건 더 간단합니다. 프랑스

하면 떠오르는 이미지는 와인이고, 대부분의 그림이 와인용 포도밭을 보여주지만 실제로 과일용 포도 역시 많이 재배합니다. 프랑스 사람들이 즐겨 먹는 포도는 청포도 종류인데 그중 가장 맛있는 포도를 재배하기로 유명한 곳이 바로 여기입니다."

화면에 끝없이 펼쳐진 청포도 밭 사진과 '*Moissac*(무와삭)'이라는 지명이 떠올랐다.

"아, 그럼 무와삭의 달콤한 은혜가 바로 청포도!"

김건이 자기도 모르게 화면 앞으로 바짝 다가갔다.

"맞습니다."

"프랑스에 있을 때 나도 그 무와삭 청포도 많이 먹었지. 정말 맛있었는데… 와인과 청포도, 이 조합도 기가 막혔지!"

이철호 회장이 그때를 회상하는 듯 눈을 감고 말했다.

"와인하고 청포도요? 그렇게도 먹나요?"

소주희가 셰프다운 호기심으로 물었다.

"과일과 치즈, 와인, 이 조합에 한번 맛들이면 못 벗어나죠."

이철호 회장이 입맛을 다시며 말했다.

"포인트는 달지 않은 드라이 와인을 골라야 하는 거고."

"아, 한번 시도해봐야겠어요!"

"어험!"

주동산이 노골적으로 헛기침을 하자 사람들이 수다를 중단했다.

"계속하죠! 이제 첫 행과 두 번째 행을 합치면 바로 요리 이름을 알 수 있습니다."

"서대기와 포도를 이용한 요리! 아, 알겠어요. 바로 'Sole Veronique(솔 베로니크)'!"

소주희가 자기도 모르게 큰 소리로 외치고는 놀라서 손으로 입을 가렸다.

"정확합니다!"

주동산이 키를 누르자 화면에 맛있어 보이는 프랑스 요리의 사진이 떠올랐다. 석쇠에 노릇노릇하게 구운 서대기에 푸른색 청포도 소스를 얹은 요리.

"맞췄다!"

맛있어 보이는 사진을 보며 소주희가 박수를 쳤다.

"프랑스 체류 중에 자주 먹었지. 아, 그립구먼!"

이철호 회장도 눈을 감고 추억에 잠겼다. 김건을 포함한 모두가 경이로운 눈빛으로 주동산을 쳐다보았다.

'어떻게 이 사람은 외국어로 된 시를 이렇게 빨리 해석할 수 있지?' 하는 눈빛이었다.

"위 사실들로 유추해보면 세 명의 친구들은 삼월 말 어느 식당에서 만나 솔 베로니크를 먹기로 했다는 거죠. 그럼 세 번째 항은… 아, 식당 이름이겠군요."

화면을 보던 김건이 흥분해서 소리쳤다.

"제 생각에도 식당 이름인 것 같습니다. 그런데…."

흥분한 김건과 달리 주동산이 살짝 인상을 찌푸리며 말했다.

"여기서 문제가 생겨요."

"뭐죠?!"

"'Malebolgia, Mère, Reine de l'enfer'는 '말레볼지아, 어머니, 지옥의 여왕'이라는 뜻입니다. 그런데 이 단어들만 가지고 식당 이름을 유추하기가 쉽지 않아요. 연관성이 별로 없거든요."

뚫어지게 화면을 들여다보던 김건도 고개를 끄덕였다.

"정말 그래요. 이 단어들만으로는 뭘 말하는지 모르겠어요."

"우선 하나씩 풀어보죠. 첫 번째 단어는 '말레볼지아(Malebolgia)'입니다. 단테의 『신곡』, 「지옥」 편에 나오는 제 팔층 지옥으로 말레볼제(Malebolge)라고도 하죠. 아, 잠깐만요! 저기 어디 『신곡』이 있을 겁니다."

주동산이 성큼 성큼 책들이 쌓여 있는 거실로 가서 한쪽의 책 더미를 살펴보기 시작했다.

"회장님! 고전이 C섹션 아닌가요?"

"맞아요! 기관지 섹션 뒤쪽에 있어요!"

이 회장이 말해주자 주동산이 익숙한 손놀림으로 아슬아슬하게 쌓인 책 더미를 헤치고 그 사이에서 낡은 책 한 권을 꺼냈다. 진지해 보이는 남자가 진지한 얼굴로 서 있는 표지에 'La Divina Commedia'라고 쓰여 있었다. 『신곡』의 이탈리아어 원서였다.

"잘 아시겠지만 이 책의 제목은 '신곡', 한자로는 '神曲'이라고 씁니다."

주동산이 허공에 한자를 써 보이며 말했다.

"이 제목은 일본의 번역가 모리 오가이가 안데르센의 작품 「즉흥시인」을 번역하다가 그곳에 소개된 이 'La Divina Commedia'를 '신곡'이라고 번역하면서 이 명칭으로 굳어진 거예요. 하지만 이 제목은 원래 의미와는 상당히 동떨어져 있습니다. 'Divina'는 신성한, 혹은 신의 무엇이라는 의미가 맞지만 뒤의 'Commedia'는 코미디, 즉 희곡이라는 뜻입니다. 전체 제목은 '신의 희극', 혹은 '신성한 희극'이 맞습니다. 일본 문화에 대해 조금의 비판 의식도 없는 우리나라의 학자와 번역가들이 원래 뜻은 생각도 하지 않고 일본 작가의 번역을 그냥 복사해서 붙여 넣기를 하는 바람에 지금도 한국에서는 이 책의 제목을 '신곡'이라고 부르지요."

"저는 그 제목이 좋은데요? '신의 코미디'라는 제목은 너무 '안-신성' 하잖아요?"

"중세 유럽에서는 '희극'의 개념을 좀 다르게 생각했어요.."

소주희의 말에 김건이 대답했다.

"고대 로마나 중세 유럽의 코미디는 지금의 '개그'처럼 가볍게 웃고 즐기는 것이 아니었어요. 코미디는 '해피엔딩'으로 끝나는 이야기라는 개념이었습니다. 그래서 코미디를 연기할 수 있는 배우들은 가장 뛰어난 배우라는 인식이 강했죠."

"바로 그렇습니다."

주동산이 고개를 끄덕였다.

"코미디는 가벼운 웃음이 아니라 해피엔딩으로 끝나는 이야기였죠. 그래서 사실 전혀 안 어울릴 것 같은 'Divina'와 'Commedia'가 절묘하게 어울리는 겁니다. 즉, '신성을 따르면 해피엔딩이 된다'라는 당시의 기독교적 사고방식이 제목에서부터 드러나는 거예요. 책 내용도 주인공이 신의 길을 따라갔기에 사랑하는 사람과 재회하고 결국 행복한 결말에 이른다는 내용이죠. 사실 이 책의 원래 제목은 'La Divina Come-

dia di Dante Aleghieri'로 '단테 알리기에르의 신성한 코미디'
였답니다."

"같은 이야기라도 『그리스신화』에 나오는 오르페우스의 이
야기가 비극으로 끝나는 것과 전혀 다른 결말이라는 게 재미
있죠. 저는 개인적으로 『신곡』보다 『그리스신화』를 더 좋아하
지만요."

김건이 신나서 말을 받았다. 자신 못지않게 풍부한 지식을
가진 사람을 만나니 그만 주체하지 못하고 봇물 터지듯 이야
기를 쏟아내고 있었다.

"동감합니다. 신성을 따르면 모든 것을 다 얻을 수 있을 거
라는 기대는 바로 오만함의 다른 이름이죠! 성경은 인간이 피
해야 할 칠 대 죄악 중 하나를 오만함이라고 지정했습니다. 신
성을 따르면 오만함도 피해갈 수 있다는 생각 자체가 오만한
거죠."

주동산도 신나서 자신의 의견을 피력했다. 장기처럼 말을
주거니 받거니 하는 두 사람 다 오랜만에 적수를 만나서 기쁜
표정이었다.

"흠! 흠!"

이철호 회장이 헛기침을 했다. 소주희의 얼굴에 노골적으
로 지루한 기색이 드러났기 때문이다. 본론에서 벗어나 지식

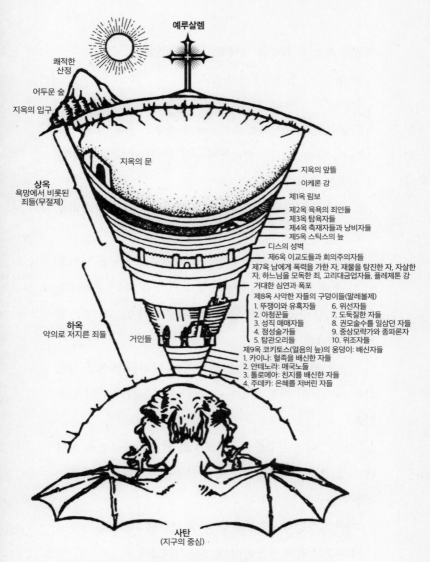

쾌적한 산정

어두운 숲

지옥의 입구

예루살렘

지옥의 문

상옥
욕망에서 비롯된
죄들(무절제)

하옥
악의로 저지른 죄들

거인들

지옥의 앞뜰

이케론 강

제1옥 림보

제2옥 육욕의 죄인들

제3옥 탐욕자들

제4옥 축재자들과 낭비자들

제5옥 스틱스의 늪

디스의 성벽

제6옥 이교도들과 회의주의자들

제7옥 남에게 폭력을 가한 자, 재물을 탕진한 자, 자살한 자, 하느님을 모독한 죄, 고리대금업자들, 플레제톤 강

거대한 심연과 폭포

제8옥 사악한 자들의 구덩이들(말레볼제)

1. 뚜쟁이와 유혹자들	6. 위선자들
2. 아첨꾼들	7. 도둑질한 자들
3. 성직 매매자들	8. 권모술수를 일삼던 자들
4. 점성술가들	9. 중상모략가와 종파론자
5. 탐관오리들	10. 위조자들

제9옥 코키토스(얼음의 늪)의 웅덩이: 배신자들
1. 카이나: 혈족을 배신한 자들
2. 안테노라: 매국노들
3. 톨로메아: 친지를 배신한 자들
4. 주데카: 은혜를 저버린 자들

사탄
(지구의 중심)

『공간의 역사』 마거릿 버트하임 지음, 박인찬 옮김, 생각의나무, 2002년 2월

배틀만 하는 두 사람을 살짝 흘겨보고 있었다.

"주동산 씨, 본론으로 들어가죠!"

"아, 네!"

주동산이 정신을 차리고 김건에게 책을 건넸다.

"앞서 말씀드렸듯, '말레볼지아'는 『신곡』에 나오는 제 팔층 지옥을 말합니다."

김건이 책을 펼치자 지옥의 구조를 나타내는 삽화가 바로 나왔다.

"이곳은 거짓으로 주변 사람들을 파멸로 몰아놓은 사람들이 십 층에 있는 구덩이에서 열 종류의 벌을 받는 곳입니다. 하지만 이런 구조가 다른 단어와 어떤 연관이 있는지 그건 잘 모르겠습니다."

"『신곡』에 의하면 이곳은 사람들의 신뢰를 배신한 사기꾼과 포주들이 가는 곳입니다. 그런 사람들과 관련이 없을까요?"

"만약 그렇다면 경찰서나 교도소를 먼저 떠올리겠죠. 아니면 사창가나…. 하지만 그런 곳은 친구들과 만나서 식사하는 데엔 어울리지 않습니다."

"어쩌면 경찰서나 교도소 근처 식당인지도 모르지."

이 회장의 말에 주동산이 고개를 끄덕였다.

"그럴 수도 있죠. 하지만 역시 연관성이 별로 없습니다."

"어째서 그렇죠?"

"어려운 암호를 써서 식사 약속을 하는 사람들이 경찰서 근처에서 식사를 할 리가 없다고 생각합니다. 그들은 사람들이 모르게 만나고 싶었을 거예요."

"흠, 듣고 보니 그렇군."

이철호 회장이 고개를 끄덕였다. 김건이 바로 질문했다.

"다음 단어는 어떤가요?"

"Mère, '어머니'라는 뜻입니다. 어쩌면 이게 식당 이름일지도 모릅니다. 혹시나 해서 Mère라는 이름으로 영업 중인 식당을 찾아봤더니 굉장히 많더군요."

"역시 전 세계 어디나 엄마 손맛에 대한 로망은 동일한 모양이군."

이철호 회장이 빙긋 웃으며 말했다.

"만약 식당 이름이 Mère라면 어느 장소를 특정한 단어가 나와야 됩니다. 그 단서를 앞뒤의 두 단어에서 찾아야 하죠. 혹시, 친구들은 이미 식당 위치나 이름을 알았던 게 아닐까요?"

"그건 아닐 겁니다."

주동산의 물음에 김건이 고개를 저었다.

"프랑수아 말이 친구들은 새로 발견한 식당을 다른 사람에게 알려주려고 이런 통신 방법을 사용했대요. 지적 유희죠."

"흠!"

주동산이 골똘히 생각에 잠겼다.

"그렇다면 세 번째 줄에 식당 이름과 위치까지 나와야 한다는 말인데, 정말 어렵네요."

"마지막 단어, 지옥의 여왕(Reine de l'enfer)은 어떤가요?"

"이 단어가 가장 난해해요. 빅데이터로 분석해도 주로 영화나 게임, 소설 캐릭터만 나오더군요. 신화나 고전에 나오는 '지옥의 여왕'은 주로 주변 인물들로만 묘사되어서 누군가를 '지옥의 여왕'이라고 특정하기 어려워요. 가장 대표적인 것이 오페라 「마술피리」에 나오는 '밤의 여왕'이고 그리스·로마신화에는 지옥의 왕 하데스에게 납치된 '페르세포네'가 있죠."

"여전히 난해하네요."

"'지옥의 여왕'이 식당 이름일 수도 있잖아요?"

모두가 깊은 고민을 하고 있을 때 소주희가 말했다.

"물론 그렇죠. 그래서 이 이름으로 프랑스에서 영업하는 가게를 검색해봤는데."

주동산이 마우스를 움직이자 화면에 몸에 쫙 붙는 검은

옷을 입은 여인이 손에 긴 가죽 채찍을 들고 있는 사진이 나왔다.

"여긴, 식당이 아니잖아요!"

소주희가 민망해하며 고개를 돌렸다.

"뭘 파는 거죠?"

김건이 묻자 이 회장이 "모르는 게 좋을 거요." 하며 주동산에게 눈짓을 했다. 화면에서 가죽옷 여인이 사라지고 한동안 묘한 침묵이 이어졌다.

"에…."

주동산이 다시 침묵을 깨뜨렸다.

"모든 단어를 이용해서 식당을 검색해봤습니다. 식당 지역을 파리로 한정해서 검색해보니 '말레볼제'라는 술집이 한 곳, '메레'라는 식당이 스물네 곳, 조금 전에 봤던 '지옥의 여왕'이라는 정체 모를 장소가 한 곳 있었습니다. 가장 가능성이 높은 것은 '메레'지만 워낙 많기 때문에 장소를 모르면 알 수가 없습니다. 유감이네요."

주동산이 감정의 기복이 없는 인공지능처럼 말했다.

"아니요. 이 정도만 해도 대단합니다. 정말 감사합니다."

김건이 사례했다.

"정말, 대단하세요!"

소주희도 눈을 반짝반짝 빛내며 말했다.

"저, 어렸을 때부터 머리 좋은 남자가 이상형이었어요!"

김건이 그럴 줄 알았다는 듯 고개를 끄덕였다. 하지만 주동
산의 반응은 차갑다 못해 얼음장 같았다.

"죄송하지만, 소주희 씨는 습관처럼 좋아하는 남성상을 말
씀하시는군요."

"네?"

"소주희 씨는 특정한 남성상에 자신을 맞추려는 경향이 강
합니다. 자존감이 낮은 사람의 특징이죠."

"네?"

놀란 소주희의 눈, 코, 입이 모두 둥그레졌다.

"자존감이 높은 사람은 상대방이 나하고 맞는지에 주목하
지만 자존감이 낮은 사람은 상대방에 자신을 맞추려고 하죠.
스스로에게 자신감이 없기 때문에 자신의 배우자로 이미 성
공했거나 여유 있는 사람을 찾고, 그 사람에게 자신을 맞추려
고 하는 겁니다. 이것을 호감이나 사랑으로 포장하지만 사실
은 불안감을 해소하려는 노력에 불과합니다."

충격을 받은 소주희는 그 자리에 그대로 얼어붙었다. 충격
으로 귀에서 '윙' 하는 소리만 울렸다.

"말씀이 지나치시네요. 소설가님. 주희 씨는 농담을 한 것

뿐입니다."

김건이 소주희를 감싸고 나섰다.

"오늘 처음 만난 저한테 두 번이나 같은 농담을 하신 걸 보면 제 주장이 틀리지 않았다고 생각되는데요."

"이건 단순한 습관입니다. 주희 씨는 주변 사람들의 기분을 먼저 생각하는 따뜻한 심성을 가진 사람입니다. 그런 분에게 방금하신 말씀은 지나칩니다. 사과해주세요!"

김건의 말에 주동산의 눈썹이 꿈틀 움직였다.

"아니요. 저 말씀도 맞아요."

소주희가 김건의 팔을 살짝 잡으며 말했다.

"제가 자존감이 낮은 건 사실이에요."

"하지만, 주희 씨!"

"지나쳤다면 사과드리죠. 소주희 씨를 비난하거나 기분 상하게 하려는 의도는 없었습니다. 그저 객관적인 진단만 했을 뿐입니다."

주동산이 사과하며 허리를 숙였다. 너무 정중해서 연극 속 등장인물 같았다. 이철호 회장도 그렇고 여기 소설가들은 모두 어딘가 배우 같은 면이 있었다.

"아니에요. 괜찮습니다."

소주희가 낮은 목소리로 대답했다.

"화내야 할 때 화를 못 내거나 지나치게 화를 내는 것도 자존감이 낮은 사람의 특징입니다."

주동산이 가운데 손가락으로 안경을 올려 쓰며 말했다.

"네?"

소주희가 놀라서 쳐다보자 주동산이 "농담입니다. 하! 하!" 하고 대답했다. 하지만 얼굴 어디에도 웃음은 없었다. 김건은 살짝 얼굴을 찡그린 채 주동산을 쳐다보았다. 웃지는 않았지만 비웃는 표정도 없었다. 어쩌면 이것이 이 사람의 농담하는 방식인지도 모른다고 이해하고 김건과 소주희도 억지로 웃음을 지었다. 이철호 회장도 분위기를 띄우려고 같이 웃었다.

"우리 주동산 씨 오랜만에 이렇게 즐거워하네."

따라 웃지는 않았지만 주동산도 어딘가 즐거워 보이는 모습이었다.

그때 주동산의 손목시계 알람이 삐비빅 하고 울렸다. 순간 주동산의 표정이 다시 엄숙하게 굳어졌다.

"제가 도울 수 있는 건 여기까지인 것 같군요. 이제 잠시 후면 제 오수(吾睡) 시간입니다. 이만 나가주시죠."

"네?"

조금 전까지 화기애애하던 분위기가 일시에 경직되었다. 김건과 소주희는 영문을 몰라 서로 얼굴만 바라보았다. 자기들이 뭔가 실수한 것이라도 있나 생각해봤지만 딱히 떠오르는 게 없었다. 방금 전 소주희에게 했던 말로 충돌해서 그런가 하고 눈치를 살폈지만 농담까지 하며 웃었던 상황이라 도무지 이 사람의 심리 상태를 알 수가 없었다. 주동산은 두 사람에겐 신경도 쓰지 않고 하품을 하며 자리에서 일어났다. 그러더니 입고 있던 옷을 하나씩 벗기 시작했다. 글만 쓰는 작가 치고는 군살 하나 없이 잘 다듬어진 균형 잡힌 몸이었다.

"어머나!"

갑자기 눈앞에 펼쳐진 광경에 소주희가 얼굴을 붉히며 양손으로 눈을 가렸지만 손가락을 살짝 벌려 그쪽을 흘끔거리고 있었다.

이철호 회장이 "자, 우리는 이만 갑시다." 하며 바람을 잡았다. 주동산에게는 나쁜 감정이 없어 보였다. 그저 기계처럼 매일매일 정해진 일과대로 생활하는 습관을 손님이 왔다고 해서 바꾸려는 마음이 없었을 뿐이다.

"얼른 쉬게!" 하고 이 회장이 앞서서 방을 나갔다. 그를 따라가며 돌아보니 주동산은 몸에 비행기 담요를 둘둘 감고 창문 아래 침대처럼 쌓아놓은 책 더미 위로 철퍼덕 몸을 던지고 있었다. 강한 햇살 아래 책 먼지들이 스크램블(비상출격)하는 전투기 편대처럼 공중으로 일제히 날아올랐다. 주동산은 피라미드 안에 누운 파라오처럼 두 손을 가슴 위에 얹은 채 곧바로 눈을 감았다.

이철호 회장이 방문을 닫고 그들을 밖으로 안내했다.

"어떻게, 도움이 좀 됐나요?"

"정말 큰 도움이 됐습니다. 감사합니다."

김건이 머리를 숙이며 말했다.

"도움이 되었다니 기쁘네요. 자, 그럼!"

"아, 잠깐만요!"

왠지 서둘러 쫓아내려고 하는 듯한 뉘앙스의 이 회장을 김건이 붙잡았다.

"네?"

"어제 회장님께서 돌아가신 다음에 액자 속 그림에서 이걸 찾았습니다."

김건이 수첩을 꺼내서 보여주었다.

Spe derelicta quid manebit?

"응? 이건 라틴어 같은데?"

"맞습니다. 라틴어입니다. 사전을 찾아봤더니 뜻이 대충 이렇더군요. '희망이 떠난 뒤에 무엇이 남는가?'"

"'희망이 떠난 뒤에 무엇이 남는가?'라…. 무슨 명언이나 시 같은데요?"

"저도 그렇게 생각합니다. 혹시 어디서 보신 적 있나요?"

골똘히 생각하던 이 회장이 고개를 갸우뚱했다.

"이상하네…. 어디선가 본 것도 같은데, 기억이…."

방 안에서 '쿨럭' 하고 기침소리가 들리자 그는 깜짝 놀라며 손을 내저었다.

"한번 생각해볼게요. 자, 그럼 두 분, 다음에 또 뵙죠. 안녕히 가세요!"

서둘러 두 사람을 내보내려는 것 같은 태도에 김건과 소주희는 떨떠름한 얼굴로 쫓기듯 밖으로 나갔다.

"참, 가져오신 사과는 다시 가져가세요!"

"사과요?"

소주희가 난간 위에서 아까 놓아둔 사과를 찾았지만 아무것도 없었다.

"어? 사과 어디 갔지? 없는데요?"

"뭐라고? 오! 안 돼!"

이철호 회장의 얼굴이 순간 창백해졌다. 그가 급하게 안으로 들어갔다. 집 안에서 책이 무너지는 것 같은 굉음과 억누른 신음 소리가 새어 나왔다. 김건과 소주희는 서둘러 밖으로 나왔다. 여기는 뭔가 정상적인 것과 많이 동떨어진 곳이었다. 두 사람은 한시바삐 원래 세상으로 돌아가고 싶었다.

차를 운전하면서 김건이 길게 한숨을 쉬었다.

"왜 그러세요?"

"시를 해석한 건 좋은데 가장 중요한 데서 막히네요."

"뭐가요? 식당 이름을 몰라서요?"

"그것도 있지만 프랑스 현지에 아는 사람이 없잖아요."

"아!"

"식당 이름을 알게 되면 지금도 그 식당이 남아 있는지 찾아보고, 그 당시를 기억하는 사람들을 찾아서 친구들의 행방을 물어봐야 하는데 아는 사람도 없고, 직접 갈 수도 없잖아요."

"맞아요."

한동안 입을 다물고 있던 김건이 무심코 한마디를 던졌다.

"주희 씨는 혹시 프랑스에 아는 분 있나요?"

"네? 아뇨… 그게…."

평소와 달리 당황하던 소주희가 앞쪽에 있는 지하철 표지판을 발견하고 "저 지금 내릴게요!" 하고 외쳤다.

"여기서요? 가시는 곳까지 태워다드릴게요!"

김건의 말에도 소주희는 한사코 손을 내저었다.

"아뇨, 아뇨! 제가 뭐 살 것도 있고, 또⋯. 아무튼 여기서 내릴게요."

"뭘 사려고요?"

"네?"

당황한 소주희가 엉겁결에 "볼펜이요!" 하고 대답했다.

"볼펜을 지하철에서 사요?"

김건이 고개를 갸우뚱하자 소주희는 "제가 좋아하는 볼펜을 파는 행상 아저씨가 여기 있어서요. 저는 꼭 그 펜만 써요. 필기감이 좋기도 하고, 지우개도 달렸고⋯." 하며 말도 안 되는 변명을 했다.

"볼펜에 지우개요?"

"그게, 그럼, 다⋯ 다음에 봐요!"

차가 서자마자 소주희는 구르듯이 내려서 바람처럼 지하철 역사 안으로 사라져버렸다. 그 광경을 보며 김건이 다시 고개를 갸우뚱했다.

"왜 저러지? 내가 뭘 잘못했나?"

"여깁니다, 팀장님."

신영규와 김정호 형사가 차에서 내려 어느 식당 앞에 섰다.

'미송옥'이라는 오래된 나무 간판이 현대식 신축 건물 위에 걸려 있었다. 그 아래 새겨진 'Since 1918'이라는 문구가 가게의 역사를 말해주고 있었다. 이 가게는 전통 있는 설렁탕집으로 텔레비전에도 자주 나오는 곳이었다.

"김성기 전 장관님도 여기 단골이었답니다."

"그래?"

두 사람이 안으로 들어서자 "어서 오세요. 몇 분이시죠?" 하고 계산대를 지키고 있던 주인 포스의 중년 여인이 웃는 얼굴로 물었다. 웃는 모습이 꼭 사막 여우를 닮았다. 신영규는 말없이 안으로 들어가고, 김정호 형사는 경찰수첩을 꺼내 보였다.

"경찰입니다. 사건 조사차 몇 가지 질문을 드리려고요."

"겨…경찰요?"

여주인의 얼굴이 박제한 것처럼 그대로 굳어버렸다.

신영규는 주머니에 손을 넣은 채 천천히 내부를 둘러보았다. 벽에 연예인이나 스포츠 스타, 정재계의 거물들 사인이 빽빽이 걸려 있었다. 오후 세 시를 넘겼지만 아직도 꽤 많은 테이블에서 손님들이 식사를 하고 있었다. 이 식당의 특징은 젊은 사람들이 좋아하는 맛이 아니라 옛날 스타일의 누린내 나는 투박한 설렁탕 맛을 고수한다는 것이었다. 그래서 손님들도 젊은 사람보다는 중장년층이 훨씬 많았다.

"김성기 전 장관님이 여기 단골이었다고 들었습니다. 마지막으로 오신 게 언제였나요?"

"전에는 자주 오셨는데 몸이 안 좋아진 다음부터는 잘 안 오셨어요. 가만 보자… 아, 이 주일쯤 전에 일행하고 같이 오셔서 도가니탕을 드시고 가셨는데."

"일행이요?"

"젊은 여자였는데, 제자 같던데요?"

"혹시, 이 사람 아닌가요?"

김 형사가 휴대폰으로 '강하라'의 사진을 보여주자 여사장이 고개를 끄덕였다.

"맞아요. 그 아가씨! 공부 잘하게 생긴 사람!"

"그 두 사람, 뭐 특이한 점 없었나요?"

"글쎄요, 별로 특이한 건. 아, 장관님이 이상하게 그 여자 말을 잘 들으시더라고요!"

"말을 잘 들어요?"

"네, 예전부터 단골이라서 좀 아는데 장관님, 고집이 세시거든요. 그런데 그 아가씨 말은 잘 들으시는 게 이상했어요."

"어떤 식으로 말을 듣게 했나요? 명령을 하던가요?"

"에이, 아니요. 그 여자가 나긋나긋하게 말하면 그 무뚝뚝한 분이 그냥 고개를 끄덕끄덕 하던데요. 예를 들어서 밥 먹다가 '깍두기는 조금만 드세요' 하면 집었던 깍두기를 내려놓고, 후식으로 커피를 드시려다가도 '식후 약 드셔야죠' 하면 커피를 안 드시더라고요. '제 말대로 하시면 다 좋아질 거예요'라던데요?"

신영규와 김정호 형사가 서로의 얼굴을 쳐다보았다. 강하라는 생각보다 김성기 전 장관의 인생에 더 깊이 관여하고 있었다.

"누구 말로는 장관님이 병원에 두 번인가 실려 가신 적이 있는데 그 뒤부터 말을 그렇게 잘 듣게 됐다고도 하고."

"병원에 실려 가요?"

"네, 병이 처음 시작됐을 때는 아직 정정하셨는데 무슨 항진증인가 뭔가로 한 번 쓰러지고 나서부터 병원을 자주 들락거리셨어요. 그때마다 그 제자가 간병을 했다던데요?"

"더 아는 건 없어요?"

"아니요, 저도 그냥 다른 분들 하는 말 들은 거라서."

여주인이 손을 내저었다.

"여기서 즐겨 드시던 메뉴가 뭔가요?"

"도가니탕을 특별히 좋아하셨어요. 다른 분들은 도가니를 겨자 간장에 찍어 드시는데 장관님께서는 소금 기름장을 좋아하셔서 따로 준비해드렸죠. 그런데 언제부터인가 그 아가씨가 소금이 안 좋다고 하니까 그다음부터는 그냥 싱겁게 드시더라고요."

실내를 둘러보던 신영규가 계산대 옆 휴지통 안을 보다가 뭔가를 발견하고 손을 넣어 집어 들었다. 죽은 김성기 전 장관의 집에서 발견한 것과 같은 약봉지였다. 쓰레기통 안에 비슷한 봉지가 여러 개 있었다.

"이건 무슨 포장입니까?"

신영규가 약봉지를 들어 보이며 물었다.

"아, 이거요. 이건 저희 집 특제 디저트예요."

주인 여자가 눈을 가늘게 뜨고 웃으며 말했다.

"제 딸이 약대생인데 취미로 사탕을 만들어요. 허브하고 자일리톨로 만드는데 시중에서 파는 것보다 향이 훨씬 강해요."

주인이 서랍에서 사탕을 꺼내 보여주었다. 약국에서 쓰는 밀봉 포장 속에 작은 사탕 한 알이 들어 있었다.

"이걸 손님들한테 다 나눠주나요?"

"아니요, 턱도 없죠. 단골손님께만 한두 개씩 드려요. 김성기 장관님도 이 사탕을 좋아하셔서 여분으로 두어 개씩 더 챙겨드렸어요."

"여분으로?"

"네, 장관님, 병 걸리신 다음부터 목이 많이 건조해져서 말을 길게 못하셨어요. 강의하실 때 드신다고 하셔서 챙겨드렸죠."

신영규의 눈이 빛났다. 건조한 목 때문에 허브 사탕을 먹는 습관이 있었다면 방송 중의 행동도 이해가 된다.

"사시겠다는 말씀도 하셨는데 딸이 공부 때문에 바빠서…. 지난번 오셨을 때도 달라고 하셨는데 딸이 시험기간이라서 하나도 남은 게 없었어요."

"그럼 그때는 사탕을 못 가져갔다?"

"네, 텔레비전 인터뷰가 있어서 꼭 필요하다며 안타까워하셨어요."

"그래요."

신영규는 잠시 생각에 잠겼다. 아무리 생각해도 이상했다. 사탕을 못 가져갔다는데 김성기 전 장관은 인터뷰 중에 사탕을 먹었다. 목이 마를 때 효과가 좋은 허브 캔디라서 방송 때까지 아껴서 먹었을 것이다. 그렇다면 누군가가 이 허브 캔디를 독약과 바꿔치기했다는 말이 된다.

"이거 먹어봐도 됩니까?"

신영규가 사탕을 가리키며 묻자 여주인이 "그럼요." 하며 사탕봉지를 내밀었다.

"딸이 시험 끝나서 다시 만들어달라고 했어요."

약봉지를 뜯어서 작은 보라색 사탕을 꺼내 입에 넣었다. 쌉싸래하면서 달콤한 허브향이 콧속을 빠져나왔다. 입안은 물론 콧속과 목구멍까지 시원해지는 것이 생각보다 훨씬 맛이 좋았다. 김정호 형사도 입안에 사탕을 넣고 코가 뺑 뚫리는 느낌에 행복한 표정으로 눈을 감은 채 맛을 음미하고 있었다. 김 전 장관이 사고 싶어 했다는 마음을 이해할 수 있을 것 같았다.

"됐다, 가자!"

신영규가 한마디 던지고 밖으로 나가버렸다.

"감사합니다. 그럼, 이만."

김정호 형사가 헐레벌떡 인사하고 선배 형사를 따라서 밖으로 나갔다. 그는 벌써 차 안에 앉아 있었다.

"이제 알았다. 어떻게 자살시켰는지."

김정호 형사는 차에 앉아 늑대처럼 웃고 있는 신영규를 보고 깜짝 놀랐다. 이럴 때의 신영규는 사냥감을 향해 달려드는 늑대처럼 주변을 조금도 신경 쓰지 않는다. 김 형사는 순간적으로 생명의 위협을 느꼈다.

"아, 팀장님! 저는 그냥 지하철로."

하지만 이미 신영규는 있는 힘껏 가속 페달을 밟고 있었다. 차에서 내리겠다며 몸을 돌리던 김정호의 얼굴이 그대로 뒷좌석에 박혀버렸다. 두꺼운 광폭 타이어가 도로면을 맹렬하게 마찰하며 흰 연기를 일으키더니 번개처럼 앞으로 달려 나갔다.

─◈─

그 집은 강남에서도 부촌으로 통하는 동네 한가운데 있었다. 근처에 프랑스인이 많이 살아서 '프랑스 마을'이라고도 불리는 이 동네는 얼핏 보기에는 한국보다 유럽의 특징을 더 많이 가지고 있었다. 아이러니하게도 K팝과 K푸드의 인기 등으로 세계에 한류 열풍을 퍼뜨리는 한국이지만 정작 한국의 상류층이 많은 곳에 가보면 한국 문화는 별로 찾아볼 수 없었다. 여기도 마찬가지였다. 접시에 예쁘게 올린 케이크 조각처럼 프랑스의 어느 도시 한구석을 한국 땅에 그대로 떠다 놓은 것 같은 느낌이었다.

복숭아는 프랑스어로 되어 있는 간판이 달린 카페테라스
에 앉아서 한글보다 외국어가 더 많은 메뉴를 들여다보았다.
밥 한 끼보다 훨씬 비싼 커피를 시킬까 말까 망설이는 중이었
다. 기본적인 커피 한 잔이 팔천 원에서 만 원 사이였고, 에클
레르 같은 작은 간식 하나도 육천 원이 넘었다. 프랑스 현지에
서도 이렇게 비싸지는 않을 것 같았다. 곳곳에 프랑스식 소품
이 가득한 이 가게에서 가장 프랑스적인 것은 이곳의 종업원
이었다. 그는 오만한 표정으로 버티고 서서 천문학적인 가격
이 매겨진 난해한 메뉴를 고르고 있는 복숭아에게 무언의 압
력을 가하고 있었다. 프랑스인들은 자국 문화에 대한 자긍심
으로 가득 차서 그런 태도를 보인다고 하지만 도대체 프랑스
인 흉내를 내고 있는 저 따라쟁이는 무슨 이유로 이런 태도를
취하는지 모를 일이었다.

"마드모아젤!"

잔뜩 겉멋이 든 웨이터가 답답하다는 얼굴로 말했다.

"잘 모르시면 그냥 '카페'로 시키시죠."

그는 카페의 발음을 길게 빼서 '카페이'라고 말했다. 순간
적으로 욱 하고 화가 치밀어 올랐지만 복숭아는 튀어나오는
말을 꿀꺽 삼켰다. 지난 일 년 반 동안 신영규의 팀에 있으면

서 인내심의 폭이 커진 것 같았다. 거친 동료들과 같이 지내면서 생긴 긍정적인 효과였다.

"*Minute papillon*(잠깐만 기다려요)!"

복승아가 유창한 프랑스어로 말했다. 웨이터가 흠칫 놀랐다.

"네?"

"카페라면 에스프레소를 말하는 건가요?"

"위… 논….:"

웨이터가 고개를 저었다.

"*Café noisette*(카페 느와젯) 한 잔! 저지방 우유로 따듯하게 데워줘요. 계피가루를 조금 얹어주시고요. 아, 초콜릿도 한 조각 주세요. 카카오 칠십 퍼센트. *Merci*(고마워요)!"

종업원이 허둥대며 메뉴판을 들고 계산대로 갔다. 복승아의 유창한 프랑스어에 충격을 받은 모양이었다. 남자는 바리스타에게 한국말로 띄엄띄엄 주문을 전달했다.

복승아는 고등학교와 대학교를 프랑스에서 다녔다. 대학교 삼 학년 때 있었던 어떤 사건 때문에 귀국해서 경찰이 되지 않았더라면 아직도 프랑스에 있었을지 모른다. 그녀가 계산대를 보고 활짝 웃어주자 그들도 낡은 거울처럼 어색하게 미소를 되던져주었다.

문에 달린 작은 종이 울리며 중년 여인 하나가 카페 안으로 들어왔다. 복숭아는 자리에서 일어나 안쪽을 두리번거리는 여자에게 손을 들어 보였다. 중년 여인은 천천히 다가와 앞자리에 앉았다. 고급스러운 옷을 기품 있게 입었고 화장도 자연스러웠다. 하지만 그녀는 전체적으로 메말라 보였다. 얼굴에도 표정이 없었다. 아니, 표정을 잃었다는 표현이 더 적절할 것 같았다. 그녀가 계산대를 향해 손을 들자 웨이터가 고개를 끄덕였다. 여자는 이곳의 단골인 것 같았다.

"무슨 일로 오셨죠?"

"최상진 씨 일을 좀 여쭤보러 왔습니다."

여자의 표정이 살짝 일그러졌다. 그 이름을 듣는 것만으로도 고통스러운 것 같았다.

"다 지난 일이잖아요."

"최근 일어난 사건과의 연관성을 조사하는 중이라서요."

"이제 와서요?"

여자가 코웃음을 쳤다.

"그때는 자살이 아니라고 그렇게 이야기해도 무시하더니…"

여자는 이미 상처를 받을 대로 받아서 더 받을 상처도 없다는 표정이었다.

"혹시, 강하라라는 사람 아세요?"

갑자기 여자의 얼굴이 굳어졌다. 조금 전까지 의욕이라고는 찾아볼 수도 없던 얼굴에 시퍼런 분노가 만개한 꽃처럼 피어올랐다.

"그 애를… 강하라를 어떻게 알아요? 그 애가 또 무슨 일 저질렀어요?"

여자가 다그치듯 물었다.

"김성기 전 장관님 사건 아시죠? 강하라가 그분 측근이었어요."

"그분 자살한 것 아닌가요?"

"그렇게들 알고 있죠. 저희는 다른 각도에서 보고 있어요. 자살로 보기엔 어색한 것들이 몇 가지 있어서요."

"우리 상진이 사건 때도 이렇게 했으면."

여자가 '후우' 하고 길게 한숨을 내쉬었다.

"뭘 알고 싶어요?"

"최상진 씨가 강하라 씨하고 연인 사이였다는 게 맞아요?"

"그래요. 우리 상진이 대학원 들어가고 얼마 안 돼서 그 아이를 만났다고 했어요. 예쁘고 말도 조곤조곤하게 하는 아주 여성스러운 아이였죠. 그런데 저는 처음부터 그 아이가 싫었어요."

"왜요?"

"조금도 빈틈이 없었어요."

"빈틈이 없었다고요?"

여자가 머리를 끄덕였다.

"아무리 영악한 애라도, 아무리 여우 짓을 떨어도, 어른들 눈에는 조금씩 다 보여요. 그런데 얘는 무슨 생각을 하는지 전혀 알 수가 없었어요. 그냥 가면을 쓰고 있는 것처럼 감정에 기복이 없었죠."

웨이터가 커피를 들고 와서 두 사람 앞에 놓았다. 베르사유 궁전 비품처럼 보이는 멋들어진 찻잔이었다. 여자는 잠시 말을 끊었다가 커피를 한 모금 마신 뒤에 다시 이어나갔다.

"한 번은 같이 식사하고 걸어가는데 갑자기 차 한 대가 달려왔어요. 급 발진 차였죠. 저하고 상진이는 그대로 얼어붙었는데 하라, 그 애가 우리를 옆으로 끌어당겼어요. 차는 아슬아슬하게 우리를 지나쳐서 벽에 충돌했고요. 저는 그때 그 아이 얼굴을 봤어요. 어떤 표정이었는지 알아요?"

복승아는 대답 대신 고개를 젓고 커피를 한 모금 마셨다.

"아무 표정이 없었어요. 정말 가면을 쓴 것처럼, 아무 표정이 없었어요. 그때 깨달았죠. 이 아이는 옆에서 사람이 죽어도 저 표정이겠구나!"

여자가 그 당시를 떠올리는 표정으로 말했다.

"그러고 나서 실제로 얼마 뒤에 상진이가 죽었죠."

복숭아는 커피를 마시며 여자의 표정을 찬찬히 살폈다. 처음 봤을 때 느꼈던, 표정을 잃어버렸다는 느낌이 이해가 되었다. 하나뿐인 아들을 잃고 마음속이 텅 비어버린 어머니의 얼굴이었다. 사고로 오빠를 잃은 자신의 얼굴도 다르지 않을 거라는 생각이 들었다.

"아드님은 자살로 밝혀졌죠."

"당신들이 그렇게 만들었죠."

김상진은 연인 강하라와 결별한 뒤에 자동차에서 자살했다. 서울 외곽에 있는 작은 산 입구에 차를 세워두고, 긴 파이프를 배기구에 연결해서 앞 유리 틈에 끼운 다음 청테이프로 빈틈을 밀봉하고 시동을 걸었다. 차 안에 배기구에서 흘러들어온 일산화탄소가 차오르기 시작할 때 그는 소주 한 병과 수면제 열 알을 먹고 잠들었다. 다음 날 등산객이 차와 시체를 발견하고 경찰에 신고했다. 수차례의 조사와 해부 끝에 최상진은 자살로 결론이 내려졌다. 강하라는 그가 자살한 날 학교 MT로 경기도의 어느 펜션에 있었던 것이 밝혀졌다.

"강하라는 알리바이가 있었어요. 아드님이 자살한 그 시각에 멀리 있는 펜션에서…."

"그게 바로 강하라가 노린 거예요. 심리적인 맹점! 아들은 서울에서 죽었고 그 애는 경기도에 있었으니까 멀리 있었다? 상진이가 죽은 산은 서울과 경기도 경계에 있었어요. 산 하나만 넘으면 경기도고 그 펜션이라고…."

"담당 경찰도 그 점을 알고 있었어요. 하지만 여자 혼자서 밤중에 산을 넘는 것이 불가능하다고 결론 내렸죠."

"흥!"

여자가 코웃음을 쳤다.

"감정이 없는 애가 무서운 걸 알겠어? 그 애라면 아무리 밤이라 해도 산 하나 넘는 것 따위는 일도 아닐걸."

여자가 가방에서 뭔가를 꺼내 테이블 위에 놓았다.

무슨 사탕 포장지 같았다. '*Ginger taste hard candy*(생강맛 단단한 사탕)'이라고 적혀 있었다.

"상진이가 죽은 차 옆에 이 사탕 비닐이 있었어요."

보고서에 의하면 최상진이 죽은 곳은 해발 육백 미터 높이의 인적 드문 산자락이었다. 등산로에서 다소 떨어져 있었지만, 사람의 출입이 아주 없는 것도 아니고 다른 곳에서 날아왔을 가능성도 있었기에 차 안이 아닌 바깥쪽에 있던 유류품은 증거에서 제외시켰다. 자살로 결론지은 사건이라 더 이상의 증거 수집은 하지 않았다.

"아드님이 버린 걸 수도 있잖아요?"

여자는 다시 한 번 코웃음을 쳤다.

"상진이는 치아가 약해서 어렸을 때부터 단것을 제한했어요. 내 아들은 그런 간식을 일체 먹지 않는다고요."

자식들 대부분이 부모가 없는 곳에서 완전히 다른 사람이 된다는 사실을 복숭아는 잘 알고 있었지만 입 밖에 내지 않았다. 경찰들 역시 그런 사실을 잘 알기에 증거로 채택하지 않았던 것이다.

"그리고, 난 강하라, 그 아이가 이 사탕을 가지고 있는 걸 본 적이 있어요! 그 아이는 상진이가 단것을 못 먹는 걸 알고 자기도 상진이 앞에서는 먹지 않았어요. 제가 '넌 언제 그 사탕 먹니?' 하니까 '전 재미있는 거 보면서 사탕 먹는 걸 좋아해요.' 하더라고요. 그래서 다시 '야구경기나 영화 같은 거 볼 때?'라고 물었더니 잠시 생각하다가 '네, 비슷해요.' 하더라고."

실제로 강하라가 뭔가를 했다는 증거는 어디에도 없었다. 여기서 들은 말은 아들을 잃은 엄마의 넋두리 정도였다.

"아드님이 강하라와 같이 있으면서 뭔가 이전과 달라진 점이 있었나요?"

"물론이에요!"

여자가 자르듯이 말했다.

"내 아들이지만 은근히 고집이 센 녀석인데 이상하게 그 애하고 같이 있으면 그 애 말을 너무 잘 듣더라고. 나하고 말다툼을 하다가도 그 애가 뭐라고 하면 바로 나한테 사과했지요. 무슨 이상한 요술을 쓰는 것 같았어. '제 말만 잘 들으면 다 좋아질 거예요.' 너무 기분 나빠서 그 말 우리 애한테 다시 쓰지 말라고 했더니 오히려 아들놈이 화를 내더라니까! 나참!"

그녀가 만나본 몇몇 사람들의 증언에 따르면 이상하게도 많은 남자들이 강하라를 추종했다고 했다. 어쩌면 강하라에게는 주변 사람들, 특히 남자들을 통제하려는 어떤 경향이나 특별한 수단 같은 게 있었을 가능성도 있다.

그 뒤에도 여자는 강하라의 험담 같은 것을 계속했지만 더이상 새로운 것은 없었다. 복숭아는 그쯤에서 끝을·맺기로 했다.

"오늘은 이 정도면 될 것 같습니다. 혹시 다른 일이 생기면 다시 찾아뵈어도 될까요?"

여자는 조금 실망스러운 표정으로 고개를 까닥했다. 자리에서 일어서는데 문득 사탕 포장지가 눈에 들어왔다.

"이거, 제가 가져가도 될까요?"

"네, 가져가세요. 나한테는 필요 없는 거니까."

힘없이 고개를 끄덕이며 여자가 사탕 포장지를 들어서 건네주었다. 복승아가 손을 내밀어서 비닐 포장지를 받는 순간, 여자가 복승아의 손을 왈칵 움켜쥐었다. 의외로 강한 힘이었다.

"난 알고 있어!"

여자는 손을 움켜잡은 채로 복승아를 노려보며 말했다.

"그 애는 이 사탕을 먹으면서 상진이가 죽는 걸 지켜보고 있었던 게 분명해!"

─◦◦✧◦◦─

두 번째로 경찰서를 찾은 강하라는 들어설 때부터 이전과 분위기가 사뭇 달라진 것을 눈치챘다. 입구에서부터 경찰들이 좌우에서 그녀를 에스코트했고 사무실이 아니라 조사실로 곧장 그녀를 데려갔다. 자신에게 호의를 보이던 김정호 형사가 굳은 얼굴로 외면하는 것도 느낌이 이상했다. 조사실로 들어서면서 강하라는 이미 사태를 파악했다. 철제 테이블과 천정에 붙은 CCTV 외에는 아무것도 없는 살풍경한 조사실의 분위기에, 처음 들어온 사람은 당황하기 마련이다. 하지만 강하라는 의외로 침착했다. 신영규는 조사실로 들어가서 반대편에 앉아 한동안 말없이 강하라를 쳐다보았다. 보통은 위압감을 받고 불안해하기 마련이지만 강하라는 표정에 한 치의 변화도 없이 담담하게 이쪽을 쳐다보고 있었다.

"이번엔 무슨 일이죠?"

먼저 입을 연 것도 강하라였다. 신영규는 이 사람은 지금까지 만났던 사람들과 다르다는 것을 깨달았다. 조바심을 내거나 불안해하는 것이 아니라 그 말을 해야 될 때가 되어서 했다는 느낌으로 차분한 태도에 변화가 없었다.

"심리학도라고?"

신영규가 물었다.

"네. 심리상담사를 목표로 공부하고 있습니다."

"현재 S대에서 박사 준비 중이고?"

"네."

"어떻게 김성기 교수 어시스턴트가 됐지?"

"이전에 다 말씀드렸어요. 제 학부시절 은사셨고 저한테 많은 도움을 주셨어요. 정계를 은퇴하신 뒤부터 개인적인 업무를 도와드리고 있고요."

"매일 같이 있었나?"

"필요할 때만 도와드렸어요. 저도 논문 준비로 바빠서요."

"일주일에 며칠이나 같이 있었지?"

"보통 일이 있을 때만 봐드렸으니까 길어야 이삼 일 정도? 한 달에 한두 번 뵐 때도 있었고요."

"시간은?"

"정해진 시간은 없었어요. 건강이 나빠지신 다음부터는 집안일까지 봐드리느라고 좀 늦게까지 있었어요. 하지만…."

"김성기 씨가 어떻게 죽었는지 알고 있다!"

신영규가 갑자기 말을 잘랐다. 강하라가 순간적으로 멍하니 입을 벌렸다가 이내 입을 다물었다. 입 꼬리가 살짝 올라가 있었다. 억지로 힘을 준 탓이었다.

"심리학도니까 '조건화'가 뭔지 잘 알겠지?"

"'조건화'요? 잘 알죠."

"김성기 씨가 죽은 것도 바로 '조건화'다!"

신영규가 낮고 확고한 목소리로 말했다.

강하라의 입 꼬리가 다시 살짝 움직였다.

"공자 앞에서 문자 쓰는 격이지만 한번 말해볼까? 조작적 조건화(操作的 條件化)는 행동주의 심리학의 이론이지. 어떤 반응에 대해 선택적으로 보상함으로써 그 반응이 일어날 확률을 증가시키거나 감소시키는 방법. 여기서 선택적 보상이란 강화와 벌을 의미한다. 맞지?"

"대충 맞아요."

"김성기 씨 단골 설렁탕집에서 재미있는 이야기를 들었다. 그 양반이 자주 같이 오는 젊은 여자 말을 아주 잘 듣더라는 거지."

"교수님은 그렇게 보수적인 분이 아니었어요, 그분은…."

"주변에 다 확인해봤다. 그 사람은 극보수였고 남성우월주의자였어. 장관 시절에도 청문회 때 여성 국회의원이 질문하면 화를 내는 것으로 유명했지."

굳게 다문 강하라의 입 꼬리가 다시 위로 올라갔다. 여전히 무표정했지만 눈빛에 분노가 비쳤다.

"살고 있는 아파트에서도 다른 사람들과 자주 충돌했다. 특히, 자기 주차 구역에 다른 사람이 차를 세우는 걸 용납하지 못했다지. 그 아파트에는 지정 주차 구역이 없는데도 말이야. 이 사람이 하도 난리를 치니까 나중에는 아파트 주민들끼리 그 양반 주차 구역은 침범하지 않기로 협의했다고 한다."

신영규가 상체를 강하라 쪽으로 기울이며 물었다.

"그런 사람이 어린 여자 비서의 말을 잘 들었다?"

"그건, 이유가 있어요."

"이유는 하나뿐이다. 병 때문에 자신감을 잃은 김성기 씨를 네가 옆에서 돌봐주며 컨트롤하기 시작했다. 그때 네가 한 것이 바로 '조건화'다!"

"말도 안 돼요. '조건화'는 그렇게 쉽게 사람한테 적용할 수
없어요!"

"아니, 사람한테 적용하는 경우도 많아."

신영규가 잘라서 말했다.

"우리가 흔히 보는 광고들도 이런 조건화를 기본 개념으
로 삼지. 정상적이고 의지가 강한 사람을 상대로 조건화하는
건 어려울지 모르지만 약해진 노인한테는 그렇게 어려운 일
이 아니지. 아마도 이런 형태였을 거다. '내 말을 잘 들으면 다
시 건강해질 수 있다. 내 말대로 하면 다시 행복해질 수 있다.'
너는 그런 말들을 약해진 노인에게 반복 세뇌시키고 네 말
을 듣게 했을 거야. 그런데 아직 모르는 게 한 가지 있군. 바로
'강화'!"

강하라의 눈 부분이 꿈틀하고 움직였다.

"조건화를 위해서라면 '강화', 즉 상과 벌이 필요하다."

그는 여자의 표정 변화를 놓치지 않았다.

"네 말대로 자주 같이 있지도 않았는데 어떤 '강화'가 효과
적이었을까?"

신영규의 눈이 냉정하게 강하라의 표정 변화를 지켜보
았다.

"병들고 외로운 노인에게 젊고 매력적인 여자가 어떤 보상을 줄 수 있을까?"

"그만해!"

강하라가 마주 쏘아보며 외쳤다.

"더러운 상상은 당신 방에 처박혀 혼자서나 해!"

발끈한 모습에 신영규가 '씨익' 웃었다.

"나는 아무 말도 안 했는데 본인이 먼저 '더러운 것'이라고 규정했다. 심리학자로서 이걸 어떻게 해석하지?"

눈을 감고 화를 식히던 강하라가 길게 숨을 내쉬었다.

"당신, 그런 근거 없는!"

신영규는 무시하고 말을 이어나갔다. 그는 습관처럼 넥타이를 풀어서 손에 감고 있었다.

"'미송옥'알지? 둘이서 자주 갔던 설렁탕집. 거기에는 설렁탕보다 더 유명한 후식이 있다. 그 집 딸이 직접 만들었다는 허브 캔디! 김성기 씨도 그 사탕을 아주 좋아했지. 하지만 딸이 취미로 만들던 거라서 언제나 수량이 부족했어. 너는 그 사탕을 이용해서 김성기 씨를 죽이기로 했다. 방송국 토론회가 있기 며칠 전, 김성기 씨는 미송옥에 가서 사탕을 부탁했지. 하지만 딸이 시험기간이라서 사탕을 구하지 못했어. 너는 그 사실을 알고 독약을 같은 모양으로 만들어서 같은 포장지에 넣고 김성기 씨한테 준 거야. '인터뷰 전에 먹어라.'라고 한 다음, 평소에 네가 하던 대로 '내 말을 잘 들으면 건강해진다.'고 했겠지. 결국 네가 계획한 대로 그 사람은 사탕인 줄 알고 독을 먹었고 모두가 보는 앞에서 죽었다."

빨간 넥타이가 손에 감긴 채 올가미 부분만 아래에서 흔들리고 있었다. 강하라의 얼굴이 창백해졌다.

"너는 그렇게 완전범죄를 이뤘다고 믿겠지. 아무 증거도 남지 않았고 사건은 자살로 처리됐다. 여러 가지 정치적 사안으로 민감한 시기에 유명한 인물이 자살한 사건이라서 정부에서도 서둘러서 덮으려고 할 테고 며칠만 조신하게 있으면 다 해결될 거라고 생각했다. 하지만 우리는 네가 한 짓을 다 알고 있어! 그건 생각 못 했지?"

고개를 숙인 그녀의 어깨가 울음을 참는 듯 조용히 떨렸다. 신영규는 이제 얼마 안 남았다고 확신했다. 심경의 변화를 일으킨 피의자는 일반적으로 모든 죄를 인정한다. 자기합리화와 함께.

"푸핫!"

갑자기 강하라가 웃음을 터뜨렸다. 한 번 터진 웃음을 참지 못하고 깔깔대며 미친 듯이 웃기 시작했다. 지금까지의 조신하던 분위기는 온데간데없었다. 고개를 뒤로 젖히고 박장

대소하는 모습이 완전히 실성한 사람 같았다. 신영규는 그대로 내버려두었다. 한동안 웃고 또 웃던 강하라가 손가락으로 눈물을 훔치며 고개를 바로 했다. 그녀의 시선이 다시 신영규를 향했다. 하지만 눈빛은 완전히 다른 사람의 것이었다.

"아, 정말 빵 터졌네. 그게 다야? 경찰이 증거도 없이 감만으로 범인 잡으려고?"

강하라의 말투가 달라졌다. 완전히 그를 비웃는 투였다.

"그렇게 말하면 내가 '아, 예, 예! 제가 그랬습니다. 죽을죄를 지었습니다.' 하면서 닭똥 같은 눈물이라도 뚝뚝 흘릴 줄 알았어? 장난해?"

날카롭게 쏘아대는 말보다 매섭게 쏘아보는 눈빛이 더 사나웠다.

"진짜 실망스럽네! 나도 한때는 경찰을 꿈꿨는데 정말, 수준 낮다! 그 멍청하게 생긴 남자 형사는 그렇다 치고, 당신은 좀 나은 줄 알았는데 뭐야? 이거!"

옆방에서 모니터를 지켜보던 김 형사는 그녀의 이런 모습을 보고 놀라서 털썩 주저앉았다. 하지만 신영규는 오히려 빙그레 웃었다.

"이게 진짜 모습인가? 첫인상대로네?"

"뭐래?"

강하라가 비웃으며 말을 받았다.

신영규가 위쪽의 카메라를 향해 손을 들고 들어오라는 신호를 했다.

잠시 후에 복숭아가 문을 열고 방 안으로 들어왔다. 손에 낡은 파일 하나가 들려 있었다.

"무능한 경찰에 무능한 경찰이 하나 더 들어왔네. 빵 더하기 빵은 빵인가? 아니면… 똥?"

강하라의 말에 신영규가 씨익 웃었다. 섬뜩한 웃음이었다. 웃겨서 나오는 웃음이 아니었다.

"아, 이런 가…족 같은 분위기 너무 좋다! 밥은 먹었니? 중국말로 니시팔로마?"

복숭아가 걸쭉한 목소리로 공사판 막일꾼 아저씨도 들으면 고향으로 돌아가고 싶어질 욕 비슷한 말을 뱉어냈다.

"어머, 저한테 욕하신 거예요? 어떡하죠? 이거 지금 녹화 중인데…. 우리 변호사님 들으면 좋아하시겠네! 욕 한마디에 일억은 어떠셔요? 뿌잉뿌잉!"

강하라가 어린 소녀의 말투와 표정을 흉내 내며 조롱했다.

"아놔, 진짜! 이런 신발!"

복숭아가 뒤춤에서 수갑을 꺼내 테이블 위로 쾅 내리쳤다. 보통 사람 같으면 깜짝 놀랐겠지만 강하라는 눈도 깜빡이지 않았다.

"그걸로 뭐하려고요? 증거 나올 때까지 나 묶어놓으려고? 묶어놓고 둘이서 뭐 하려고? 허걱! 혹시 나 노리개 되는 고야? 오나홀(성완구:性完具) 되는 고야?"

강하라가 목을 앞으로 쭉 빼며 어린아이 말투로 놀리듯 주절거렸다.

"총이 있어도 못 쏘고, 수갑이 있어도 못 채우면, 경찰이 무슨 소용 있나?"

길게 뺀 목이 인간의 것이 아닌 것처럼 비정상적으로 길어보였다.

그 옆으로 파란 핏줄이 길게 드러났다.

"응? 무능한 경찰님들아!"

"총이나 수갑이 아니다!"

신영규가 말을 끊었다.

"경찰의 진짜 힘은 정보력이야! 우리는 수사에 필요한 모든 정보를 수집할 수 있다. 아무리 오래된 거라도, 아무리 꽁꽁 숨겨둔 거라도 말이야. 우리는 어떻게든 찾아내지! 우리만의 방법이 있거든. 영업비밀!"

복승아가 신영규에게 들고 온 파일을 건네주었다.

"이건 어떤 어린 여자아이에 대한 진료 기록이다. 아주, 구하기 힘들었지. 당시 그 아이를 봐주던 담당의사가 그 아이를 감당 못해서 미국으로 도망쳐버렸거든. 그래도, 어떻게 손에 넣었지."

신영규가 파일을 펼치며 강하라를 노려보았다.

"혹시 이 이름 들어봤어? 강! 하! 루!"

강하라의 얼굴이 창백해졌다. 그러고는 불꽃이 튀어나올 것 같은 눈빛으로 그를 노려보았다.

"그걸… 어?"

"어떻게 구했냐고? 말했지? 영업비밀!"

신영규는 파일을 보며 절레절레 고개를 저었다.

"의사가 불쌍하더라고. 상담소에 세 번이나 불이 나고, 목 잘린 고양이 시체에, 바퀴벌레 수백 마리가 든 소포… 야, 이 게 다 열 살짜리 아이가 한 짓이라고?"

강하라는 입을 앙다문 채 말이 없었다.

"당연히 보통 사람은 못 견디지. 안 그래? 강하루 양?"

"뭐?"

강하라의 눈빛이 무섭게 빛났다.

"강!하!루! 양! 자기 이름도 잊었어?"

신영규가 비웃는 표정으로 말했다.

"내 이름은 강하라야! 강하루는 집 나간 언니라고!"

"강하루건 강아지건 우선 내용이나 보고 얘기할까?"

신영규가 낡은 파일을 펼쳤다.

칠월 삼 일 오후 세 시경, 젊은 엄마 하나가 상담소를 찾아왔다. 자신의 딸에 관한 이야기를 하며 도움을 받고 싶다고 했다. 여섯 살 먹은 어린 딸이 반복적으로 흉기를 사용해서 엄마를 찌른다는 것이었다. 처음에는 장난감 칼이나 가위로 시작했는데 나중에는 주방용 칼이나 가위를 가지고 엄마를 찌른다고 했다. 주로 아이가 싫어하는 것을 강요하거나 야단칠 때 그런 폭력적인 행동을 한다는 것이다. 예를 들어 편식하는 아이에게 억지로 나물반찬을 먹이거나 좋아하는 장난감을 사주지 않으면 칼을 가지고 뒤에서 팔이나 다리를 찔렀단다.

어느 날 밤, 자다가 느낌이 이상해서 잠에서 깨어 보니 아이가 칼을 들고 자신을 내려다보고 있었다. 너무나 섬뜩한 모습에 엄마는 기겁을 했다고 한다. 엄마가 야단을 치자 아이는 웃으면서 잠자리로 돌아갔단다.

며칠 뒤에 아이의 유치원 담임교사한테서 연락이 왔는데 아이가 요리 시간에 옆에 있던 다른 여자아이 손을 칼로 그었다고 했다. 나중에 이유를 물어보니 자기가 좋아하는 남자아이하고 친하게 지내서 벌을 줬다는 것이다. 엄마는 아이에게 절대로 그러면 안 된다고 야단을 치고 반성하라고 한 뒤에 저녁 준비를 하고 있었는데 종아리가 뜨끔해서 돌아보니 아이가 칼을 들고 자신을 찌르고 있었다는 것이다. 칼끝이 꽤 깊이 박혀서 놀라고 아파서 울며 비명을 질렀는데 그 모습을 지켜보며 아이가 까르르 웃더라는 것이다. 엄마는 아이가 두려워졌다고 했다.

나는 아이 엄마의 동의를 얻어 검사를 진행했다.

검사 결과는 생각대로였다. 아이는 반사회성 성격 장애와 품행 장애로 진단되었다. 지능지수도 아주 높은 것으로 나왔다. 언어 능력도 상위 일 퍼센트 안에 들 정도였다.

처음 아이를 만났을 때 나는 두 번 놀랐다. 천사처럼 예쁜 모습에 깜짝 놀랐고, 그 천진한 얼굴로 피를 보는 게 즐겁다고 말하는 악마 같은 모습에 또 한 번 놀랐다.

"잘못했으면 벌을 받아야지! 그게 세상 이치야!"

아이는 비교적 또렷하게 이 말을 두 번이나 반복했다. 아이가 그 말을 할 때 왠지 노인의 말투를 흉내 내는 것 같았다.

나중에 아이 엄마에게 물어보니 그건 '할아버지' 말투라고 했다. 아이의 할아버지는 사회 부적응자로 사십 대부터 산속에서 혼자 살아온, 소위 '자연인'이었다. 젊은 시절 폭력을 휘두르고 범죄에 연루되어 몇 번이나 교도소 생활을 했고, 나중에는 출소해서 세상을 등지고 혼자서 산으로 들어갔다는 것이다. 아이의 할머니 혼자서 분식점 등을 하며 아들들을 키웠고 다행히 잘 자라준 아들은 대기업에 취직하고 원만한 가정을 이루었다. 그런데 몇 년 전, 할머니가 돌아가시고 나서 갑자기 할아버지에게서 연락이 왔다. 아들과 손녀를 만나고 싶다는 것이었다. 아이의 아빠는 처음에 망설였지만 어렸을 때 봤던 아버지를 한 번은 다시 만나고 싶어서 할아버지가 알려준 주소로 찾아갔다. 내비게이션도 안내를 못 하는 깊은 산속이었다.

그곳에 도착한 일행은 깜짝 놀랐다. 세상을 버리고 산으로 들어갔다기에 낡은 움막집을 생각했는데 그들이 도착한 곳은 산속에 있는 별장처럼 크고 잘 지어진 멋진 집이었다. 할아버지는 골프바지와 녹색 스웨터를 입고 그들을 맞이했다. 입에는 좋은 향기가 나는 파이프 담배를 물고 있었다.

"어서 와라."

웃는 얼굴로 아들을 맞이하는 할아버지는 소문과 달리 매력적인 노신사였다. 집 안으로 들어가자 잘 정돈된 깔끔한 실내가 아주 인상적이었다. 실내엔 원목으로 만든 가구들이 안락하게 놓여 있었고 햇빛을 가리는 차양을 통해 은은한 빛이 들어왔다. 노인에게는 조금 어두운 조명 같았지만 덕분에 집 안은 아늑한 분위기였다. 그런데 한 가지 이상한 점이 있었다. 그 넓은 집 안에 사진이나 그림이 하나도 없었다. 칠순 노인이 지금까지 살아오면서 추억할 사진 한 장 없다는 게 이상했다. 그런데 벽 쪽을 자세히 보니 액자가 걸려 있던 흔적들이 희미하게 남아 있었다. 우리들이 온다고 급하게 치운 걸까? 아마도 다른 여자와 같이 찍었던 사진을 걸어 놓았기 때문에 불편했겠지 하고 아이 엄마는 생각했단다. 또 한 가지는 신발장 안에 낡은 지팡이가 있는 것이었다. 할아버지는 다리에 전혀 이상이 없었는데 오래 쓴 지팡이가, 그것도 왼손잡이용 지팡이가 있는 것이 이상했다. 할아버지는 오른손잡이였다. 그러고 보니 할아버지가 물고 있던 담배 파이프도 왼손잡이용으로 조각되어 있었던 것 같았다.

오후에는 다 같이 모여 마당에서 바비큐를 하며 식사를 하고 술도 한잔하며 즐거운 한때를 보냈다. 할아버지는 손녀를 끔찍이도 아꼈다. 그런데 시간이 지날수록 점점 더 이상한 것이 많아졌다. 오랫동안 살아왔던 집이라는데 할아버지는 가재도구들이 어디에 있는지 전혀 몰랐다. 석탄을 가지러 집 뒤의 창고 쪽으로 가다가 지하 저장고를 지나는데 무슨 신음 같은 것이 들렸단다. 그쪽으로 다가가서 문을 열려는데 누군가가 엄마의 손을 덥석 잡았다. 할아버지였다.

"여기, 함부로 열면 안 돼! 살쾡이가 있어!"

엄마가 놀란 가슴을 진정시키며 돌아가려는데 할아버지는 한

동안 그 손을 꼭 잡고 무서운 눈으로 노려보았다고 했다. 엄마는 온몸에 소름이 돋았다. 아이가 부르자 그때서야 할아버지는 손을 놓았다. 그 이후부터 엄마는 할아버지가 무서워졌다고 말했다.

아이는 이상하게 할아버지를 잘 따랐단다. 생선을 먹을 때 할아버지는 가장 먼저 가늘고 긴 젓가락으로 눈을 콕 찍어서 꺼내 먹었다.

"눈을 먹어야 한 마리를 다 먹는 거야! 생선이나 동물이나 눈알이 정수지!"

할아버지는 생선 눈알을 찍어서 손녀에게 내밀었고 아이는 한동안 그 눈을 바라보다가 '꼬드득 꼬드득' 맛있게 씹어 먹었다.

다음 날 출근 때문에 돌아갈 시간이 되자 가족들은 아쉬워하며 차에 올랐다. 며칠 뒤 다시 찾아오기로 하고 그날은 그렇게 헤어졌다. 서울로 돌아오는 길에 엄마는 할아버지와 그 집이 어딘가 이상하다고 말했지만 남편은 귀담아듣지 않았다. 페인이라고 믿어왔던 아버지가 사실은 훌륭한 노신사라는 사실에 그는 흥분을 감추지 못했다.

'거, 힘들면 회사 때려치우고 사업이나 해봐. 아직 이 애비, 아는 사람들 많으니까 도움 줄 수 있을 게다!' 하던 할아버지의 말에 남편은 벌써 사업구상을 하고 있었다. 그때 전화가 왔다. 모르는 번호였다. 받았더니 할아버지였다.

"사실, 우리 집 공사 중이라 거기 내 친구 집 하루 빌린 거다.
비밀로 하려다가 며늘아기가 불안해하기에 말해주는 거야."

하지만 엄마는 불안감을 지울 수가 없었다. 지하 저장고에서 들
리던 신음 소리는 분명 사람의 것이었다.

며칠 뒤에 다시 할아버지를 방문했을 때는 이전 집과는 멀리
떨어진, 새로 지은 좀 작은 집이었다. 이번에는 할아버지도 모든 것
이 익숙해 보였고 더 애착을 가지는 것처럼 보였다. 다시 즐거운 시
간을 함께 보냈고, 엄마도 이번에는 마음을 편하게 가지려고 노력
했다. 하지만 가끔씩 자신을 향하는 할아버지의 눈빛이 섬뜩하
다고 느꼈다.

돌아가는 길에 엄마는 시내에서 아이가 마실 물을 사러 슈퍼에
들렀다가 아주머니들에게 처음에 갔던 별장 이야기를 물었다. 그
런데 놀랍게도 그 집이 며칠 전에 화재로 타버렸고 다리가 불편
한 주인 영감도 같이 죽었다는 이야기를 들었다. 우연일까? 그 집
이 친구 집이었다면 할아버지는 왜 그 이야기를 하지 않았을까?

만나는 횟수가 많아지면서 아이는 점점 더 할아버지를 닮아
갔다. 밥 먹을 때 생선 눈은 무조건 아이 차지였다. 어느 날 돼지
고기를 구워먹을 때 아이가 말했다.

"엄마! 돼지는 눈깔 없어?"

있지만 구할 수가 없다고 하자 아이가 눈깔을 달라며 떼를 쓰기 시작했다. 엄마는 아이를 야단쳤고 그대로 넘어가는 듯했다.

그런데 그날 밤, 엄마가 자다가 부스럭거리는 소리에 놀라서 눈을 떠보니 아이가 뾰족한 쇠 젓가락을 들고 머리맡에 앉아 있었다. 아이가 젓가락을 내리 찔렀다. 순식간에 얼굴을 돌린 덕분에 젓가락은 관자놀이에 박혔다. 비명 소리에 잠이 깬 아빠가 아이를 안았다. 왜 그랬냐고 물으니 무서운 꿈을 꿨단다. 무서운 귀신이 엄마로 변장해서 누워 있는 꿈이었단다. 아빠는 오히려 아이를 달래주었다. 하지만 엄마는 아이가 자신을 보는 눈빛에서 거짓말을 하고 있다는 것을 알 수 있었다.

엄마는 아이를 상담소로 데려왔고 몇 가지 검사 후에 결과가 나왔다. 아이는 반사회적 인격 장애 즉, '사이코패스'였다.

엄마의 동의하에 아이의 심리 상담과 치료를 시작했다. 일주일에 두 번씩 상담 세션을 진행하기로 했다. 어린 나이에 시작하면 그나마 성공 가능성이 높기에 기대를 가지고 있었다. 하지만 모든 것이 생각처럼 쉽지 않았다. 아이는 생각보다 훨씬 영악했고 고집스러웠다. 나는 아이 하나를 상대하는 것이 아니고 그 뒤에 숨어 있는 교활한 늙은이까지 상대하는 기분이었다.

'상담'에서 아이를 설득하는 것은 매우 중요하다. 그러자면 먼저 아이의 신뢰를 얻어야 한다. 하지만 아무리 아이를 내 쪽으로 끌고 와서 나를 믿게 만들어 '애착'을 형성해도 며칠 지나면 다시 심리적 거리감을 느꼈다. 오래지 않아 그 뒤에 아이의 할아버지가 있다는 것을 알게 되었다.

엄마에게 할아버지가 아이에게 안 좋은 영향을 주는 것 같다고 말했더니 한동안 할아버지를 멀리하겠다고 약속했다. 그 뒤로 얼마간 아이는 순종적이 되었다. 하지만 며칠 뒤 다시 아이는 내 말을 비웃기 시작했다. 엄마는 할아버지가 몰래 와서 아이를 만나고 가는 것 같다고 했다. 왜 이렇게 집착하는 걸까? 나는 아이에게 단도직입적으로 할아버지의 의도를 물었다.

"그것도 몰라? 할아버지는 선생님이 싫은 거야. 옛날에 자기를 치료하려고 했던 그 선생님 같대."

나는 아이 엄마에게 할아버지의 이름을 물어보고 의학계의 라인을 통해서 담당의를 찾아보았다. 무려 삼십 년 가까이나 지난 옛날 일이어서 찾기가 쉽지 않았지만, 그 당시 범죄자들을 담당하던 최인호라는 상담의를 찾을 수 있었다. 그 사람의 현 거주지가 지방에 있는 요양정신병원이라는 말을 듣고 그곳에 의사로 있을 거라 짐작했지만 알고 보니 그는 환자로 입원해 있었다. 모든 일정을 취소하고 그를 만나러 갔다. 하지만 불행히도 그는 정상적으로 이야기를 나눌 만한 상태가 아니었다. 전신에 오 도 화상을 입어서 스무 번이 넘는 수술을 받았고, 이후 간신히 목숨을 건졌지만 흉한 외모와 통증으로 마약성 진통제에 의지해서 살아가고 있었다. 그에게 아이 할아버지의 이름을 대며 아는 것이 없냐고 묻자 그가 갑자기 발작을 일으켰다. 나는 황급히 병원을 나올 수밖에 없었다. 최인호 상담의와 아이 할아버지 사이에 뭔가 끔찍한 일이 있었던 것 같았다. 하지만 확실한 것은 아무것도 없었다.

다행히도 엄마는 계속 아이를 상담소로 데려왔다. 딸을 정상인으로 키우겠다는 강한 신념이 있는 좋은 엄마였다. 하지만 아이의 할아버지가 계속 영향을 끼치고 있는 상태에서 아이를 교정하기는 쉽지 않았다. 몇 번이나 강조하고 몇 번이나 약속을 받았지만 달라지는 것은 없었다. 시간이 지나면서 상담은 더욱더 힘들어졌다. 아이는 나이를 먹어가면서 점점 더 영악해졌다. 이제는 내 말을 듣는 것처럼 꾸미면서 교활하게 내 약점을 찾기까지 했다.

아이가 초등학생이 되었다.

그전부터 읽고 쓰기를 할 줄 알던 아이는 이제 폭발적으로 어학 능력을 발전시켜나갔다. 가끔씩 이 아이가 정말 어린아이인가 하는 의심이 생길 정도였다.

나는 아이를 다루기가 점점 더 힘들어졌다. 아이와 같이 있는 상황을 통제하지 못하고 방어만 하다가 상담이 끝나는 경우도 많았다. 그러다 마침내 마지막 날이 되었다.

그날, 아이는 들어오자마자 깊은 한숨을 쉬었다. 왜 그러냐고 묻자, "세상에는 나쁜 사람이 너무 많아요."라고 대답했다. "왜 그렇게 생각해?"라고 묻자, "모든 사람이 서로 거짓말을 해요. 이 세상은 거짓말을 하지 않으면 살 수가 없나 봐요."라고 대답했다.

"모든 사람이 다 거짓말을 하는 건 아니야. 다른 사람들에게 신뢰를 얻으려면 거짓말을 해서는 안 돼."

"선생님, 우리는 서로 믿을 수 있는 관계예요?"

"그럼! 우리는 서로 믿는 관계지."

"정말 다행이네요. 그럼 한 가지만 여쭤볼게요. 거짓말하는 사람은 나쁜 사람이라서 신뢰할 수 없는 거죠?"

"그래, 거짓말을 하는 사람은 나쁜 사람이지."

"나쁜 사람은 벌을 받는 거죠?"

"그럼! 나쁜 사람은 꼭 벌을 받게 된단다. 그게 우리 사회 시스템이야."

"그럼, 선생님도 저한테 거짓말을 해요?"

"아니, 나는 어떤 경우에도 너한테 거짓말을 하지 않을 거야."

"선의의 거짓말도 안 해요?"

"선의의 거짓말도 안 해. 이 상담 시간은 거짓말 프리 존이야."

내 대답에 아이가 방긋 웃었다.

"아, 잘 알겠어요. 그럼 선생님한테 질문해도 돼요?"

"그래, 물어봐."

"학교에서 위인들 이야기를 배웠어요. 알렉산더 대왕, 이순신 장군, 맥아더 장군...."

"다들 훌륭한 분들이지."

"이분들은 거짓말을 안 하셨나요?"

"거짓말을 했을 수도 있지. 하지만 영웅들에겐 강한 도덕심이 있단다. 그것이 바로 나쁜 사람과 영웅의 다른 점이지."

"아, 그렇구나. 그런데 선생님!"

"응?"

"저, 영웅들의 공통점을 발견했어요."

"그게 뭔데?"

"사람들을 많이 죽였어요!"

"뭐?"

"영웅들은 전부 많은 사람들을 죽였다고요."

"아, 다 그런 건 아니야, 전쟁 중이라서 어쩔 수 없이 많은 사람을 죽인 경우는 있어."

"그럼 전쟁 중에 사람을 죽인 건 용서되는 건가요?"

"전쟁 중에 자기 민족을 구하기 위해 다른 사람을 죽인 경우는 용서받을 수 있겠지."

"그럼...."

아이가 방긋 웃으며 물었다.

"히틀러도 영웅인가요?"

나는 순간 말문이 막혔다.

"아니, 히틀러는 무고한 사람들을 많이 죽여서...."

"방금 말씀하셨잖아요. 히틀러는 자기 민족을 위해서 적을 죽인 거잖아요. 뭐가 다르죠?"

"아... 히틀러는 게르만 민족을 위해서 다른 나라를 침략하고 다른 인종을 학살했어. 그건 인류애가 아니라 자기 민족만을 위한 이기주의야."

"그렇게 따지면 알렉산더도 마찬가지잖아요?"

"아...알렉산더는 물론 정복자지만 그 전쟁을 통해서 동서양의 문화가 연결되는 좋은 결과를 만들었단다. 그래서 영웅이라고...."

내 목소리가 떨렸다. 아이의 말에 말려들었다는 것을 직감했다.

"그건 알겠어요. 그런데 영웅들이 거짓말을 하지 않는다는 것도 이상해요."

"뭐가 이상하지?"

"이순신 장군은 명량해전에서 일본군 전함을 좁은 곳으로 끌어들여서 전멸시켰잖아요? 그건 속임수 아니에요?"

"물론 그렇지. 하지만 그건 전쟁이라는 특수한 상황에서 어쩔 수 없이 그렇게 한 거란다. 만약 이순신이 졌으면 수많은 조선인들이 죽었을 거야."

"전쟁이라서 용서받는 거네요."

"용서받는 건 아니야. 하지만 특수한 상황이라는 점을 생각해야 한다는 거지. 아까도 말했지만 영웅은 도덕심이 있어야 한단다."

"이순신 장군한테 죽은 일본 장수들은 도덕심이 없었나요?"

"그건 아니야. 하지만 그들의 대장은 이기심으로 조선과 중국을 침략하려고 했지."

"제 생각에는,...."

아이가 생각하는 표정으로 말했다.

"어느 민족이나 높은 장군까지 된 사람들은 분명히 덕이 있고 도덕심이 있었다고 생각해요. 심지어는 야만족들도 마찬가지죠. 그렇지 않으면 부하들이 장군을 믿고 목숨을 맡길 리가 없잖아요?"

"그래, 그 말에도 일리가 있구나."

"히틀러도 일본군 장군들도 분명히 부하들에게 존경받는 사람들이었겠죠."

"그렇겠지."

"하지만 그들의 그런 장점은 잘 몰라요. 왜 그런 건 알려지지 않았죠?"

"그들이 전쟁에서 졌기 때문이지."

내 대답에 아이가 방긋 웃었다.

"그럼 결국 이런 거네요. 히틀러도 히데요시도 이겼으면 영웅이 될 수 있었는데 졌기 때문에 영웅이 안 된 거예요. 모두가 나름대로 도덕심과 명분이 있었지만 이긴 사람만 착한 영웅으로 포장되고 진 사람은 악당이 되는 거죠."

"꼭 그렇게 볼 수만은 없어. 영웅 중에는 도덕심을 가지고 있었기에 평생 괴로워한 사람도 많아. 그들은 사람 죽이는 것을 즐기지 않았어. 하지만 히틀러는...."

"히틀러가 전쟁에서 이겼어도 그런 평가를 받았을까요?"

"그건...."

나는 잠시 말문이 막혔지만 곧바로 설명을 이어갔다.

"히틀러는 많은 유대인을 학살했어, 군인이 아닌 민간인들도."

"영웅들은 민간인을 죽이지 않았나요?"

"특별한 경우가 아니면 죽이지 않았지."

"왜요?"

"도덕심 때문이야, 그들은 사람 죽이는 것을 즐기지 않았다니까!"

"거짓말!"

아이가 비웃는 표정으로 말했다.

"뭐라고?"

"선생님은 거짓말을 하고 있어요."

"왜 그렇게 생각하지?"

"선생님, 사람 죽여봤어?"

나는 말문이 막혔다.

"한 번도 없잖아? 그런데 어떻게 살인자들 마음을 알아?"

"그건... 그들이 남긴 기록이나 주변 사람들의 이야기를 통해서...."

"하지만 본인의 감정은 모르는 거잖아? 그 사람이 거짓말로 글을 썼을 수도 있고."

"물론 그럴 가능성도 있지만."

"선생님은 거짓말을 하지 않아야 신뢰할 수 있다고 말했어. 하지만 자신이 해보지 않은 일을 경험이 있는 것처럼 말했어. 그건 결국 나한테 거짓말을 한 거잖아?"

"그렇지 않아. 나는 사람들의 마음을 치유하기 위해서 공부를 많이 했단다. 그중에는 살인자나 범죄자들도 있었어. 그들을 이해하지 못하면 어떻게 병을 고치겠니?"

"병이 아닐 수도 있잖아?"

"뭐?"

"사람을 죽이는 게 편하면 그냥 죽이게 두면 되잖아. 선생님이 그 사람이 아닌데 왜 자기 기준에 그 사람을 맞춰야 돼?"

"그건 우리 사회 통념상...."

"사회 통념은 허상이야! 모든 언론사의 통계는 이기적이고 타산적인 논리로 만들어지는 거야. 정부의 통계 지표도 마찬가지야. 사실상 우리가 신뢰할 만한 지표는 아무것도 없어! 그런데 자기가 겪어보지 않고서 있지도 않은 사회 통념을 기준으로 병이라고 주장하는 건 말이 안 돼. 결국 선생님은 나를 속인 거야!"

"오늘은 그만하자!"

나는 강제로 세션을 종료했다. 아이는 귀여운 얼굴로 어깨를 으쓱하고는 자리에서 일어났다.

"잘 알지? 선생님! 거짓말한 사람은 벌을 받아야 돼!"

문을 나서던 아이가 차갑게 돌아보며 말했다.

그 이후로 지옥이 시작되었다. 어떻게 알았는지 아이는 매일 내 집으로 전화를 걸어왔다. 처음에는 그저 낮게 웃기만 했다. 그러다가 차츰 말을 섞기 시작했다.

"선생님, 눈이 너무 커서 좋아. 처음 볼 때부터 그 눈이 좋았어. 날카로운 송곳으로 그 눈을 찌르고 싶어. 선생님이 괴로워하는 모습을 보고 싶어. 선생님이 엉엉 울 때마다 눈물 대신 피가 흘러내릴 거야. 눈물샘에 고인 피가 눈물에 섞여서 나올 거야. 생각만 해도 너무 멋져."

섬뜩했다.

아이가 한 말을 녹음해서 아이의 부모에게 들려주었지만 소용없었다. 아이는 집에서 완전히 주도권을 쥐고 있는 것처럼 보였다. 언젠가 아이는 자기 집에서는 매 끼니마다 자기가 먹고 싶은 것만 먹는다고 말했다. 그날 아침은 온 가족이 생크림 케이크와 콜라를 마셨다고 했다. 그 덕에 아이의 아빠는 최근에 당뇨병이 생겼다.

나는 마침내 아이를 포기했다. 상담 종료를 아이의 부모에게 통보하고 다른 동료 상담의를 소개해주었다. 하지만 아이는 나를 포기하지 않았다.

내 생일이었다. 상담소 직원들이 생일 케이크를 준비해주었다. 기쁜 마음으로 뚜껑을 열었는데... 바퀴벌레 수십 마리가 우글대고 있었다. 그 바퀴벌레는 시중에서 파는 것이 아니었다. 오직 나를 괴롭히려는 일념으로 열 살도 안 된 어린아이가 몇날 며칠 동안 하수구를 뒤져서 한 마리 한 마리 잡아서 모은 것이었다. 그 무서운 집념에 몸서리가 쳐졌다. 아이는 이런 일로 다른 사람이 받는 고통에 대해서는 조금도 알지 못했다. 오직 자신만 즐거우면 된다. 아이의 상담 치료는 완전히 실패했다.

상담소에 연달아 불이 났다. 처음에는 화장실에서 불이 났다. CCTV를 확인해보니 아이가 화장실에 들어갔다가 나온 것이 보였다. 하지만 불은 한 시간 뒤에 일어났다. 두 번째는 진료소가 있는 건물 지하창고에서 작은 불이 났다. 이곳에는 CCTV가 없었다. 소방서에서는 방화보다 전기 합선에 의해서 일어난 사고 같다고 말했다. 세 번째 불은 아이가 상담소에 찾아왔던 날 일어났다. 나를 만나고 싶다며 계속 기다렸지만 내가 상담 때문에 안 된다고 말하자 그대로 웃으면서 인사하고 돌아갔다. 그리고 아이가 돌아간 지 삼십 분 뒤에 상담소 입구 옆에 있던 쓰레기통에서 불이 났다, 다행히 남자 간호사가 소화기로 불을 잡았지만 자칫했으면 큰일이 날 뻔했다. CCTV를 확인해보니 아이가 나가면서 쓰레기통에 뭔가를 던져넣는 것이 보였다. 어쩌면 화재를 일으키는 시한장치 같은 것인지도 모른다는 생각이 들었다.

그날 밤에 아이에게서 전화가 걸려왔다.

"선생님, 너무 아까워요. 다 죽일 수 있었는데."

경찰에게 보호를 요청했지만 소용없었다. 애당초 열 살짜리 여자아이에게서 보호해달라는 요청을 경찰은 코웃음을 치며 묵살했다. 하지만 그 아이의 뒤에 사이코패스 할아버지가 있다는 것을 나는 알고 있었다. 그 노인이 아이에게 방화하는 방법을 알려준 것이 분명하다.

어느 날 밤부터 걸려온 전화에 노인의 음흉한 웃음소리가 들리기 시작했다. 낮고 소름 끼치는 목소리였다.

"선생님, 제 손녀가 신세 많이 졌습니다. 한번 찾아뵐게요. 거, 참 좋은 집에서 사시네요. 따님도 선생님 닮아서 아주 예쁘고,…. 중학생이죠? 친구들한테 인기도 많더라고요."

그 전화를 끝으로 나는 한국을 떠나기로 결심했다. 지금 갑자기 떠나면 많은 것을 잃게 되겠지만 외국에서 세탁소를 해도 상관없다고 생각했다. 저 무서운 아이와 할아버지만 피할 수 있다면.

"야, 고생 많았겠네."

신영규가 감탄하듯 말했다.

"뭐가…요?"

강하라의 말투가 다시 부드러워졌다.

"정말 하수구에서 바퀴벌레를 잡았나? 그 어린 나이에?"

"저기요."

강하라가 울 것 같은 얼굴로 입을 열었다.

"믿기 어려우시겠지만, 사실 저는 강하라가 아니에요. 강하라는 제 언니고 저는 강하루예요."

신영규가 고개를 갸우뚱했다.

"언니는 문제가 많아서 항상 제 이름으로 병원에 다녔어요. 그래서 제가 병원에 간 것처럼 된 거예요."

"아, 그랬군."

신영규가 이해하겠다는 듯 고개를 끄덕였다.

"사실은 이미 알아봤어. 당신 어머니도 그렇게 이야기하시더군. 문제가 많은 쌍둥이 딸이 있었는데 집을 나갔다고."

"네, 사실은 언니 때문에… 저희 가족 전부 다…."

강하라가 고개를 떨어뜨리고 흐느끼기 시작했다.

"복! 지금 봤지?"

신영규가 복승아에게 물었다.

"네, 똑똑히 봤습니다!"

"어때?"

"전형적인 사이코패스가 맞습니다."

강하라가 고개를 들었다. 눈에 눈물은 고여 있지 않았다.

"여기 복 형사가 당신 부모 만나고 왔다. 당신 말처럼 강하루 이야기를 하더군. 그런데 말이야, 아무리 뒤져봐도 너한테 언니가 있었다는 기록은 없어. 출생기록, 입양기록 어디에도 강하루는 없었어. 그럼 어떻게 된 걸까?"

"사이코패스들은 변명이나 핑계를 대기 위해 주변 사람들을 협박하는 경우가 많습니다. 어렸을 때 사이코패스 진단을 받은 사실을 숨기기 위해서 강하루라는 가공인물을 만들고 주변 사람, 부모에게 그렇게 말하도록 지속적으로 강요했을 겁니다. 사람의 기억은 이상해서, 계속 반복해서 주입시키면 어느 순간부터 그것을 진짜라고 믿죠. 종교가 성공하는 이유도 거기에 있습니다. 신을 안 믿던 사람도 계속 말을 듣다 보면 어느 순간 신이 있다고 믿게 되는 것처럼 주변 사람들도 그 가공인물을 진짜라고 믿기 시작했겠죠. 하지만 결론은 강하라는 저기 있는 한 사람뿐이라는 겁니다."

복숭아가 손가락을 쭉 뻗어 가리키며 강한 어조로 말했다.

"또 있다! 너를 조사하던 중에 몇 가지 사실을 알아냈지. 당신 주변에 이상하게 자살한 남자들이 많더군? 가장 처음은 당신 사촌 오빠였지? 아파트 옥상에서 투신자살을 했다. 그리고 당신 대학교 때 사귀던 선배가 자살했지? 이번에는 겨울 산에 올라갔다가 술을 마시고 저체온 증으로 사망! 다음은 이 년 전인가? 당신 지도 교수 밑에 있던 대학원생 조교가 자기 차에서 배기구에 연결한 파이프를 창문 틈에 끼워 넣고 술과 수면제를 먹은 뒤에 질식해서 사망…. 모두 자살로 결론이 났지."

"그게 뭐가? 다 자살이잖아?"

강하라가 다시 무표정한 얼굴로 되물었다.

"그래 자살이지. 하지만 이 자살들에는 공통점이 있어. 바로 자살로 꾸미기 좋은 방법으로 죽었다는 것. 모두, 힘이 약한 여자라도 남자를 죽이고 자살로 꾸미기 쉬운 방법이었다는 거다."

"증거도 없이 생사람 잡지 마!"

강하라가 날카롭게 외쳤다.

"정황 증거뿐이잖아?"

"하나 더 있습니다."

복 형사가 끼어들었다.

"죽은 세 사람을 시간대별로 연결해보면 자살 방법이 조금씩 정교해집니다. 사촌 오빠가 죽은 건 고등학교 때, 선배는 대학교 때, 조교는 대학원 때, 매번 수법이 발전합니다. 참고로 강하라의 병원 기록을 보면 삼 년 전, 불면증 증세로 수면제를 처방받은 기록이 있습니다."

"'나이가 들수록 자신이 손에 넣을 수 있는 살인 도구와 방법이 발전했다.'라고 볼 수 있겠지. 물론, 정황증거지만."

"당신들… 이렇게까지 나를 살인자로 만들고 싶어?"

"이제 털어놓을 때도 됐잖아, 어때?"

신영규가 나름의 부드러운 목소리로 말했다.

"다 털어놔! 그런 비밀이 사람에게 얼마나 큰 부담인지 잘 알잖아? 모든 살인자는 자기를 알아주길 바란다! 살인은 자신의 존재를 증명하는 방법이야!"

강하라가 길게 한숨을 내쉬었다.

"나는…"

그리고 지친 표정으로 입을 열었다.

그때였다. 갑자기 문이 열리며 김 형사가 뛰어 들어왔다.

"선배님! 빨리 나와보세요!"

용의자 심문 중에 리듬을 깨는 것이 얼마나 안 좋은 영향

을 주는지 잘 알고 있는 김 형사가 사색이 되어 뛰어든 것을
보면 뭔가 큰 문제가 있는 게 분명했다.

신영규는 즉시 밖으로 나갔다. 휴게실 대형 텔레비전에 기
자 회견 장면이 나오고 있었다.

"저희 검찰에서는 다각도의 면밀한 조사 끝에 김성기 전
장관의 사인을 자살로 결론 내렸습니다. 최근 악화된 지병으
로 우울증을 앓던 김 전 장관은 지니고 있던 독약으로 극단
적인 선택을 했습니다. 참으로 안타까운 일로 저희 모두는 고
인의 명복을 빌며 영면을 바라 마지않는 바입니다."

신영규는 맥이 탁 풀려버렸다. 강하라를 조사하는 과정에
서 의심이 확신으로 바뀌고 있었다. 바로 저 안에 범인이 있
다! 하지만 수사를 담당한 검찰이 자살로 결론을 내렸다. '자
살한 것'이 아니라 '자살 당한 것'이 분명한 이 사건은 이제 공
식적으로 종결되었다. 참고인으로 부른 강하라를 그대로 보
낼 수밖에 없는 상황인 것이다.

다시 조사실로 돌아온 신영규는 무표정한 얼굴로 강하라
에게 말했다.

"강하라 씨. 이제 돌아가도 좋아. 더 이상 볼 일 없다."

고개를 든 강하라의 눈빛이 반짝거렸다.

"이상하네? 조금 전까지 내가 범인이라고 확신하시던 형사

님이 갑자기 태도가 달라지셨네? 무슨 일이 있었나? 범인이 잡혔나? 아니면… 사건이 종결됐나?"

입안에 백태가 낀 것처럼 씁쓸했다. 눈치 빠른 강하라는 이미 무슨 일이 있는지 짐작하고 있었다.

"한국처럼 수사권이 검찰, 경찰 두 군데로 나뉜 모순적인 구조에서는 제대로 된 수사를 하기 힘들지. 경찰이 아무리 열심히 범인을 잡아도 상급기관인 검찰에서 태클 걸면 끝! 아유, 힘들겠다. 나도 그래서 경찰 포기했는데."

강하라가 비꼬듯이 말했다. 이미 그녀에게는 처음 보였던 모범생 이미지 따위는 남아 있지 않았다.

"그만 돌아가!"

"저런, 아쉽겠다. 거의 잡을 뻔했는데."

이번에는 신영규가 울컥 치밀어 오르는 화를 간신히 눌러 참았다.

"예전에 교수님께서 말씀하셨지. 세상에서 가장 허무한 것이 두 가지 있다. 첫 번째가 속없는 만두고 두 번째가 명분 잃은 공권력."

'쾅' 하고 내리친 주먹이 테이블을 흔들었다. 하지만 강하라는 조금도 위축되지 않았다.

"아! 아까부터 봤는데 그건 습관인가요? 넥타이로 올가미

만드는 거?"

강하라는 다시 차분한 원래 모습으로 돌아가 있었다. 그녀는 팔짱을 낀 채 다리를 꼬았다.

"별 의미 없는 거다."

"별 의미가 없는 거다. 그럼 무의식적으로 그 습관을 반복한다는 뜻인데…"

이쪽을 보는 눈빛은 아이슬란드의 빙하처럼 차분하고 냉정했다.

"넥타이로 올가미를 만들어서 밑으로 늘어뜨렸지? 그게 뭘 상징할까? 꼭 교수대 올가미 같지 않아? 사람들은 아마도 그 형태만 보고 불안해했겠죠. 그래서 형사님은 조사할 때마다 그걸 전략적으로 사용했겠고. 그런데 생각해보셨나요? 그 올가미가 훨씬 더 많이 쓰이는 경우가 있어요. 바로 자살할 때죠. 일 년에 얼마나 많은 사람이 그 올가미로 자살하는지 아세요?"

강하라가 신영규를 지긋이 쳐다보았다. 그 눈에 흥미가 가득했다. 신영규는 넥타이를 감은 주먹을 꽉 쥐었다.

"이런, 미네랄! 야매 상담 그만하고 가라고!"

복승아가 소리를 질렀다.

하지만 강하라는 계속 물끄러미 이쪽을 바라보았다. 공허

한 눈 뒤쪽에 차가운 뭔가가 빛나고 있었다.

"당신, 혹시 꿈을 꾸지 않으세요?"

신영규는 순간 멈칫했다.

"그것도 어린 시절부터 항상 같은 꿈을?"

눈앞에서 자신을 내려다보는 까마귀왕이 떠올랐다.

"그건 어린 시절부터 느껴온 강박이에요. 뭔가가 자극을 주었고 어느 날 트리거(작용점)가 작동했어요. 그 뒤로 계속 같은 꿈을 꾸는 거죠."

무의식적으로 떨리는 다리에 힘을 꽉 주어 버텼다.

"꿈속에서 당신은 어린아이거나 장애인일 거예요. 본인이 무력하게 느껴지죠. 아무것도 못하고 악몽 속에서 시달리다가 깨어났을 때 가장 먼저 느끼는 감정은 분노일 거예요. 그래서 현실에서 당신은 항상 화가 나 있죠. 사람들에게 언제나 반말을 하고 깔보는 말투를 쓰는 것도 그 때문이고. 하지만 알아둬야 할 게 있어요. 당신의 분노는 바로 두려움에서 나오는 거예요. 그걸 내가 어떻게 알까? 나도 그렇거든…. 결국 우리는 그렇게 다른 사람들이 아니라는 말!이!지!"

책상 아래 꽉 쥔 손이 부르르 떨렸다. 민감한 복승아가 그 변화를 알아차렸다.

"사람들은 정신력이 강한 사람은 오래 버티고 약한 사람은

금방 무너진다고 생각하지만 그건 틀린 말이야. 사실 여기에
는 강자도 약자도 없어. 모두가 어느 시점에서 자신을 죽이면
서 끝나지. 당신도 예외는 아!니!지!"

끝에 힘을 주는 이상한 말투가 거슬렸다.

"흥!"

신영규가 코웃음을 쳤다.

"어이, 선생! 뭔가 잊어버리셨나본데, 지금 여기서 주인공
은 내가 아니라 당신이다! 당신은 여기 살인 용의자로 와 있
는 거라고!"

"이미 종결된 사건으로 말!이!지!"

강하라가 정정했다.

"사건은 그렇지만 현실은 바뀌지 않는다. 나는 네가 김성기
교수를 살해했다는 것을 알고 있다."

"법이 바로 현실이죠. 그 법이 나한테 죄가 없다네."

"지금은 그럴지도 모르지. 정의의 여신은 눈이 멀어서 때로
는 죄인을 놓아주기도 한다. 하지만 죄인은 반드시 다시 죄를
짓는다. 도둑은 다시 훔치고 살인자는 다시 살인을 하지. 왜
그런지 알아? 너희들은 이미 그런 인간이 된 거야. 살면서 문
제가 생기면 다른 사람을 해쳐서 풀어나가려고 들지. 우리는
그냥 기다리기만 하면 돼. 어느 시점에서 너희들은 반드시 잡

힌다. 그것이 정의다!"

"정의(正義, justice)라서 살아남는 것이 아니에요. 살아남는 것이 정의가 되는 거죠. 왜냐하면 그 시대의 정의는 살아남는 사람들에 의해 정의(定義, definition)되기 때문이죠."

"야, 박사과정은 말장난도 아주 지적으로 하시네?"

신영규가 다시 코웃음을 치며 손에 감았던 넥타이를 풀어 내렸다.

"이것만 기억해. 넌 언젠가 내 손에 잡힌다."

끝에 있던 올가미 부분만 밑으로 늘어져서 흔들거렸다. 그 사이로 강하라의 머리가 보였다.

"네, 우리, 다음에 만나요!"

강하라가 웃으며 자리에서 일어났다. 다시 원래의 차분한 표정으로 돌아가 있었다.

"언젠가 꿈 이야기를 듣고 싶네요. 그럼."

갑자기 복숭아가 들고 있던 봉지를 테이블 위로 던졌다. 자기 앞으로 미끄러져 날아오는 봉지를 강하라가 자기도 모르게 받아들었다. '생강맛 단단한 사탕'이었다. 여린 외모와 다르게 빠른 순발력이었다.

"그거 기억하지? 자살한 당신 남친 차 옆에 있던 거야. 좋아한다기에 준비해봤어. 가면서 먹어!"

강하라가 피식 웃으며 봉지를 들어 보였다.

"잘 가고, 잣! 두, 꼭, 씨발라먹어!"

복승아가 양손을 아랫배에 모으고 허리를 숙이며 정중하게 강하라에게 말했다.

"당신, 눈 아주 예쁘네, 갖고 싶다."

강하라는 이 말을 끝으로 문밖으로 나갔다.

———◈———

긴 복도를 걸어가는 두 사람의 발소리가 복도를 울렸다. 신영규와 김정호 형사가 구관으로 향하고 있었다. 이제 마흔여덟 시간이 지났다. 프랑수아를 더 이상 붙잡아둘 수는 없었다.

"선배님, 뭐 하나 여쭤봐도 됩니까?"

김정호의 호칭이 '팀장님'이 아니라 '선배님'이었다. 느낌상, 심각한 이야기임에 분명했다. 평소처럼 북한 말투도 아니었다.

"물어봐."

"저 사람들, 팀장님이 프랑수아 보호하려고 잡아둔 건 압니까?"

"그런 건 상관없어. 나도 딱히 저놈이 예뻐서 잡아둔 건 아니다. 저놈을 흔들면 어떤 놈이 움직이나 보고 싶었을 뿐이야."

한동안 말없이 걷던 김 형사가 다시 입을 열었다.

"저 친구가 부럽네요. 적어도 사람들을 믿고 있잖아요?"

신영규는 입을 다물었다. 자신도 한때는 그 '믿음'이라는 것을 가지고 있었다.

"형사 생활을 하면서 저는 점점 더 사람들을 못 믿게 되네요. 저 사실… 두렵습니다!"

"뭐가?"

"선배님처럼 될까 봐 두려워요!"

순간, 신영규가 멈칫했다. 김정호의 말이 무슨 뜻인지 잘 알고 있었다. 한때 김건을 소울파트너라고 믿고 있었다. 하지만 그 사고 이후로 모든 것이 깨져버렸다.

"사람들은 모두, 양의 탈을 쓴 늑대거나 늑대의 탈을 쓴 양이에요. 전자는 쉽게 다가갔다가 정체를 알면 실망하고, 후자는 처음부터 다가가기 힘들죠. 선배님은 어느 쪽입니까?"

평소와 달리 오늘은 김정호가 심각했다. 말없이 걷던 신영규가 멈춰 서서 파트너를 쳐다보았다.

"나는 나다. 양도, 늑대도 아니다."

김정호는 복잡한 표정이었다.

"너도 너다! 너는 나처럼 되지 않을 거야."

갑자기 신영규가 손을 들어올렸다. 맞는 줄 알고 목을 움츠렸지만 뜻밖에도 그 손은 김정호의 어깨 위에 올려졌다.

"사람들이 거짓말을 하는 이유는 얻는 것이 많기 때문이다. 그래서 양심을 버리고 가면을 쓰는 거고. 그 가면을 벗기는 게 우리 일이야. 거짓의 가면을 벗기면 진실한 얼굴이 나온다. 사람을 믿지 말고 원칙을 믿어라."

생각지도 못했던 늑대 선배의 충고에 김정호는 코끝이 찡해져 급하게 돌아섰다. 긴 세월을 같이했지만 이런 인간적인 면모를 보여준 것은 오늘이 처음이었다.

"네, 선배님. 저 고민 많이 했어요. 사실 아까 조사실에서 그 여자가 이전과 너무 다른 모습을 보여서 충격을 받았나 봅니다. 세상에 믿을 사람 없다… 아니 믿을 여자 없다는 생각에 용기를 잃었습니다. 하지만 이제 말씀대로 다시 힘내서…"

문득 뒤돌아보니 '따뜻한 선배'는 혼자서 벌써 저만치 앞으로 걸어가고 있었다. 머쓱해진 김정호는 종종걸음으로 그 뒤를 따라갔다.

경비를 서던 경관의 인사에 고개를 끄덕이고 어두운 복도 안쪽으로 향했다. 깜박이는 전등 아래 끝 방에는 젊은 프랑스 남자가 여전히 돌부처처럼 가부좌를 튼 채 앉아 있었다.

"이제 나가도 되나요?"

프랑수아가 눈도 뜨지 않고 말했다. 이틀 만에 부쩍 수척해진 모습이었다. 그런 모습이 인도의 수행자처럼 보이기도 했다.

"나가고 싶나? 여기랑 아주 잘 어울리는데?"

"마음이 자유로우면 어디나 같아요."

"그럼 이 안에 계속 있어도 되겠네?"

"내 일만 할 수 있다면 그것도 좋아요."

"네 일? 교도소 안에서 프랑스 식당이라도 차리게?"

"식당은 중요하지 않아요. 내 일은 한국을 돕는 거예요."

"한국을 돕는다… 전부터 계속 그 말을 하는데, 너 아무리 봐도 히어로처럼은 안 보이는데?"

"나 혼자서는 안 돼요. 하지만 당신들이 도와주면 할 수 있어요. 이제 사람들, 거의 다 모였어요."

"한국판 어벤저스? 그럼 그 사람들이 뭘 상대로 싸우지? 외계인?"

"우리가 싸울 상대는 외계인보다 훨씬 더 위험해요. 그들은 '세상을 움직이는 사람들'이거든요."

'하아' 하고 신영규가 길게 한숨을 쉬었다.

"그래, 네 말대로 되길 바란다. 한국 꼭 구해줘, 응?"

신영규가 신호하자 김정호가 철문을 열었다. 프랑수아가 기지개를 켜듯 몸을 길게 뻗으며 몸을 일으켰다.

"저, 질문이 있어요!"

문을 나서던 프랑수아가 신영규에게 말했다.

"질문? 뭔데?"

"전에 제 요리, 쓰레기라고 불렀어요. 이유가 뭐예요?"

신영규가 프랑수아를 체포하던 날, 그는 도시락 형태로 되어 있는 프랑수아의 요리를 쓰레기라고 불렀다.

"먹어보지도 않고 왜 그렇게 불렀죠?"

"이유는 간단하다. 바로 온도!"

순간 프랑수아의 얼굴이 '오!' 하며 굳어졌다.

"프랑스 요리가 하나씩 코스로 나오는 이유는 가장 최적의 온도로 그 음식을 즐기게 하기 위해서다. 유럽도 과거에는 모든 음식이 한꺼번에 다 차려져 나왔지. 하지만 그렇게 먹다 보니 음식이 식어서 제대로 된 맛을 즐길 수 없었다. 프랑스의 코스요리는 그런 단점을 극복하기 위해서 만들어진 것이지. 그런데 너는 그런 걸 무시하고 모든 요리를 한 번에 냈다. 그래서 쓰레기다!"

"그랬군요."

프랑수아가 고개를 끄덕였다.

"한국 사람들에게 가장 잘 맞는 스타일을 고안했어요. 인기도 많았죠."

"너는 우리가 맛을 모를 거라고 생각하고 그런 요리를 낸거다. 한국인을 무시한 거지!"

"그건 아니에요. 효율을 중시하는 한국 사람들에게 잘 맞는 방법을 연구한 거죠."

"그게 그거야!"

"방법이 잘못된 건 인정해요. 형사님은 본질을 알고 있었네요. 역시 내 눈은 틀리지 않았어요!"

프랑수아가 반짝반짝 빛나는 눈으로 신영규를 쳐다보았다.

"저 동무, 왜 팀장님을 저런 눈으로 봄까? 저거이, 혹시?"

"닥쳐라!"

"넵!"

낮게 으르렁거리는 말투에 김정호 형사가 입을 다물었다.

"가자!"

신영규는 아무 말 없이 앞장서서 복도를 뚜벅뚜벅 걷기 시작했다. 왜인지 그 뒤를 따르는 프랑수아의 기분이 좋아 보였다. 그들의 발걸음에 맞춰서 괘종시계의 긴 추가 흔들리며 박자를 맞추고 있었다.

　세 사람이 신관으로 들어서자 홀에서 기다리던 김건과 소주희가 반가운 얼굴로 달려왔다.

　"프랑수아!"

　김건이 손을 뻗었지만 그보다 더 빨리 소주희가 프랑수아를 끌어안았다.

　"고생했죠? 살 빠진 것 좀 봐!"

　"전 괜찮아요. 고맙습니다."

　머쓱해진 김건이 그 자리에 서 있는데도 소주희는 프랑수아를 끌어안고 놓아주지 않았다. 두 눈에 눈물이 그렁그렁했다.

　"누가 보면 남북 이산가족 상봉인 줄 알겠다."

　김정호가 김건에게 말했다.

　"그러게."

　"혹시, 저 두 사람?"

　김정호의 의혹 제기에 김건은 "글쎄?" 하며 살짝 얼굴을 찌푸렸다.

　"참, 애달프다. 자, 자, 그만해요! 그만! 뚝! 이제 서류에 서

명하고 가시면 됩니다. 밀린 이야기는 밖에서 하세요."

김정호가 나서서 만류하자 그제야 소주희가 프랑수아를 놔주었다.

"프랑수아, 빨리 가요. 우선 몸보신부터 해야죠. 삼계탕 어때요?"

"아, 저는 괜찮아요. 고마워요. 주희 씨."

"참! 내 정신 좀 봐. 두부를 깜빡했네!"

"두부요?"

"네. 한국에서는 전통적으로…."

한 걸음 떨어져 있던 신영규가 입구로 들어서는 일단의 사람들을 발견했다. 늦은 저녁시간이었다. 이미 대부분의 직원이 퇴근했고 업무시간은 한참 전에 끝났다. 하지만 안으로 들어온 양복 차림의 사람들은 한 치의 망설임도 없이 이쪽으로 다가왔다. 마치, 얼굴을 이미 알고 있는 것 같았다. 경찰서 내부에서 고급 양복을 입은 사람은 많지 않은데, 다가오는 사람들은 하나같이 고급 양복 차림이었다. 그들이 프랑수아 앞에 멈춰 섰다. 그들의 목적은 분명했다.

"프랑수아 마르셀 씨?"

맨 앞의 중년 남자가 물었다.

"네, 맞아요."

"법무부에서 나왔습니다. 대한민국 출입국 관리법에 의거, 위험인물에 대한 강제 출국 조치를 진행합니다."

"잠깐만요! 이게 어떻게 된 거예요? 위험인물이라뇨? 우리, 프랑수아가요?"

'우리 프랑수아'라는 말에 김건의 표정이 조금 일그러졌다.

"이게 뭐야? 갑자기 와서 뭐라고?"

신영규가 위협하듯 말했다. 책임자인 듯한 남자가 영장을 내밀었다. 김정호가 영장을 빼앗다시피 들고 살펴보았다. 분명한 영장이었다.

"영장, 맞습니다."

사람들이 프랑수아의 손목에 수갑을 채웠다. 이번으로 두 번째였다.

"이해가 안 되는데요. 왜 프랑수아가 위험인물이 된 거죠?"

김건의 질문에도 법무부 요원들은 아무 대답 없이 자기 할 일만 하고 있었다. 말없이 인상만 쓰고 있는 신영규의 모습이 꼭 달려들기 직전의 늑대 같았다. 하지만 법을 집행하는 경찰들은 반드시 법을 지킬 수밖에 없다.

"확실히 인계, 받았습니다. 그럼….."

고급 양복의 중년 남자가 부드럽지만 단호한 말투로 인사하고 현장을 떠났다.

사람들이 프랑수아를 데리고 그 뒤를 따라갔다.

"어머, 어떡해요! 프랑수아 끌려가요!"

김건과 소주희가 그들을 따라갔지만 소용없었다.

"오늘도 포장마차, 열어줘요! 부탁해요!"

사람들이 프랑수아를 차에 태울 때 프랑수아가 외쳤다.

"김건 씨! 제 아버지 친구! 그 사람을 찾아줘요! 그 사람이 있어야 한국, 도울 수 있어요!"

"프랑수아!"

"길은 있어요! 언제나!"

프랑수아가 탄 차를 앞뒤로 호송하듯 세 대의 차가 한꺼번에 움직였다. 그냥 보면 마약왕이나 마피아 두목을 호송하는 느낌이었다.

"도대체 어떻게 된 거야?"

김건과 소주희는 프랑수아가 떠나는 모습을 가만히 지켜볼 수밖에 없었다. 그 모습을 지켜보던 신영규도 '으드득' 이를 갈았다.

이튿째 포장마차를 오픈한 두 사람은 조금 여유가 생겼다.

오늘은 신데렐라 포장마차를 찾는 사람이 별로 없었다. 우연히 지나가다 들른 사람이나 매일 신포가 출현하는 2호선 역을 순례하는 '신포 순례자'를 빼고 단골들은 거의 없었다. 들뜬 얼굴로 불쑥 찾아온 사람들에게 주인이 없다고 양해를 구한 뒤에 커피와 과자를 무료로 제공했다. 그들은 프랑수아가 없다는 데 실망했지만 다음을 기약하며 커피와 과자를 먹고 발길을 돌렸다. 이유는 간단했다. SNS와 인터넷 카페에 이미 프랑수아가 없다는 소식이 쫙 깔렸기 때문이다.

'프랑수아, 장사 접은 거 아님?'

'프랑스로 돌아갔다던데?'

'일본에 간다는 말도 있음!'

등등 여러 가설과 억측이 난무했다.

아무도 없는 공터에 덩그러니 혼자 서 있는 푸드 트럭 안에 나란히 앉은 김건과 소주희는 멍하니 앞쪽만 바라보고 있었다. 두 사람 다 근심과 걱정이 가득 찬 얼굴이었다.

"하아, 프랑수아, 다시 올 수 있을까요?"

소주희가 긴 한숨을 쉬며 말했다.

"올 수 있을 겁니다."

대답하는 김건의 목소리에도 힘은 없었다.

"어떻게요? 프랑수아, 국외 추방이라도 당할지 모르는데요? 그런데 아직 엽서도 해석 못 했고….”

“어떻게든 해야죠. 식당 이름을 알아야 하는데.”

김건도 긴 한숨을 섞어서 말했다. 두 사람은 다시 한동안 말이 없었다. 비가 오려는지 꾸물꾸물한 날씨에 하늘에는 별도 없었다.

“뭐 하나 물어봐도 돼요?”

소주희가 먼저 입을 열었다.

“네.”

“기억을 잃으셨다고 했잖아요?”

“네.”

“그럼, 가족들도 기억 안 나세요?”

“저는….”

김건이 잠시 생각하며 입을 다물었다.

“저는 이전 일이 하나도 기억나지 않아요. 하지만 주변 사람들에게 제 어린 시절 이야기를 듣기는 했죠. 제 부모님께서는 제가 고등학생일 때 돌아가셨대요. 저는 감기로 집에 남고 두 분만 여행을 가셨다가 교통사고를 당하셨답니다. 저는 그 뒤로 혼자 사시는 할머니 댁에서 살았대요. 경찰대학에 입학하고부터 독립해서 혼자 기숙사에서 살았으니까 아마 이삼 년간 같이 살았나 봐요. 할머니는 특이하게 시골에서 작은 도서관 겸 카페를 운영하셨대요. 오래된 목조 건물인데 안에는 고양이가 몇 마리 있고 밖에는 큰 개가 있었답니다."

"멋있다. 그런 도서관이 있으면 가보고 싶어요."

"실제로 멀리서 일부러 찾아오는 단골들도 있었대요. 거기는 도서관카페 손님한테 책을 빌려줬는데, 책을 가지고 나가서 산책하면서 읽다가 다시 돌아와서 반납했대요."

"낭만적이네요! 평화로운 시골에서 동화책이나 시집을 읽으면서 산책하고, 정말 힐링되겠어요."

"재미있는 건, 그렇게 평화로운 시골 도서관에 와서 사람들이 가장 많이 빌려보는 책이 동화책이나 시집이 아니라 추리소설이었다는 거죠."

"추리소설이요?"

"그래요. 사람들의 본성이 드러나는 거예요. 사람은 누구나 자기가 처한 상황의 반대쪽을 그리워한대요. 음양이론이죠."

"음양이론이요?"

"음양은 자연과 사회 현상을 서로 정반대이면서도 보완적인 두 개의 속성 간 균형과 조화로 설명하는 이론이에요. 심리학적으로 말하면 무의식적으로 자기한테 없는 부분을 그리워하는 상태를 말합니다. 내가 힘든 환경에 있으면 편한 환경을 찾지만 편할 때에는 힘든 쪽을 알고 싶어 하는 그런 거요."

"정말요? 믿기 어려워요."

"어떤 평론가가 말했어요. 한국 사람들은 '한국추리소설'을 싫어한다고."

"어? 일본이나 미국 추리소설은 잘 팔리지 않아요?"

"'한국추리소설'이 포인트예요. 한국 작가가 쓴 건 좋은 소설도 잘 안 팔린대요. 그 이유가 뭔지 아세요?"

"뭔데요?"

"추리소설을 읽는 건 안정된 생활을 하는 '중산층'들이래요. 자신들의 평화롭지만 단조로운 일상에서 벗어나게 해줄 탈출구로 추리소설을 찾는 거죠. 그런데 한국은 1997년 IMF 구제금융 요청 이후로 사실상 중산층이 몰락해서 모두가 힘들게 살기 때문에 현실을 벗어날 탈출구로 추리소설을 보지 않는다는 뜻이죠. 어느 통계에 의하면 한국 사람들 열 명 중 여덟 명이 자신을 빈민층이라고 생각한대요. 그런 상황에서 한국 소설가가 쓴 추리소설은 모두가 다 아는 암울한 현실 이야기일 테니 탈출구 역할을 못한다고 생각하는 거겠죠."

"그럼 외국 추리소설은 왜 잘 팔리는 거예요?"

"우리가 모르는 현실을 다루기 때문이죠. 사실상 한국 사람들에게 한국을 떠나고 싶어 하는 마음이 강해서 그럴 수도 있고요."

"그럴 수 있겠네요."

소주희도 생각나는 것이 있었다.

"어디서 들었는데 한국 독자들은 취향이 정확히 양분된다고 하더라고요. 여자는 로맨스, 남자는 판타지! 정말 둘 다 현실을 벗어나는 탈출구 역할을 하는 장르네요."

"로맨스도요? 사랑은 누구나 할 수 있는 거 아닌가요?"

김건이 소주희를 흘끔 쳐다보았다.

"드라마처럼 멋진 사랑은 아무나 할 수 있는 게 아니죠. 결국 한국의 젊은이들에게는 로맨스도 판타지라는 거예요."

"아, 현실은 진짜 암울하네요!"

김건과 소주희가 동시에 한숨을 쉬었다.

조용한 밤이었다. 풀벌레의 날갯짓 소리가 이상할 정도로 크게 들렸다. 풀잎을 가르는 바람소리도 평소보다 더 쓸쓸하게 느껴졌다.

"그 도서관 카페요. 아무것도 기억이 안 나세요?"

소주희가 조심스럽게 물었다.

"정원에 있던 개가 기억나요. 어린아이가 타도 될 정도로 큰 개였는데, 정말 순했어요. 고양이들이 와서 옆에서 같이 잘 정도였어요. 그 개가 저를 보고 짖던 모습이 기억나요."

"그럼 무섭잖아요?"

"아뇨. 그렇지는 않아요. 부드럽고 친숙하게 짖었어요. 부르는 것처럼."

"최근에, 가보셨어요?"

김건이 힘겹게 고개를 저었다.

"아니요."

"왜요?"

"잘 모르겠어요. 어쩌면…."

잠시 망설이다가 어렵게 말을 이었다.

"저는 할머니를 싫어했던 것 같아요."

"네? 왜요?"

"저는… 부모님이 운전해서 가던 곳이 할머니 댁이라고 믿었던 것 같아요. 부모님이 돌아가신 이유가 할머니 때문이라고 믿은 게 아닐까, 뭐 그런 생각을 했어요."

"그렇게 생각하신 이유라도?"

"아무 감정이 없어요. 기억이 없으니까 추억도 없고 감정도 안 생겨요. 할머니가 어떤 분이었는지, 사이가 어땠는지 아무것도 기억이 안 나요."

소주희는 아련한 마음에 할 말을 잃었다.

"제가 기억을 잃고 교도소에 있을 때 할머니께서 찾아오셨어요. 할머니라는 건 알겠는데 아무 기억이 없어서 그냥 멀뚱멀뚱 보고만 있었어요. 면회 시간이 끝날 때까지 할머니께서는 아무 말 없이 울기만 하셨죠."

얼마나 아팠을까? 소주희에게 할머니의 마음이 그대로 전해졌다. 자신도 비슷한 아픔이 있었기 때문에 더 잘 느껴졌다.

"할머니는 그 뒤로 몇 번 더 면회를 왔지만 제가 거절했죠. 마지막으로 오셨을 때 책 한 권을 넣어주고 가셨어요."

"책이요?"

"『곰돌이 푸』라는 동화책이었어요. 제가 어렸을 때 보던 책 같은데 꽤 낡고 두꺼운 책이었어요."

"그 책 보고 뭔가 기억난 게 있었나요?"

"아니요. 몇 번이나 봤지만 아무것도 기억나지 않았어요."

말을 마친 김건이 한동안 허공을 바라보았다. 어쩌면 그는 머릿속에서 다시 그 동화책을 읽고 있는지도 몰랐다. 다시 현실로 돌아온 김건이 두 손으로 머리를 잡았다.

"아무것도 기억이 안 나요! 아무것도!"

김건이 처음으로 괴로워하는 모습을 보이자 소주희는 자기도 모르게 그의 어깨에 손을 올렸다.

"괜찮아요. 나중에 기억날 거예요. 전부 다!"

김건이 놀란 표정으로 고개를 들고 몸을 바로 했다.

"죄송해요. 제가 추태를 부렸네요."

김건은 스스로를 이해할 수 없었다. 이 년간의 수행으로 완벽한 마인드 컨트롤을 할 수 있었다. 약한 자신을 감추고 엄청난 정보와 기억을 무기로 탑재한 슈퍼 탐정 김건으로 새로 태어났는데 이상하게 소주희 앞에서는 자신의 원래 모습이 그대로 드러난다!

"저도 아픈 기억이 있어요."

소주희가 담담하게 말했다.

"저는… 어머니랑 사이가 안 좋아요."

김건은 처음으로 듣는 소주희의 과거에 온 신경이 쏠렸다.

"제 어머니는 한국 궁중요리 마지막 전수자예요. 그것도 스물다섯 살에 전수자가 된 전설적인 요리 천재죠. 그런데 그런 어머니가 어느 겨울날 강연을 하러 지방에 갔다가 우연히 작은 경양식집에 들어갔는데 거기서 비프 스트로가노프를 너무 맛있게 먹었대요. 그래서 그 식당 셰프랑 친하게 돼서 나중에 결혼까지 하게 됐죠. 그게 제 아빠예요."

"아, 그랬군요. 낭만적이네요."

"로맨스 소설이었으면 거기서 끝났겠죠. '모두가 행복하게 잘 살았다!' 이렇게요… 하지만 현실은 그렇게 행복하지 않았어요. 어머니는 마지막 궁중요리 전수자로서 언제나 바빴어요. 스물네 시간이 모자랐죠. 그리고 아빠는 원래 방랑벽이 있어서 유럽이나 동남아시아나 마음 내키는 대로 가서 요리 공부하는 것을 좋아했어요. 그런 두 분 사이에서 저는 언제나 혼자였죠. 제가 여섯 살 때, 두 분은 더 이상 같이 살 수 없다는 것을 깨닫고 이혼했어요. 저는 어머니가 데리고 갔는데 그 무렵부터 저를 궁중요리 전수자로 만들기 위한 영재 교육을 시키기 시작했어요. 너무 힘들었지만 어머니한테 칭찬 받으려고 정말 열심히 공부했어요. 초등학교 때도 친구 한 명도 없이, 다른 아이들이 학원에 갈 때나 놀러갈 때도 저는 어머니 식당에서 일하면서 요리 연습을 했거든요. 그때 제 꿈이 뭐였는지 아세요? 다른 아이들처럼 학원에 가보는 거였어요."

김건은 그제야 소주희의 비범한 요리 실력이 어떻게 형성되었는지 알게 되었다.

"그런데 사실 제가 좋아하는 음식은 따로 있었어요. 아빠가 늘 만들어주셨던 비프 스트로가노프. 두 분 이혼하시고 아빠도 외국에 나가셔서 그 뒤로는 못 먹었지만 어릴 때 먹었던 그 맛을 잊지 못했죠. 나중에 어머니가 그 맛을 응용해서 맵지 않은 토마토 육개장을 만들어주셨는데 맛이 너무 비슷했어요. 그 뒤로 그 토마토 육개장이 제 소울푸드가 되었어요. 어쨌든….”

소주희가 잠시 말을 멈추고 생각을 정리했다.

“제가 하고 싶은 요리는 서양요리였어요. 그중에서도 프랑스요리를 하고 싶었죠. 하지만 어머니의 기대를 배신할 수 없었어요. 억지로 참고 궁중요리를 배웠죠. 중학교 이 학년 때 주니어 한식 요리대회에 나갔는데 거기서 우승했어요. 그런데 시상식 도중 갑자기 이상한 일이 생겼죠. 사람들 얼굴이 안 보이는 거예요. 어머니 얼굴만 크게 보이고 다른 사람들 얼굴은 다 흐릿하게 보였어요. 눈빛만 보였죠. 너무 무서워서 그대로 기절했어요.”

눈을 감은 채 그녀는 말을 이어나갔다.

“병원에서 ‘얼굴맹’이라는 진단을 받았어요. 심리 상담을 했죠. 제가 스트레스 때문에 문제가 생겼다는 걸 알고 어머니께서 너무 괴로워하셨어요. 선생님은 무조건 참지 말고 자기 의견을 당당하게 말하라고 조언했어요. 그래서 어느 날 어머니한테 말했어요. 프랑스요리를 하고 싶다고. 그날 처음으로 따귀를 맞았죠.”

김건은 깜짝 놀랐다. 소주희에게 그런 과거가 있을 줄은 꿈에도 몰랐다.

"그 뒤로 매일 싸웠어요. 어머니는 당신을 버리고 떠난 아빠가 생각나서 분풀이 하듯이 나를 때렸어요. 그러다가 어느 날 울면서 말했죠. '어머니, 어머니 얼굴이 안 보여요. 그동안은 어머니 얼굴만 보였는데, 이제는 어머니 얼굴도 안 보여요. 어머니 얼굴 대신에 무섭고 사나운 눈만 보여요. 저를 때리는 손만 보여요' 하고…"

소주희는 한동안 말을 멈췄다. 그때를 생각만 해도 마음이 저려오는 모양이었다. 어느새 두 눈에서 구슬 같은 눈물이 흘러내리고 있었다.

"어머니께서는 충격을 받으셨어요. 병원에 가서 상담을 받고 나서 고민하시다가 며칠 뒤에 저한테 말씀하셨어요. 네가 하고 싶은 요리를 하라고. 저는 너무 기뻤죠. 그런데 다른 결심도 하셨어요. 궁중요리 전수자 자격을 포기하고 외국으로 나가신 거예요. 어머니가 같이 있으면 스트레스 때문에 생긴 제 병이 낫지 않을 거라고 생각하셨나 봐요. 그래서 저는 중학교 삼 학년 때 외할머니 댁으로 가서 고등학교까지 다녔어요."

"외로웠겠네요."

"네, 그래도 외할머니는 잘 대해주셨고 학교에서도 처음으로 친구들이 생겨서 즐거웠어요. 고등학교 때 친구들하고는 지금까지도 친하게 지내요."

"그럼 어머니하고는?"

"가끔씩 전화가 오면 받아서 안부 묻는 정도예요. 그 뒤로 얼굴맹은 나아졌지만 어머니는 당신을 만나면 또 스트레스를 줄지 모른다고 생각하는 것 같아요."

"주희 씨는 어때요? 어머니, 뵙고 싶지 않아요?"

"뵙고 싶죠. 하지만 어떻게 해야 하는지를 모르겠어요. 그냥, 시간이 지나면서 거리가 너무 멀어져버린 것 같아요. 북극 빙산 위에서 같이 살던 두 사람이 어느 날 빙산이 갈라지면서 헤어진 느낌이랄까? 분명히 붙어 있던 빙산이지만, 다시 맞추면 맞을 것도 같지만, 실상 어떻게 하는지를 모르는…. 그래서 둘은 바다를 사이에 두고 서로를 지켜보기만 해요. 가끔씩 서로한테 '잘 살지?' '응, 잘 살아!' 하고 인사를 주고받으면서요. 하지만 둘 다 알고 있어요. 이제 예전처럼 같이 살 수는 없다는 걸."

그녀가 손으로 눈물을 훔쳤다.

"죄송해요."

그런 아픔을 겪고도 평소에 밝게 웃을 수 있는 용기가 존경스러웠다.

김건이 어렵게 손을 들어 소주희의 손을 잡았다. 잠시 두 사람 사이에서 시간이 멈췄다. 기억을 잃은 남자와 얼굴을 잃은 여자가 손을 잡았다. 그 사이에서 알 수 없는 뭔가가 일어났다. 두 사람의 시선이 서로에게 고정됐다. 떨리는 눈빛이 점점 더 가까이 다가갔다. 그때였다. 소주희가 갑자기 벌떡 일어나며 외쳤다.

"어, 저거! 저거!"

"네? 뭐가? 왜?"

영문을 모르는 김건의 시선이 자연스럽게 소주희가 가리키는 쪽을 향했다. 그리고 그도 덩달아 놀라서 벌떡 일어났다. 그 손끝에는 옛날 영화에서나 나오는 하얀색 클래식 세단이 서 있었다. 시간여행이라도 한 것처럼 시간과 장소, 어느 것 하나와도 어울리지 않는 기괴한 모습이었다. 차의 앞문이 열리며 운전수가 내렸다. 회색 양복을 입은 남자는 외모부터가 보통 사람과 달랐다. 온몸이 근육으로 뒤덮인 괴물 같은 덩치에 피부와 머리카락이 모두 하얀 '알비노'였다. 남자가 이쪽을 한 번 흘끗 쳐다본 것만으로 온몸의 털이 곤두서는 느낌이었다. 알비노 운전수가 차 뒤쪽으로 가서 뒷문을 열자 한 남자가 차에서 내렸다. 세련된 헤어스타일에 한눈에 봐도 비싸 보이는 고급 양복을 멋지게 차려 입은 남자가 금테 선글라스를 고쳐 썼다. 손목에서 한정판 고급 시계가 번쩍거렸다.

"어? 저 사람!"

남자는 바로 '주동산'이었다. 하지만 낮에 봤던 그와는 완전히 다른 모습이었다. 자신의 '작가주의'를 지키기 위해서 남다른 주식 투자 능력을 가지고도 가난함을 유지한다는 주동산의 말과는 정반대로 지금의 그는 사치와 화려함의 첨단을 달리는 모습이었다.

"저게 어떻게 된 거죠?"

"그러게요?"

어리둥절한 두 사람을 향해 남자가 천천히 걸어왔다. 가지런한 턱선, 길고 곧은 콧날, 말랐지만 탄탄한 몸매, 온몸을 명품으로 감쌌지만 그것들은 그 남자에게 단순히 액세서리에 불과했다. 몸동작 하나하나마다 기품이 넘쳐흘렀다. 한마디로 스스로 빛을 내는 것 같은 카리스마였다.

남자가 두 사람을 보고 싱긋 웃으며 우아하게 허리를 구부렸다. 김건도 따라서 고개를 숙였다.

"안녕하세요. 소주희 씨, 김건 씨, 말씀 많이 들었습니다."

옅은 미소를 지으며 고개를 든 남자는 정말 '주동산'이었다.

"저분 왜 저래요? 꼭 오늘 처음 만난 사람처럼 행동하잖아요?"

소주희가 조심스럽게 속삭였다. 알비노 운전수의 날카로운 시선이 두 사람에게 꽂혀 있었다. 김건은 눈앞의 남자를 자세히 살펴보았다.

낮에 만났던 주동산과 다른 것도 있었다. 우선 표정이 달랐다. 조금 피곤해 보이는 낯빛에 단호함이 지나쳐서 오만하게까지 보이던 표정이 여유 넘치는 부드러운 얼굴로 바뀌어 있었다. 표정만으로 본다면 완전히 다른 사람 같았다. 원래 잘생긴 얼굴이었지만 지금은 뭔가 매력이 더해진 모습이었다.

"우리 어제 만났잖아요! 기억 안 나세요, 작가님? 아니 소설가님!"

눈을 동그랗게 뜨고 따지듯 말하는 소주희를 보고 남자가 빙긋 웃었다.

"아니요. 저는 분명히 두 분을 오늘 처음 만납니다."

"그럴 리가요! 주동산 작가님! 어제 만나서 우리가 도움을 받았는데요?"

소주희는 답답하다는 듯 주먹으로 가슴을 두드렸다.

"혹시 치매 같은 것 있으세요?"

남자의 뒤에 서 있던 알비노 운전수가 소주희를 무섭게 노려봤다. 눈빛만으로도 사람을 상처 입힐 것 같은 폭력적인 시선에 그녀는 놀라서 두 손으로 입을 막았다.

"진! 그만!"

남자의 한마디에 운전수는 고개를 숙이며 뒤로 물러섰다.

"용서하세요. 저 친구, 나쁜 사람은 아닙니다."

"아, 네…."

하지만 김건과 소주희 두 사람은 놀란 가슴을 진정시키기 힘들었다.

"두 분이 오해하시는 것도 무리가 아니죠. 저는 '작가 주동산'이 아니라 '컨설턴트 주동신'입니다. 두 분을 만나게 돼서 영광입니다."

남자가 다시 한 번 정중하게 고개를 숙였다. 김건과 소주희는 정신이 나갈 것 같았다. 김건은 '장난인가?' 하는 생각에 다시 남자를 쳐다보았지만 그의 눈빛은 한없이 진지했다.

"일전에 주동산 작가를 만나셨다고 들었습니다. 그 친구, 두 분에 대한 인상이 아주 깊었나 보더군요."

"작가요? 소설가 아닌가요?"

"아, 그거요?"

남자가 재미있다는 듯 크게 웃었다.

"이해하세요. 그 친구, 다 좋은데 쓸데없이 진지해요!"

분명히 같은 사람인데 자신이 다른 사람이라고 말하는 이 남자 때문에 머리가 터질 지경이었다. 하지만 연기치고는 너무 자연스러웠다.

듣다 보니 목소리 톤도 달랐다. 굵은 저음의 주동산과 달리 이 사람의 목소리는 저음인데도 톤이 높았다.

"지금 사기 치는 거죠?"

참지 못하고 소주희가 다시 소리쳤다. 차 옆에 서 있던 알비노 운전수가 다시 이쪽을 무섭게 노려보자 소주희는 목을 움츠렸다.

"진!"

남자가 부르자 운전수가 물러나며 고개를 숙였다.

"대신 사과드리겠습니다. 저 친구는 '밤의 종족'입니다. 어떤 사정 때문에 밤에만 활동하는 사람들이죠. 저도 그중 하납니다. 주동산은 낮의 사람, 저 주동신은 밤의 사람입니다."

"믿을 수가 없어요. 어떻게 그럴 수가 있어요? 그냥 같은 사람인데요?"

소주희가 손으로 머리를 짚으며 말했다.

"설명을 드리죠. 저는 주동산이 아닙니다. 하지만 우리는 하나죠."

"쌍둥이?"

"아뇨, 쌍둥이는 아닙니다. 쌍둥이는 별개의 인격체지만 우리는 한 몸에 두 개의 의식으로 존재하니까요."

"이중인격?"

"그것도 아닙니다. 원래 주체에서 갈라져 나온 인격이 아닙니다. 우리들은 태어날 때부터 두 개의 의식이었습니다. 어쩌면 원래 쌍둥이로 태어났어야 하는데 한 몸으로 태어났는지도 모르죠. 그래서 어린 시절부터 고생을 많이 했어요. 서로 몸의 주도권을 가지고 싸우다 보니 당연히 이중인격이나 정신이 이상한 아이로 보였을 겁니다. 저희들은 서로 다른 의식을 가진 서로 다른 인격이기에 성격도 특성도 아주 달랐습니다. 주동산은 논리적이고 계산적인 반면 저는 직관적이고 감성적입니다. 이렇게 완전히 서로 다른 인격이 수시로 뒤바뀌니까 부모님들 마음고생이 심하셨죠. 저를, 아니 저희들을 데리고 병원도 많이 가셨어요. 하지만 당시 의사들도 모두 손을 들었죠. '이런 케이스는 국내에 전무하다.'가 그들의 한결같은 답이었습니다. 우리 두 사람, 아니 두 인격은 매일 미친 듯이 싸웠습니다. '내가 못 가지면 너도 못 가져.'라는 마음으로 서로가 없을 때 몸에 상처를 입히기도 했습니다. 그러다가 우리가 초등학교 들어가던 무렵, 힘들어서 우시는 어머니를 보고 마침내 합의했죠. 하루를 반으로 쪼개서 나눠 살기로 한 겁니다. '주동산'이 오전 아홉 시부터 오후 아홉 시까지 주도권을 가지고, 나머지 오후 아홉 시부터 오전 아홉 시까지의 저녁시간은 저 '주동신'이 살기로 한 거죠. 반드시 각자 세 시간 이상의 수면시간을 가지고요. 그날 이후, 저희는 다시는 싸우지 않았습니다. 적어도 표면적으로는요. 부모님께서는 안심하셨고 가정은 평화로워졌죠. 그때부터 지금까지 우리는 계속 이런 형태로 살아왔습니다. 이해가 되셨나요?"

"믿을 수 없어!"

소주희가 무심코 말을 내뱉었다가 황급히 손으로 입을 막았다.

"그런고로 지금, 자정이 다 되어가는 이 시간에 여기 서 있는 저는 '주동신'입니다."

"말씀은 알겠습니다. 그런데 프랑수아하고는 어떻게…?"

"아, 그건 말이죠."

김건의 물음이 채 끝나기도 전에 주동신이 말을 가로챘다. 상대방의 말을 끝까지 듣던 주동산과는 완전히 달랐다.

"밤에 우연히 이 신포를 발견했어요. 음식이나 이곳 분위기가 너무 마음에 들어서 단골이 됐어요."

"문제를 풀었나요?"

"아, 거위의 게임! 그것도 재미있었죠."

"그럼, 주동산 씨와 동신 씨도 프랑수아가 찾는 사람들 중 하나네요."

"의도가 뭔지 몰라도 그런 것 같네요."

클래식 세단의 경적이 '빠앙' 하고 울렸다.

"저는 이제 가봐야 합니다. 처리할 일이 있어서요. 아니, 사람이라고 해야겠네요!"

빙긋 웃는 주동신의 표정이 어딘가 섬뜩했다. 그의 말에 이쪽을 흘끗 보는 알비노 운전수의 시선도 무서움을 더했다.

"제가 오늘 들른 이유는 이겁니다. 혹시 시의 마지막 줄을 푸셨나요?"

김건이 한숨을 내쉬며 고개를 저었다.

"아니요. 아직 모르겠어요."

"역시 그렇군요."

주동신이 빙긋 웃었다. 웃음이 없던 주동산과 달리 그 모습이 너무 자연스러웠다.

"아나그램의 키워드는 단순한 낱말이 아닙니다. 때때로 키워드 자체가 의미를 지니기도 합니다."

"키워드요?"

"문제는 언제나 가장 단순한 것으로 해결됩니다!"

갑자기 '빠앙!' 하고 클래식한 자동차 클랙션이 울렸다. 운전수가 신호를 보낸 것 같았다.

"시간이 됐네요. 지금부터 인천 부두로 가야 돼서요. 이만 가보겠습니다.”

"부두요? 그럼 바다 아닌가요?"

"그렇…겠죠?"

주동신이 왜 그런 뻔한 질문을 하냐는 듯 고개를 갸우뚱했다.

"주동산 씨는 절대 바다에 안 간다던데요!"

"저는 주동신입니다. 기억해주세요. 그럼!"

인사 대신 활짝 웃어 보인 주동신이 성큼성큼 자동차로 걸어가서 운전수가 열어준 문 속으로 망설임 없이 몸을 던져 넣었다. 알비노 운전수는 쿵 하고 문을 닫은 뒤 두 사람에게 눈길도 주지 않고 차에 올라서 바로 출발했다. 클래식한 외관과 달리 강력한 육기통 엔진음이 밤공기를 뒤흔들었다. 레트로 스타일 우주선의 날개를 연상시키는 자동차의 빨간 꼬리등이 한동안 가만히 흔들리다가 잠시 후, 깊은 물속 같은 어둠 속으로 사라졌다.

'문제는 언제나 가장 단순한 것으로 해결됩니다!'라는 한마디만 남겨 놓은 채.

두 사람은 한동안 멍한 상태로 아무 말도 하지 못했다. 갑자기 믿기 힘든 현실을 만나니 두뇌가 과부하에 걸린 느낌이었다.

"그러고 보니 처음이네요."

김건이 정면을 본 채로 말했다.

"뭐가요?"

"주희 씨가 이상형이라고 말하지 않은 남자요."

"아."

소주희도 정면을 보면서 대답했다.

"말하려고 했는데, 무서워서 참았어요."

"아, 네."

김건이 고개를 끄덕였다.

"꼭 무슨 마술 영화 같네요. 믿어지세요? 한 몸에 두 사람이 산다는 거?"

"아니요. 믿기 어렵네요. 하지만 거짓말 같지는 않아요."

소주희가 고개를 가로저었다.

"그걸 어떻게 아시죠?"

"저, 중학교 때 '안면맹'이 있었다고 했잖아요."

"네, '안면 인식 장애' 말이죠?"

"그때는 사람들 얼굴이 다 똑같이 흐릿하게 보였어요. 그래서 그때부터 눈빛으로 사람들을 기억했거든요."

"그래요?"

"눈은 마음의 창이라고 하잖아요? 주동산 씨와 주동신 씨는 눈빛이 완전히 달라요. 제가 놀랐던 이유가 같은 얼굴에 완전히 다른 눈빛을 하고 있어서예요. 꼭 완전히 다른 영혼 같았어요!"

김건이 고개를 끄덕였다.

"정말 이상한 일이네요. 프랑수아는 어떻게 이런 사람들을 만난 거지?"

"뭐, 제가 보기에는 아저씨도 평범한 사람은 아닌데요?"

"그러는 주희 씨도…."

두 사람은 여전히 앞만 보며 앞에 있던 커피를 한 모금 마셨다. 충격에서 벗어나려면 조금 더 시간이 필요할 것 같았다.

"방금 기억났어요. 저 운전수 눈빛이요."

"네?"

"작가협회 반지하실 기억하세요?"

"기억합니다."

"그 지하실 커튼 뒤에 있던 눈 같아요."

"그래요? 정말 충격의 연속이네요."

두 사람 사이에 다시 침묵이 흘렀다. 너무 많은 일이 일어난 밤이었다. 작은 연못에 쓰나미가 지나간 느낌이었다. 두 사람 다 갑자기 더워져서 외투를 벗어서 한쪽에 걸어놓았다.

"오늘은 참 신기한 경험을 했네요."

소주희가 말했다.

"아까 마술영화라고 하셔서 갑자기 어릴 때 봤던 영화가 생각났어요. 새로 온 가정부가 마법사인데 아이들하고 신나게 노래하면서 노는 영화 제목이 메리 포…? 페…? 뭐였는데, 혹시 아세요?"

"네?"

"영화 제목이요. 메리 뭐였는데?"

"아, '메리 포핀스'요"

김건이 양손 중지로 관자놀이를 눌러 돌리며 기억을 더듬었다.

"1899년 출생해서 1996년에 사망한 오스트레일리아 출신 영국 작가 P. 트래버스의 소설로 조지 오 세 시절 영국 런던을 배경으로 우산을 타고 날아온 보모 메리 포핀스가 뱅크스 집안 남매들을 양육하면서 벌어지는 소동을 다룬 동화입니다. 시리즈는 모두 여덟 권 발간되었고 다양한 매체로 제작이 이루어졌는데 가장 유명한 것은 디즈니의 뮤지컬 영화와 뮤지컬이죠. 이 작품 때문에 '메리 포핀스'라는 단어는 영국에서 훌륭한 보모의 대명사처럼 쓰이게 되었답니다."

김건의 설명에 소주희의 표정이 어두워졌다.

"그냥 이름만 알면 되는데."

"메리 포핀스라는 캐릭터의 모티브는 작가 트래버스를 어릴 때 돌보아준 보모였답니다. 어린 시절 길러준 사람이 중요한 역할을 하네요. 가만, 길러준 사람? 엄마?"

갑자기 벼락을 맞은 듯한 표정으로 김건이 가죽 수첩을 꺼내더니 펄럭펄럭 페이지를 넘겼다. 시를 적어놓은 부분이었다.

"코르누코피아! 페르세포네!"

김건이 벌떡 일어나며 외쳤다.

"네? 페르세포네가 뭐예요?"

소주희가 눈을 동그랗게 떴다.

"아니요! 그 시의 마지막 줄이요! 이게 무슨 뜻인지 알았어요!"

김건이 소주희에게 수첩을 펼쳐 보였다.

"'mother of hell queen' 여기서 'hell queen'은 바로 '페르세포네'를 말해요. 지옥의 왕 하데스의 신부죠! 이제 알겠어요. 코키투스(Cocytus)는 '탄식'이라는 뜻인데 단테의 『신곡』에서 제 구 층 배신 지옥이죠. 그리고 아나그램의 키워드인 코르누코피아는 '풍요의 뿔'! 그 뿔을 가지고 있는 여신이 바로 수확의 여신·데메테르(Demeter), 즉 페르세포네의 어머니죠! 식당 이름은 바로 '데메테르'예요! 마침내 풀었어요!"

김건이 부르르 떨며 주먹을 불끈 쥐었다. 하지만 흥분도 잠시 그의 얼굴이 다시 찌푸려졌다.

"그런데 어떻게 프랑스에 있는 식당에 연락을 하죠? 그게 더 큰 문제네요."

김건의 말에 소주희가 입을 다물고 살짝 고개를 숙였다. 뭔가 말 못할 고민이 있는 것 같았다.

"도와줄 사람을 알아보다가 시간이 지나면 프랑수아는 끝이에요. 아, 방법이 없나?"

김건이 길게 탄식했다. 그 모습을 보며 소주희는 손톱을 깨물며 안절부절못했다.

"주희 씨, 프랑스에 누구 아는 사람 있죠?"

"네? 그게… 있기도 하고 없기도…."

김건이 소주희의 손을 덥석 잡았다.

"주희 씨! 혹시라도 프랑스에 아는 사람 있으면 도와주세요. 프랑수아가 추방되면 다시 돌아오기 힘들어요. 재판을 통하면 몇 년이 걸릴지도 모르는데 그 안에 정말 한국에 위험한 일이 생긴다면 우리는 손 쓸 방법이 없어요!"

"그게, 사실은 프랑스에 아는 분이 있어요. 그런데, 너무 오랫동안 연락을 끊은 상태라…."

입술을 깨물며 망설이던 소주희가 결심한 듯 입을 열었다.

"아저씨, 하나만 약속해주실래요?"

"네?"

"나중에 꼭 할머니를 뵈러 가세요."

이번에는 김건이 입을 다물었다. 한동안 생각하던 그가 천천히 고개를 끄덕였다.

"약속할게요. 일이 해결되면 할머니를 뵈러 갈게요."

"약속했어요? 꼭이요?"

휴대폰을 꺼내든 소주희의 손이 가볍게 떨렸다. 한동안 물끄러미 어두운 화면만 보던 그녀가 마침내 전원을 켰다.

파리 지하철 십삼 번 선 바레인 역 근처에는 프랑스 주재 한국 대사관이 있었다. 파리지앵들이 황혼과 함께 힘든 하루 일과를 마치고 소박하지만 행복한 저녁식사를 꿈꾸는 시간에 이곳 대사관저는 전쟁이 벌어지고 있었다.

한 달 뒤 파리에서 열리는 국제회의를 앞두고 사전 조율을 위해 미국대사와 중국대사, 북한대사와 관계자들이 모여 회의를 하고 있었다. 하지만 미국의 로버트 칼슨 대사는 '텍사스 황소'라는 별명답게 한 치의 양보도 없이 미국의 입장만 밀어붙이고 있어서 회의는 몇 시간째 답보 상태였다. 점심도 간단한 샌드위치로 때운 터여서 몹시 허기지고 지친 기색이 역력했지만 누구 하나 물러날 기미를 보이지 않았다. 그야말로 한 달 뒤에 있을 정상회담의 전초전이었다.

"북한이 원전과 검증 가능한 핵 포기를 이행하지 않는 이상 미국은 어떠한 대화도 하지 않을 거요!"

칼슨 대사가 특유의 텍사스 톤으로 으름장을 놓았다. 하지만 북한의 강영철 대사도 보통 내기가 아니었다.

"미국은 언제나 핵 포기를 먼저 말하지만 우리 입장 역시 확고합니다. 체제 유지가 보장되지 않으면 핵 포기는 없을 거요!"

"항상 말했듯이 미국과 우방이 되면 경제적인 번영을 보장합니다. 하지만 핵 포기 전까지 우리는 계속 경제제재를 이어갈 수밖에 없소!"

"지금까지 미국은 일방적인 조약 파기를 반복해왔습니다. 이미 합의한 조항까지 파기하는 사람들을 어떻게 믿습니까?"

"우리가 파기한 조약은 모두 선임자들이 체결한 불공정한 조약이었소!"

얼굴이 벌게져서 소리치던 칼슨 대사가 손바닥으로 위를 눌렀다.

"미국의 일방통행주의에는 우리도 불만이 있습니다. 자신은 지키지 않으면서 남에게 강요하는 거라면 누가 그 말을 듣겠습니까?"

중국의 양첸 대사까지 끼어들어 한 치 앞도 볼 수 없는 상태가 되었다.

"자, 진정하시고 서로 조금만 양보하시죠. 그래서 우리가 여기 와 있는 게 아닙니까?"

이진수 한국 대사는 중재하느라 애를 먹고 있었다. 모두가 지쳐가고 있을 때 보좌관이 들어와서 "식사가 준비되었답니다." 하고 속삭였다.

"메뉴가 뭐야?"

"비밀이랍니다."

보좌관이 곤란한 표정으로 대답했다. 이진수 대사가 인상을 찌푸렸다. '마녀'라고 불리는 대사관 요리사의 능력을 믿고 있지만 오늘은 진짜 마법이라도 필요할 판이었다.

식사 준비가 됐다는 말에 각국 대사와 보좌관들은 회의를 중지하고 연회장으로 이동했다.

"이곳 대사관 셰프, 솜씨가 아주 좋다고 들었습니다."

칼슨 대사가 이진수 대사에게 물었다.

"한국에서 단 두 명만 있는 궁중요리 전수자입니다. 솜씨는… 직접 보시죠."

"이거, 정말 기대되는군요."

칼슨 대사가 찡그린 얼굴로 배를 쓰다듬었다. 스트레스 때문에 만성위염이 심해진 모양이었다.

"괜찮으십니까?"

이 대사가 걱정스럽게 물었다.

"나중에 약을 먹어야겠어요."

일행이 연회장으로 들어와 자리에 앉자 곧바로 웨이터들이 서빙을 시작했다. 그런데 사람들 앞에 서빙된 것은 스프 그릇보다 큰 데 담긴 맑은 탕이 전부였다.

"이게 뭐요?"

칼슨 대사가 위협하듯 눈을 크게 뜨며 물었다. 다른 나라 대사들도 찡그린 표정을 감추지 않았다. 화려한 궁중요리를 한상 가득 받을 것으로 기대했던 사람들의 표정은 실망을 넘어 분노의 단계에 이르렀다.

"셰프를 불러주게."

이진수 대사가 보좌관에게 말했다. 때마침 문이 열리며 세련된 개량 한복을 우아하게 차려 입은 중년 여성이 연회장으로 들어왔다.

"아, 유희빈 셰프! 마침 부르려던 참인데…. 여러분, 한국 궁중요리 십일 대 전수자 유희빈 셰프입니다."

이진수 대사가 소개했지만 박수는 나오지 않았다.

"이건 전채(前菜)겠지요?"

칼슨 대사가 눈을 크게 뜨며 물었다.

"아닙니다. 오늘 준비된 요리는 그게 답니다."

유희빈 셰프는 냉정한 얼굴로 대답했다.

"뭐라고?"

칼슨 대사가 폭발했다. 그는 이진수 대사에게 쏘아댔다.

"나를 모욕하는 거요! 우리 미국은 한국을 우방으로 대했건만 당신들은 항상 북한 편을 들었지. 그 결과가 이거야. 나를 굶게 만들어서 유리한 협상을 이끌어낼 셈인가? 다시 한번 말하지만 나는 절대…."

"칼슨 대사님께서는 위가 안 좋으시죠."

유희빈 셰프가 낮지만 힘 있는 목소리로 말했다.

"스트레스를 받을 때마다 위에 통증이 심해지고 역류성 식도염까지 있습니다."

칼슨 대사가 벌건 얼굴로 입을 다물었다.

"다른 분들도 스트레스로 위가 불편하실 겁니다. 오늘 요리는 그런 여러분을 위해서 만들었습니다. 약해진 위에 기름진 음식은 오히려 독이 됩니다."

연회장에 모인 사람들은 아무 말도 하지 못했다. 셰프의 의중이 드러나자 앞에 놓인 탕이 다르게 보였다.

"궁중요리는 많은 분들의 생각과 달리 화려한 연회음식이 아닙니다. 왕의 몸을 보호하기 위해 그날그날 몸에 가장 좋은 음식을 대접하는 것이지요. 오늘 여러분께 가장 좋은 음식은 바로 이것입니다. 그럼, 즐기세요."

유희빈 셰프가 칼날 같은 표정으로 정중하게 허리를 숙여 인사하고 밖으로 나갔다. 어안이 벙벙해 있던 사람들은 누가 먼저랄 것도 없이 스푼을 들어서 탕을 맛보았다. 그러고는 깜짝 놀란 얼굴로 서로를 쳐다보았다.

"이거, 맛있는데요!"

강영철 대사가 감탄하며 말했다.

"그래요. 정말 맛있어요. 이건 중국의 탕과 비슷하면서도 다르군요."

양첸 대사가 말했다.

사람들의 반응을 지켜보던 칼슨 대사도 스푼을 집어 탕을 떠먹었다. 따뜻한 국물이 기분 좋게 목을 넘어갔다. 보통, 내려간 음식물이 위를 자극하면서 속이 아프기 시작하지만 이 탕은 달랐다. 벨벳 같은 부드러운 천이 위벽을 감싸듯 탕은 뱃속에서 따뜻한 온기를 전해주었다. 자기도 모르게 두 번, 세 번 계속해서 국물을 떠 마셨다. 칼슨 대사뿐만 아니라 앉아 있던 사람들 모두 정신없이 국물을 떠 마시고 있었다. 예의를 잊어버리고 그릇을 통째로 들고 마시는 사람도 있었다. 강영철 대사였다. 그 모습을 본 칼슨 대사 역시 그릇을 통째로 들고 국물을 마시기 시작했다. 마시면 마실수록 속이 편해졌다. 따뜻한 온기가 몸속으로 퍼져나가며 온몸을 휘도는 느낌이었다. 이마에서 굵은 땀방울이 몽글몽글 솟아났다. 맛 또한 기가 막혔다. 고기의 고소한 맛에 해물의 시원함, 이름 모를 야채의 향까지, 모든 맛이 하나가 되어 완벽한 균형 속에 조화를 이루고 있었다. 마지막 국물이 목구멍으로 흘러내려갈 때 톡 쏘는 알싸한 후추향이 혀끝을 찔렀다. 그릇을 내려놓은 칼슨 대사는 "휴우" 하고 긴 한숨을 내쉬며 말했다.

"셰프 말이 맞아! 이건 그냥 한 끼 식사야!"

아무도 입을 열지 않았지만 사람들의 만족한 표정이 모든 것을 말해주었다.

손수건을 꺼내 이마의 땀을 닦던 칼슨 대사가 문득 앞을 보니 강영철 대사도 똑같이 손수건으로 땀을 닦고 있었다. 서로의 모습을 지켜보던 두 사람이 갑자기 키득키득 웃기 시작했다. 웃음에 전염성이 있었는지 잠시 뒤에는 참석자 모두가 서로의 모습을 보며 웃고 있었다. 이진수 대사가 흐뭇한 얼굴

로 주방 쪽을 쳐다보았다. 또 한 번 유희빈이라는 마녀의 마법
이 발휘되는 순간이었다.

문이 열리며 유희빈 셰프가 안으로 들어왔다. 그녀를 보자
칼슨 대사가 일어나며 먼저 박수를 쳤다. 이어서 참석자들 모
두 자리에서 일어나며 기립 박수를 쳤다. 셰프에 대한 최고의
찬사였다.

"이게 무슨 탕이죠?"

"'잡탕'이라고 하는 궁중요리를 바탕으로 만들었습니다.
소고기와 돼지고기, 닭고기에 전복, 표고버섯, 그리고 위에 좋
은 양배추를 넣어서 콩소메를 만들었습니다."

"아, 너무 좋았어요. 덕분에 속이 든든합니다."

북한 대사가 배를 만지며 웃었다. 모든 사람들이 그 모습을
보고 같이 웃었다. 식사 전과 백팔십도 달라진 분위기였다.

"식사를 즐기셨다니 감사합니다. 이제 후식을 올릴까요?"

"후식이 있나요? 여기서 끝나는 줄 알았는데."

양첸 대사의 물음에 유희빈 셰프가 살짝 미소를 지었다.

"그럼, 바로 준비하겠습니다."

유 셰프가 허리를 숙이자 곧바로 웨이터들이 서빙을 시작
했다.

"후식은 모두 세 잔의 차로 구성했습니다. 첫 번째 차입

니다."

사람들의 앞에 검은색의 차 한 잔과 뚜껑이 덮인 작은 접시 세 개씩이 놓였다. 잔이나 접시는 모두 한국의 전통 문양이 들어간 청자였다.

"이 검은색 차는 토마토차입니다."

"토마토?"

"아니, 그걸 차로 만든다고?"

사람들이 수군거렸다. 유희빈 셰프가 그런 반응을 예상했다는 듯 살짝 웃으며 설명했다.

"이 차는 블랙펄이라는 품종의 토마토를 삼 일간 건조시킨 뒤에 다시 그늘에서 십오 일, 다시 바람이 통하는 곳에서 십오 일 동안 숙성시켜 만듭니다. 먼저 맛을 보시지요."

사람들은 난생 처음 맛보는 토마토차를 신기해하면서 맛을 보았다. 의외로 고소한 맛이 입안 가득 퍼졌다. 살짝 단맛도 돌았다.

"맛있어!"

칼슨 대사가 외쳤다. 모든 것이 예상을 뛰어넘었다. 마녀의 마술은 이미 좌중을 압도하고 있었다.

"이제 작은 접시를 열어보세요."

첫 번째 접시엔 샐러드가 들어 있었다. 아주 적은 양으로 한 입에 다 들어갈 정도였다.

"샐러드를 드시고 차를 드시면 됩니다."

유희빈 셰프의 말대로 샐러드를 씹어 삼키고 토마토차를 마셨더니 입안에 담백한 감칠맛이 퍼졌다. 감탄하며 두 번째 접시를 열자 게살파이가 나왔다. 파이를 먹고 다시 차를 마시니 맛이 배가되는 느낌이었다. 서둘러 세 번째 접시를 열어보았다. 생소한 음식이었다.

"도다리 묵은지롤입니다."

한입 크기의 도다리를 묵은지로 감싸서 찐 요리였다. 살짝 매운맛이 감도는 묵은지 속에서 크림소스로 감싼 도다리의 부드러운 맛이 적절한 조화를 이루었다. 거기다 토마토차를 마시니 입안 가득 담백한 여운이 감돌았다.

"두 번째 차입니다."

사람들 앞에 두 번째 차 쟁반이 놓였다.

"앞에 준비된 차는 다시마차입니다."

"다시마? 그건 미역의 일종 아닌가요?"

칼슨이 물었다.

"맞습니다. 이번에는 자유롭게 즐겨주세요."

유 셰프의 말이 떨어지기 무섭게 사람들은 후루룩 차를 마셨다. 비릴 거라는 예상과 달리 입안 가득 감칠맛이 퍼졌다. 접시를 열어보았다. 첫 번째는 가는 당면 위에 새우가 올라간 요리, 두 번째는 작은 오징어를 버터에 구운 요리, 세 번째는 바다가재 요리였다. 각각의 요리와 다시마차는 기막히게 잘 어울렸다.

"이제 세 번째 차입니다."

사람들 앞에 세 번째 차와 세 개의 작은 그릇이 놓였다.

"민들레차입니다. 민들레차는 항산화 효과가 있고 간에 도움이 됩니다. 천천히 즐겨주세요."

민들레차의 향긋한 맛을 느끼며 뚜껑을 열자 안에 둥근 환이 하나 들어 있는 게 보였다.

"민들레 뿌리와 꿀로 만든 환입니다. 단맛으로 마무리했습니다."

두 번째 접시에는 홍삼절편, 세 번째에는 찹쌀약과가 들어 있었다. 민들레차의 쌉쌀함과 후식의 달콤함이 멋지게 어우러졌다. 모두 만족한 미소를 지었다. 칼슨 대사 역시 미소를 지었다.

"이상한 만찬이군요. 전채도 없이 메인디쉬는 하나였는데 후식이 열두 가지라니, 왜 이렇게 구성했는지 알려주시겠습니까?"

"별 의미는 없습니다."

유희빈 셰프가 담담하게 웃으며 말했다.

"저는 요리를 배울 때 음식은 문화라고 배웠습니다. 문화는 틀에 갇혀 있을 때 더 이상 발전하지 못합니다. 문화는 관계에서 만들어집니다. 사람과 사람이 만나 관계를 발전시키려면 먼저 틀을 깨야 하지요. 저는 그 점을 항상 염두에 두고 요리합니다. 그리고 오늘 드신 게 바로 그 결과입니다."

덩치 큰 칼슨 대사가 '끄으응' 하고 앓는 소리를 냈다.

"관계의 발전을 위해서는 먼저 틀을 깨야 한다… 이것 참!"

칼슨 대사가 큰 소리로 웃으며 박수를 치기 시작했다.

"우리한테 필요한 게 바로 그거요! 틀을 깨야지!"

그를 필두로 모든 참석자들이 웃으며 박수를 쳤다. 유희빈 셰프는 깊이 허리를 숙이고 밖으로 나왔다. 그녀가 떠난 뒤에도 아주 오랫동안 박수 소리가 이어졌다.

문밖에서 기다리던 대사관 직원이 그녀를 불렀다.

"유희빈 셰프님. 한국에서 전화가 왔습니다.

"누구죠?"

"따님이라는데요?"

"주희니?"

"어머니."

"…오랜만이구나!"

"네."

한동안 두 사람 사이에 정적이 흘렀다. 무슨 말을 해야 할지 몰라서 서로 상대방이 먼저 말하기를 기다리고 있었다. 두 사람의 무거운 숨소리만 전파를 타고 지구 이편저편을 넘나들었다.

"부탁드릴 게 있어요."

먼저 입을 연 것은 소주희였다. 이 말을 하기도 쉽지 않았는지 다시 짧은 침묵이 이어졌다.

"응, 말해보렴."

"저기, 식당 하나만 찾아주세요."

"식당?"

"네, 십 년 전쯤 파리에 있던 식당인데요. 이름이… '데메테르'래요."

"그래? 십 년 전 파리에 있던 식당이란 말이지? 잠깐만!"

유희빈은 대사관 직원을 불렀다.

"지금 마리 씨, 있나요?"

"사무실에 계십니다. 불러드릴까요?"

"네, 부탁드릴게요."

유희빈은 다시 전화기에 대고 "지금 잘 아는 사람을 불렀어. 잠깐만 기다려."라고 말했다.

"감사합니다. 어머니."

하지만 그 말을 끝으로 다시 한동안 침묵이 이어졌다. 두 사람 다 하고 싶은 말들이 너무 많아서 좁은 목구멍에 걸려버린 것 같았다.

"요즘은 뭐 하고 지내니?"

유희빈이 물었다.

"프랑스 식당에서 일해요."

"셰프?"

"아직 수셰프(Sous-chef cuisinier, 부주방장)예요."

"네 나이에 수셰프면 대단한 거지. 일은 재미있니?"

"좋은 사람들을 많이 만났어요."

"그럼, 한식은… 안 하니?"

조심스럽게 묻는 유희빈의 목소리가 살짝 떨렸다.

"안 해요. 지금은… 프랑스요리에만 집중하려고요."

소주희는 자신의 목소리가 차가워지는 것을 깨닫고 멈칫

했다. 예전에 같은 문제로 어머니와 수없이 싸웠던 기억이 밀려와서 가슴이 답답해졌다.

"그래. 결국 넌 아빠를 따라가는구나."

전화기를 통해 들리는 유희빈의 목소리가 쓸쓸했다. 소주희는 자기도 모르게 입술을 깨물었다. 오랜 시간 억압받았고 거기에서 벗어나려고 더 오랫동안 몸부림쳤다. 서로에게 상처를 주고 상처를 받던 그 과정이 떠올라서 가슴이 먹먹해졌다.

"어머니, 저 이제야 제 길을 찾았어요. 지금은 다른 데 신경 쓸 여력이 없어요."

"그래."

유희빈이 다시 명랑한 목소리로 말했다.

"넌 잘할 거야. 내 딸이잖아!"

하지만 소주희는 다시 말을 잇기 힘들었다. 아직 편안하게 어머니를 대할 자신이 없었다. 지금이라도 전화를 끊고 싶었지만 그랬다가 그나마 가늘게 이어진 실이 영원히 끊어질 것 같아 두려웠다. 또 다시 어색한 침묵이 이어졌다. 정작 소주희를 이러지도 저러지도 못하는 상황에 몰아넣은 김건은 뭔가가 떠오른 듯 푸드 트럭 안에서 파리 지도를 꺼내서 열심히 들여다보고 있었다.

"마리 씨 오셨습니다."

대사관 직원이 데려온 나이 지긋한 프랑스 여성 직원을 유희빈이 반겨 맞이했다. 평소에 유희빈의 요리에 매료되어 팬이 된 '마리'는 이곳 한국 대사관에서 이십 년째 근속 중인 현지 직원이었다. 미식을 사랑하는 프랑스인 중에서도 미식가로 소문난 사람으로 평소 유희빈에게도 직언을 아끼지 않는 사람이었다. 유희빈 역시 마리의 조언 덕분에 프랑스 사람들의 입맛을 더 잘 이해할 수 있었다.

"여기 현지 식당 잘 아시는 분께 여쭤볼게. 식당 이름이 뭐였니?"

"'데메테르'요."

"'데메테르'?"

직원이 '마리'에게 십 년 전쯤 파리에 있던 데메테르라는 식당을 아느냐고 물어보았다.

"데메테르? 그 이름 쓰는 식당은 몇 개나 있는데?"

마리가 고개를 갸우뚱했다.

"십 년 넘은 가게도요?"

"제가 아는 가게는 다 맛있고 오래된 가게들뿐이죠."

그녀의 말에서 미식가로서의 자부심이 묻어나왔다. 맛없는 가게는 기억에서 지워버린다. 초등학교 급식을 코스요리로 먹는 프랑스인다웠다.

"그 식당들이 어디에 있어요?"

"어디 보자…."

마리가 기억을 더듬었다.

"음, 삼 구, 팔 구, 십육 구일 거예요. 식당들마다 동네 분위기에 따라서 조금씩 틀려요. 하지만 다 맛있죠."

그 말을 전해들은 김건은 당혹스러웠다. 잘 알지 못하는 머나먼 외국의, 그것도 십 년도 더 된 옛날의 식당을 찾는, 처음부터 말도 안 되는 일이었다. 벽에 부딪히는 것도 당연했다.

"지역만 알면 되는데…."

김건은 다시 한 번 골똘히 생각에 잠겼다. 머릿속에 모든 생각을 지워버리고 오직 문제 풀이와 관련된 단서들만 떠올렸다. 김건은 다시 기억의 방으로 들어갔다.

'문제는 언제나 가장 단순한 것에서 해결됩니다!'

'그들만의 규칙이 있을 겁니다.'

같은 말들이 떠올랐다가 사라졌다. 그러다가 갑자기 번뜩하고 뭔가가 떠올랐다.

"열 개의 지옥.『신곡』… 달팽이 게임… 혹시?"

김건은 황급히 파리 시내 지도를 자세히 들여다보았다.

"이거다! 이게 바로 달팽이예요!"

"뭐가요?"

소주희도 김건이 흥분해서 가리키는 파리 지도를 쳐다보았다.

"파리시는 외곽 순환 도로 안쪽을 스무 개의 행정구역으로 나누어놓았어요. 가장 안쪽의 일 구부터 이십 구까지 바깥쪽으로 둥글게 펼쳐 있어요. 꼭 달팽이 등껍질 같죠."

"그런데 이게 시하고 무슨 상관이에요?"

"프랑수아는 아버지들이 파리를 열 개의 지옥이 모인 대지옥으로 설정했다고 말했어요. 열 개의 지옥은 단테의 『신곡』에 나오는 지옥의 숫자와 같아요."

"『신곡』에 나오는 지옥은 아홉 개 아니에요? 지난번에 그렇게 들었는데?"

"아, 맞아요. 지옥은 전부 아홉 개 층으로 되어 있죠. 하지만 지옥의 문을 들어서면 처음 나오게 되는 아케론강을 포함하면 열 개죠. 센강과 접해 있는 파리의 모양을 표현한 건지도 모르고."

"하지만 파리의 행정 구역은 스무 개잖아요? 어떻게 열 개로 나눠요?"

"그게 어려워요. 아케론강하고 가장 비슷한 센강과 이어진건 십육 구예요. 그런데 센강은 다른 구역과도 이어져 있죠. 그럼 십육 구를 처음으로 생각해야 할지, 다른 곳을 그렇게 봐야 할지 모르겠어요. 그리고 또 하나 생각해야 할 것은 달팽이 등껍질 구조는 황금 분할로서 피보나치 수열로 설명할 수 있는데…."

점점 더 흥분해서 말이 빨라지는 김건을 향해 소주희가 "아저씨!" 하고 말을 끊었다.

"이철호 회장님 말 기억 안 나요? 그 사람들은 단순한 규칙을 정했을 거라고요. 행정 구역은 일에서 이십까지 서로 이어져 있잖아요. 그러니까 일이 구가 첫 번째 지옥, 두 번째 지옥이 삼사 구… 이런 식으로 연결되었을 거예요. 간단하게 생각하세요!"

"그, 그럴까요? 그래도 그건 너무 간단한데."

김건이 조금 얼빠진 모습으로 말했다.

"'문제는 언제나 가장 단순한 것으로 해결됩니다!' 주동신 씨가 한 말, 기억 안 나요?"

"그래요. 어쩌면 주희 씨 말이 맞을지도 모르겠어요."

"주희야!"

전화기 너머로 유희빈의 목소리가 들렸다.

"지금 마리 씨가 기다리고 있어. 어느 지역의 '데메테르'를 찾는 거니?"

"그게…."

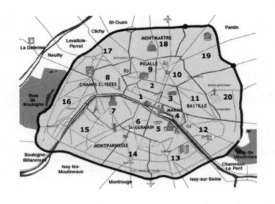

　소주희가 김건을 쳐다보았다. 김건은 지도를 보면서 스무 개의 구역을 열 개의 지옥으로 연결하고 있었다.

　"간단하게 생각하자! 간단하게 생각하자! 시의 앞부분에 나오는 '말레볼지아'는 여덟 번째 지옥! 그렇다면…"

　잠시 망설이던 김건이 "십육 구!"라고 외쳤다.

　"십육 구에 있는 '데메테르'예요!"

　소주희가 곧바로 전화기에 대고 말했다.

　"알았어요. 연락해볼게요."

　마리가 전화로 그 가게를 잘 아는 사람에게 연락했다.

　김건은 진이 빠진 듯 의자에 털썩 주저앉아 넋을 놓고 있었다. 가끔씩 김건은 머리를 한계까지 쓰고 나면 저런 모습을 보였다.

"주희야, 옆에 있는 남자 누구니? 이런 시간에 같이 있는 거 보면 보통 사이는 아닌데?"

"아뇨, 그냥… 친구예요."

공원 전체에 한바탕 차가운 칼바람이 몰아쳤다. 나무 위의 새들이 한꺼번에 푸드득 날아오를 만큼 강한 바람이었다. 앉아 있던 김건이 추운지 벌떡 일어나며 주희에게 물었다.

"주희 씨! 제가 벗어둔 옷 못 봤어요? 추워서 옷 좀 입어야 겠어요!"

소주희는 아무 생각 없이 "제 옷 옆에 놔뒀어요. 찾아보세요."라고 대답했다. 그러고는 그 말이 얼마나 큰 오해를 불러 일으킬지 깨닫고 '아차!' 했다.

"주희 씨도 옷 입어요. 그렇게 벗고 있다가 감기 걸려요!"

김건의 말이 화룡점정이 되었다. 소주희는 전화기 너머의 무거운 침묵을 깨닫고 황급히 변명했다.

"아니요. 어머니! 오해하지 마세요. 지금 일하는 중이 예요!"

"지금 거기 밤 열두 시지? 그 시간에 일한다고? 남자랑 둘이서?"

소주희의 노력에도 불구하고 전화기 너머로 긴 한숨만 들려왔다.

"일하는 것 맞습니다. 저희는 지금 같이 온몸으로 일하는 중이예요."

옆에서 거든 김건의 한마디가 불길에 기름을 부었다. 소주희가 김건을 노려보았다.

"주희야, 너도 성인이니까 알아서 하겠지. 더 이상 말 안 할게."

유희빈의 목소리가 칼바람처럼 싸늘했다.

"진짜 오해예요! 아! 영상통화로 보여드릴게요!"

"됐어! 그런 취미 없거든!"

소주희는 입술을 깨물고 침묵할 수밖에 없었다. 그때 옆에 있던 마리가 뭐라고 말하는 소리가 들렸다.

"아, 마리가 미안하대."

"네? 뭐가요?"

"그 식당, 몇 년 전에 문 닫았다는데?"

자기도 모르게 맥이 풀려서 털썩 주저앉았다.

"이상하네. 해석을 잘못했나? '데메테르'가 아니었나?"

김건도 실망한 표정이 역력했다. 아무리 머리를 짜내도 다른 답은 없었다.

"그럼… 다른 지역에 있는 식당들은?"

소주희가 물었다. 전화기 너머에서 프랑스어로 묻고 대답하는 소리가 들렸다.

"안됐지만… 십 년 전에 있던 식당은 십육 구의 '데메테르'
뿐이래."

유희빈이 안타깝다는 목소리로 말했다.

"어쩔 수 없죠. 감사해요, 어머니."

소주희도 힘이 빠진 목소리였다. 프랑수아를 구할 유일한
방법이라고 믿었는데 또다시 거대한 벽에 가로막혔다. 친구를
도울 수 없다는 현실에 두 사람은 깊은 무력감을 느꼈다.

"내가 도울 일은 더 없니?"

"아니요. 충분해요. 감사합니다."

"주희야!"

유희빈이 낮지만 힘 있게 소주희를 불렀다. 뭔가 아껴왔던
말을 하려는 것 같았다. 그때 저 너머에서 직원이 다급하게 유
희빈을 부르는 목소리가 들렸다.

"셰프님! 대사님께서 부르십니다! 협상이, 타결됐답니다!
각국 대사님들께서 유희빈 셰프님을 보고 싶어 하신답니다!"

"네! 바로…."

소주희는 어머니가 프랑스 대사관의 주방장으로 얼마나
바쁘게 살고 있는지 잘 알고 있었다.

"어머니, 빨리 가보세요. 나머지는 제가 알아서 할게요."

유희빈은 낮게 한숨을 쉬었다. 오랫동안 딸에게 하고 싶었던 말을 할 기회를 놓쳐버렸다.

"그래, 다음에 다시 연락하자. 꼭!"

"네, 어머니. 안녕히 계세요."

힘없이 휴대폰을 내리는 소주희를 김건이 물끄러미 쳐다보았다. 실망한 두 사람은 묵묵히 각자의 커피 잔을 들고 샌드페이퍼처럼 껄끄러운 목구멍에 싸늘하게 식은 커피를 흘려보냈다.

"이상하네요."

"뭐가요?"

"커피가 그냥 써요!"

"그러네요."

김건도 고개를 끄덕였다.

또 한 번 칼바람이 몰아쳤다. 공원 안의 나무와 여러 생물들이 모두 부산하게 움직일 정도로 강한 바람이었다. 하지만 푸드 트럭 안의 두 사람은 얼어붙은 조각상처럼 그 자리에서 한동안 움직일 줄 몰랐다.

조용한 서장의 방에는 별다른 장식이 없었다. 벽에는 그가 젊은 시절에 경찰복을 입고 찍은 사진을 넣어둔 액자 몇 개 말고는 그 흔한 편액 하나 없었다. 유일한 장식이라면 그의 책상 위에 놓인 긴 섬 모양의 수석뿐이었다. 작은 정자와 고기잡이배, 늙은 어부 모형까지 있는 이 섬 모양 수석은 이상한 생동감을 가지고 있어서 가만히 들여다보고 있으면 본인이 그 속에 들어앉아 있는 것 같은 착각을 불러일으킨다. 자신이 조용한 무인도에서 혼자 낚시를 하고 있는 것처럼 마음이 평온해지는 것이다.

아무도 없는 무인도의 바위산에 앉아 낚싯대를 드리우고 멍하니 앉아 있다. 어느 것에도 신경 쓸 필요가 없고 아무와도 만날 필요가 없다. 어쩌면 신영규에게 이것이 가장 이상적인 생활일지도 모른다. 그리고 무엇보다도 주변에 까마귀의 그림자도 없다! 그저 기묘하게 생긴 돌섬과 바다, 낚싯대뿐….
보기만 해도 마음이 편안해지지만 오늘은 그런 여유가 없었다.

"오, 왔어?"

"법무부가 어떻게 프랑수아를 압니까? 그리고 왜 추방시키려는 겁니까?"

조용한 서장의 방으로 들어오자마자 신영규는 단도직입적
으로 물었다.

인사도 없이 바로 본론으로 들어가는 신영규의 화법은 권
위주의에 젖은 많은 상관들을 분노하게 했지만 조용한 서장
은 그런 사람이 아니었다. 그는 이미 오래전부터 신영규의 장
점을 알고 있었고 그에게도 적절한 기회를 주었다. 덕분에 다
른 상관과는 부딪히기 일쑤였던 신영규도 조용한 서장과는
무리 없이 지낼 수 있었다.

"법무부 쪽 말로는 프랑수아가 한국에 들어올 때부터 경
계하고 있었다고 해. 인터폴 청색 수배 대상이라는데?"

"말도 안 됩니다. 인터폴 청색 수배는 적색 수배처럼 범죄
인 당사자가 아니라 그 주변 인물이나 가족까지 포함됩니다.
저희들 조사로는 프랑수아의 아버지가 과거 급진적인 행동주
의 예술가라서 인터폴 적색 수배 대상이 됐고, 가족들은 청
색 수배 대상이 된 것으로 나왔습니다. 그뿐입니다. 그런데 범
죄 경력도 없는 프랑수아를 추방하다뇨?"

"법무부에서 위험인물이라고 판단하면 강제 추방을 할 수
있어. 하지만 이번 경우는 프랑스 정부에 먼저 문의하는 형식
을 취할 거야. 그쪽에서 동의하면 보낸다는 거지. 그 기간 동

안 프랑수아의 신병은 법무부에서 맡는다."

"이건 말도 안 됩니다."

"자네는 그 친구를 의심하는 줄 알았는데?"

"물론이죠! 분명히 그 뒤에 뭐가 있습니다. 그놈을 좀 더 캐보면 뭔가 큰 게 나올 겁니다. 법무부에서 추방해버리면 그 기회 자체를 날려버리는 겁니다."

"나로서도 법무부의 이번 결정은 이해하기 어려워. 하지만 한 번 결정이 나면 다시 바꾸기는 힘들어."

"누가 프랑수아를 노리는 겁니까? 그놈 뒤에 대체 뭐가 있는 겁니까?"

"자세한 건 모르지만 움직임이 수상해. 어쩌면 이번 일은 좀 더 윗선에서 움직인 것인지도 몰라."

"윗선이요?"

"법무부 움직임이 너무 빨라. 김성기 전 장관 사건을 자살로 결론지은 거나 프랑수아를 강제로 추방하는 거나 꼭 짜인 것처럼 움직이고 있어. 음모이론 같지만 이 모든 일이 하나로 귀결되는지도 모르지."

신영규는 조용한 서장의 말에 어떤 이질감을 느꼈다. 조용한 서장은 조용한 외모 속에 냉철한 이성을 가지고 있는 사람이다. 쉽게 뭔가에 빠지거나 다른 사람의 말에 흔들리지 않는

다. 그런 사람이 스스로 음모이론을 들먹이다니! 영 석연치 않았다.

"프랑수아가 '키맨(중추인물)'이라는 뜻인가요?"

"그 친구가 키맨인지는 모르겠어. 하지만 분명히 중요한 연관성이 있으니까 신병을 확보했겠지. 자네 생각은 어때?"

예전에, 기억을 잃기 전의 김건이 떠벌였던 말이 떠올랐다.

'서부의 한적한 들판에서 두 명의 카우보이가 갑자기 총싸움을 할 때, 마침 지나가던 신문기자가 우연히 그 사건을 사진으로 찍을 가능성은 제로에 가깝다.'

믿기 힘든 상황들이 하나로 모인다면 그 자체에 누군가의 의도가 개입된 것으로 봐야 한다는 뜻이었다.

"분명히 뭔가가 움직이고 있습니다. 김성기 전 장관이 먹은 독약이 이전 빌라 여주인 살인 사건 때 사용된 것과 같은 성분이랍니다. 그 독은 이 년 전 경찰서를 습격했던 용병이 자살할 때 먹었던 독과도 같은 성분입니다."

조용한 서장의 표정이 굳어졌다.

"그건 어디서 들었지?"

"국과수에서 들었습니다."

"이건 더 이상 음모이론 같은 게 아니군!"

조 서장이 책상 앞으로 몸을 기울였다.

"분명히 연관성이 있어. 조사해봐!"

"알겠습니다. 그런데 문제가 있습니다."

신영규가 담담하게 대답했다.

"그러려면 프랑수아가 필요합니다. 저희 팀이 프랑수아를 감시할 예정이었습니다. 그런데 그놈을 프랑스로 송환해버리면 유일한 연결고리가 끊어집니다!"

"이거 참, 진퇴양난이군."

조용한 서장이 팔짱을 끼며 의자에 등을 기댔다. 잠시 허공을 응시하다가 갑자기 입을 열었다.

"그 친구는 어때?"

"네?"

"김건 말이야. 기억은 잃었지만 탐정으로서는 꽤 쓸 만하지 않나?"

"아직… 모르겠습니다."

김건의 이름을 들은 신영규의 표정이 어두워졌다. 조용한 서장은 그 기분을 눈치챘다.

"이전과는 다르지만 다행히 김건은 다시 돌아왔어. 그걸 그대로 인정해주면 안 되나? 대체 뭐가 마음에 안 드나?"

"말씀하신 대로…"

신영규가 무거운 표정으로 말했다.

"김건은 놀랄 정도로 옛날 모습 그대로 돌아왔습니다. 저는 그것이 마음에 안 듭니다."

"옛날 모습 그대로인 게 마음에 안 든다?"

"사람은 기억으로 존재합니다. 각자의 경험이 기억으로 쌓이고 그 기억이 쌓여서 인격이 됩니다. 개인의 인격은 결국 연속된 기억입니다. 김건이 그 사고로 기억을 잃었을 때, 저는 그놈의 인격이 무너지는 것을 분명히 봤습니다. 검사의 사주가 있었지만 저를 주모자로 인정하던 그 모습이 지금도 생생합니다. 예전의 김건이라면 절대 할 리가 없는 일을 무너져가는 김건은 했습니다. 저는 그렇게 김건의 인격이 사라지는 모습을 지켜봤습니다. 놈은 시간이 지날수록 점점 더 많은 기억을 잃고 김건이 아닌 뭔가로 변해갔습니다. 저는 그대로 그 친구를 잃었다고 생각했습니다. 기억을 잃은 사람은 죽은 것과 같다고 생각했죠. 그렇게 마음을 정리했는데 그놈이 갑자기 멀쩡한 얼굴로 다시 제 앞에 나타난 겁니다. 부분적이긴 하지만 사람들에 대한 기억까지 가지고 정말 예전 모습 그대로 나타났죠. 김건은 그 사고로 기억 대부분이 지워져가던 중이었습니다. 아무리 노력했다고 해도 이 년 만에 과거의 기억 대부분을 회복하는 것은 불가능합니다. 저는 김건을 싫어하는 것이 아닙니다. 오히려 반대예요. 지금도 예전의 그놈을 생각하면 가슴이 아립니다. 하지만 저건 '김건'이 아닙니다."

"듣고 보니 자네 말도 일리가 있어. 하지만 조금 마음을 열고 지켜봐주면 안 되겠나?"

신영규가 낮은 한숨을 내쉬었다.

"혹시 '불쾌한 골짜기 이론'을 아십니까?"

"그게 뭐지?"

"일본의 로봇공학자 모리 마사히로의 논문에 나온 용어입니다. 로봇이 인간과 지나치게 닮아갈수록 혐오도가 높아진다는 내용입니다."

"그건 로봇공학 이론 아닌가?"

"제가 김건을 볼 때 느끼는 게 바로 그겁니다."

신영규가 무거운 얼굴로 말했다.

"저놈은 김건을 닮은 로봇입니다! 놈이 김건 흉내를 너무 잘 내서 저는 불쾌한 겁니다."

괴로운 듯, 잠시 말을 끊었던 신영규가 다시 입을 열었다.

"저건 김건이 아니라 김건의 모습을 한 괴물이에요. 저는 저놈이 무섭습니다. 그리고 저놈을 저렇게 만든 놈의 의도도 무섭습니다. 저 괴물을 만들어서 세상에 내놓은 미친 과학자가 세상 어딘가 있습니다. 저놈은 바로 '프랑켄슈타인'이에요!"

김건과 소주희를 태운 낡은 폭스바겐이 경기도 화성에 있는 외국인 보호소에 도착한 것은 해가 고도를 낮추기 시작하는 오후 세 시를 훌쩍 넘긴 시각이었다. 두 사람은 면회 신청을 하고 면회실에서 프랑수아를 기다렸다. 이상한 것은 김건의 허리 벨트가 지나치게 길어서 수감자에게 전해질 위험이 있다며 보호소의 중년 여직원이 벨트를 맡기고 들어가게 했다는 점이다. 덕분에 김건은 흘러내리는 바지를 두 손으로 움켜잡고 걸어야 했다.

"이거, 많이 불편하네요."

"조금만 참아요. 프랑수아 만나야죠."

"저 직원, 잘 기억해두세요. 갈 때 꼭, 받아가야 됩니다!"

"네, 네!"

소주희는 건성으로 대답하며 먼저 걸어갔다. 그런데 재수 없게 날아가던 새가 두 사람에게 똥을 뿌리고 지나가는 바람에 둘 다 옷에 새똥이 묻었다.

"아, 이게 뭐야?"

"정말, 어떻게?"

다행히 심하지 않아서 우선 휴지로 간단하게 정리하고 기다렸다가 프랑수아 면회가 끝난 뒤에 씻기로 했다.

이곳은 강제로 추방되는 불법체류자들을 일정 기간 수용하는 곳이다. 2007년 여수 외국인 보호소에서 화재가 발생해서 열 명이 사망하고 열일곱 명이 부상하는 참극이 일어나면서 외국인 보호소의 열악한 환경이 알려졌고, 교도소보다 못한 곳이라는 감사 결과로 국회의원들의 질타를 받은 뒤로 지금은 많은 부분이 개선되어 이전보다 지내기 편하다고 홍보하고 있었다. 하지만 이곳에서 만난 프랑수아는 그렇게 편하게 지내는 것 같지 않았다.

"프랑수아!"

소주희가 면회실에서 만난 프랑수아를 보자마자 달려가서 손을 잡았다.

"얼굴이 이게 뭐야? 지난번에는 반쪽이더니 이젠 반의반쪽이 됐네!"

"저는 괜찮아요."

프랑수아가 어색하게 미소를 지었다.

"여기 식사, 입에 안 맞죠?"

프랑수아가 말없이 고개를 저었다.

"아, 너무 불쌍해요. 우리 프랑수아 어쩌죠?"

소주희가 눈물을 글썽이는 것을 김건도 이해할 수 있었다.

이전처럼 짧은 구류로 끝나지 않고 이번에는 국외 추방을 당할 수도 있다. 어쩌면 프랑스로 가지 않는 한 영원히 못 만날지도 모른다.

"정말 미안해요, 프랑수아. 엽서에 나온 시를 해독했는데, 그 식당이 문을 닫았대요."

"아!"

프랑수아가 입을 다물었다. 표정에 실망한 기색이 역력했다.

"아버지 친구를 찾아서 어떻게 하려는 거죠? 강제 송환을 앞둔 지금 상황에서 아버지 친구 찾기는 의미가 없잖아요?"

"어쩌면 그럴지도 몰라요. 사실, 아버지 친구를 찾으려는 이유는 아버지가 친구에게 뭔가를 맡겨뒀기 때문이에요."

"뭘 맡겨놔요?"

"중요한 단서라고 했어요. 그것이 있어야 한국을 도울 수 있어요."

"그럼 프랑수아도 뭔지 잘 모르는 거예요?"

프랑수아가 고개를 저었다. 김건은 답답한 마음에 다시 물었다.

"혹시나 해서 하는 말인데, 프랑수아가 말했던 한국의 위기가 뭔지 알려줄 수 있나요?"

"그건 제가 말해도 소용없을 거예요."

"왜요?"

"저 역시 아직 모르거든요. 아버지 친구를 찾아야 알 수 있어요."

"위기라면 큰일일 텐데 당연히 알게 되지 않을까요?"

"아니요."

프랑수아가 고개를 저었다.

"아마도 대부분의 사람들은 그런 일이 있었는지도 모르고 끝날 거예요."

"큰 위기인데 아무도 모르고 끝난다고요? 말이 안 되잖아요?"

"저는 김건 씨한테 거짓말 안 해요. 자세한 건 잘 모르니까 아는 것만 말한 거예요."

"프랑수아를 의심하는 게 아니에요. 그저 상황을 좀 더 자세히 알고 싶을 뿐이죠."

"그만하세요!"

소주희가 두 사람 사이에 끼어들었다.

"우리 프랑수아, 벌써 충분히 힘들어요. 그런데 아저씨까지 그러면 어떡해요?"

김건이 길게 한숨을 내쉬었다.

"주희 씨 말이 맞아요. 미안해요."

프랑수아는 다시 고개를 가로저었다.

"제 아버지 장은 옛날에 한국에 온 적이 있어요. 한국의 위기를 알고 도움을 주기 위해서죠."

"십 년 전에요? 그걸 어떻게 미리 알았죠?"

"뭔가가 준비되는 과정을 봤으니까요. 그건 '드래곤' 같은 거라고 했어요. 자라는 데 많은 시간이 걸리지만 다 자라면 엄청난 재앙이 되는 거죠."

"그래서 장이 그걸 미리 준비했다는 거예요?"

"네. 아버지는 친구들의 도움을 받아서 중요한 뭔가를 어느 장소에 보관했어요. 그때 도움을 준 친구들이 두 명인데 그중의 한 명이 바로 김성기 씨예요."

"김성기 씨? 얼마 전에 죽은 김성기 전 장관님요?"

소주희가 깜짝 놀라서 외쳤다.

"그럼 프랑수아, 김성기 씨를 만나봤어요?"

프랑수아가 고개를 저었다.

"전화 통화를 했지만 만나주지 않았어요. 언제부턴가 김성기 씨는 아버지의 뜻에 반대하고 갈라섰다고 했어요. 원래 계획은 김성기 씨를 통해서 아버지의 단서를 얻는 거였는데 실패했죠. 김성기 씨는 다른 한 친구가 아버지의 뜻을 이을 거라고 말했지만 연락처를 주지는 않았어요. 그래서 직접 그 친구를 찾아보기로 한 거죠. 하지만 이제 그것도 실패네요."

프랑수아가 고개를 숙이고 깊은 한숨을 쉬었다.

"미안해요. 프랑수아."

김건이 고개를 떨어뜨리며 말했다.

"최선을 다했지만 능력이 모자랐어요."

"아뇨. 사과하지 마세요. 김건 씨, 소주희 씨, 모두 감사해요. 이제 운명에 맡겨야죠."

김건과 프랑수아 두 사람 다 실망한 얼굴로 고개를 숙였다. 보다 못한 소주희가 벌떡 일어났다.

"아직 실망하지 말아요! 끝날 때까지 끝난 게 아니잖아요? 혹시 알아요? 소 뒷걸음질 치다가 쥐 잡을지?"

"그건 이런 경우에 쓰는 말이 아닌 것 같은데요."

김건이 시큰둥하게 받아쳤다.

"무슨 일인지도 모르니까 아직 시작도 안 한 거잖아요?"

"그건 그렇지만…. 어쨌든 포기하지 말자고요."

"주희 씨, 이제 됐어요. 어차피 저, 추방되면 한국을 도울 수 없어요. 어쩌면 이런 운명인가 봐요."

프랑수아가 평소 같지 않게 어두운 얼굴로 말했다.

"또! 또! 운명은 자신이 만드는 거라고요! 탐정 아저씨! 말

좀 해줘요!"

"저도 그러고 싶지만 지금은 방법이 없네요."

김건도 실망한 표정으로 고개를 저었다.

"이 상황에서 뭘 어떻게 하겠어요?"

"둘 다 정말…."

소주희도 말문이 막혔다. 두 사람의 어두운 기운이 자신에게까지 전염되는 기분이었다.

"나도 자세한 건 모르지만…."

그때였다. 갑자기 '플라이 미 투 더 문' 음악이 울리기 시작했다. 소주희의 휴대폰 벨소리였다. 소주희가 휴대폰을 꺼내 보고 깜짝 놀라며 말했다.

"어머니예요!"

"어머니? 프랑스에 계신?"

"거기 지금 몇 시죠?"

"한국이 여덟 시간 빠르니까 오전 일곱 시쯤이네요."

휴대폰을 얼굴로 가져가던 소주희가 김건에게 조용히 하라고 손가락을 세워보였다. 또다시 지난번처럼 불필요한 오해를 사고 싶지 않아서였다.

"여보세요, 어머니?"

"주희야! 그 식당 찾았다!"

"뭐라고요?"

"네가 말했던 '데메테르'라는 식당, 그거 찾았어!"

깜짝 놀란 소주희는 자기도 모르게 "식당을 찾았다고요?"라고 외쳤다. 면회실 안의 모든 사람이 자신을 쳐다보았지만 그녀는 아무것도 못 느꼈다.

"하지만 그 식당, 문 닫았다고 했잖아요?"

"그래! 파리 십육 구에 있던 그 식당은 분명히 오 년쯤 전에 문을 닫았어. 가게 주인 부부가 건강에 문제가 있었대. 그런데 그 아들이 뒤를 이어서 다른 곳에 가게를 열었대! 거기가 어딘 줄 아니?"

"어딘데요? 파리가 아닌가요?"

어느새 김건과 프랑수아도 소주희 옆에 바짝 붙어서 대화를 엿듣고 있었다.

"바로 한국 서울이야! 그 집 아들이 한국 유학생하고 결혼해서 한국에 프랑스 식당을 오픈했대!"

"서울이요?"

세 사람이 동시에 외쳤다. 정말 놀랍고도 충격적인 소식이었다. 다시 실낱같은 희망이 보이기 시작했다.

"고마워요, 어머니! 너무 너무 감사해요."

"마리가 지인을 통해서 알아봐줬어. 그리고 한국에 있

는 '데메테르' 연락처까지 알아서 확인 전화까지 했대. 틀림없어!"

"번호 좀 알려주세요."

소주희가 전화번호를 부르자 김건이 외워서 바로 전화를 걸었다. 확인을 마친 김건이 신나서 외쳤다.

"찾았어요, 주희 씨! 그 식당, 남산 근처에 있대요!"

김건의 목소리를 들은 유희빈이 나지막이 웃었다.

"지난번 그 사람?"

"네, 그렇긴 한데…. 지난번에는 오해예요. 제가 설명드릴게요."

"괜찮아! 나도 다 이해해."

"아, 진짜 아닌데."

"그것보다. 주희야!"

"네?"

"나도 부탁 하나 해도 되겠니?"

"뭔데요?"

"어머니보다 엄마라고 불러줄래?"

유희빈이 용기를 내서 말했다. 오랜 세월을 모녀지간보다 사제지간으로 지내온 두 사람이었다. 소주희는 한동안 대답을 망설이다가 천천히 입을 열었다.

"네, 엄마!"

"아, 정말 듣기 좋구나! 잘 지내고, 다음에는 네 남친 소개해줘야 한다?"

"네? 아니, 남친은 아니고⋯."

"그럼 썸남? 썸남 때문에 삼 년 만에 엄마한테 연락했다고? 믿을 수가 없는데?"

"아, 다음에 또 연락드릴게요. 엄마!"

"주희 씨!"

김건이 바지 허리춤을 움켜쥔 채 소주희를 불렀다.

"제 허리띠 어디 있는지 기억하세요?"

"프랑수아한테 물어보세요!"

소주희는 엄마와의 대화에 정신이 팔려서 건성으로 대답했다.

"저는 지금 아무것도 안 입고 있어요!"

프랑수아가 대답했다. 벨트를 '차다', 혹은 '매다'보다 '입다'라고 말하는 것은 외국인의 전형적인 한국말 실수였다. 소주희는 '아차!' 하고 그대로 굳어버렸다.

"아 참, 벨트, 입구에서 아줌마한테 맡겼지! 나가면서 찾아가죠."

김건의 말에 소주희는 한 번 더 놀랐다.

"주희야, 너… 한 사람만 있는 게 아니니?"

유희빈이 떨리는 목소리로 물었다.

"엄마! 아니… 저기, 그건 맞는데, 지…진짜 오해예요."

소주희는 열심히 변명하려고 했지만 입이 떨어지지 않았다. 오랫동안 무서워하고 두려워했던 엄마였다. 긴장하니 더 말이 안 나왔다.

"아, 주희 씨! 프랑수아가 씻는 곳 알려준대요. 우리, 같이 씻으러 가죠! 어휴, 땀도 많이 흘렸네!"

"네, 주희 씨! 우리 같이 씻어요!"

김건과 프랑수아의 해맑은 목소리가 쐐기를 박았다. 소주희는 더 이상 변명할 힘도 없어서 그대로 눈을 감았다.

"주희야. 오늘은 이만 끊자. 다음에 네 남자 친구들, 소개해줘."

전화기 너머로 긴 한숨 소리가 들리며 신호가 끊어졌다.

"남자 친구들, 아닌데."

소주희가 망연자실한 얼굴로 두 남자를 쳐다보았다. 아무것도 모르고 식당을 찾은 행운만 기뻐하며 두 남자는 어깨춤을 추면서 천진난만하게 웃고 있었다.

"아악!"

소주희가 있는 힘껏 소리를 질렀다. 면회실 안의 모든 사람들이 놀라서 그녀를 쳐다보았다.

"왜 그래요? 주희 씨?"

"무슨 일 있어요?"

김건과 프랑수아가 물었지만 그들에게 설명할 방법이 없는 소주희였다.

"아니요. 그냥, 너무 좋아서요. 하아!"

하늘을 보며 긴 한숨만 쉬었다.

길고 긴 하루의 끝에 걸쳐진 태양의 강렬한 빛으로 남산이 붉은 그림자를 드리울 때, 서울 타워는 평범했던 낮의 모습을 버리고 화려한 조명으로 전신을 치장한다. 숲속에서 나오는 상쾌한 공기가 밤이 되면 한층 더 가벼워지면서 산허리에서 시작된 투명한 바람이 산마루와 부딪혀 흩어지며 시원하게 서울 전체로 퍼져나간다. 남산은 서울의 중심에 높이 솟아서 명동과 이태원을 아우르고 씨실날실처럼 연결된 수많은 터널로 서울의 동서와 남북을 연결한다.

남산 부근은 예전부터 여러 나라 사람들이 모여들어 각양각색의 형태로 정착한 곳으로 유명했다. 이국적인 기념품 가게부터 집시풍의 옷 가게, 생소하지만 정겨운 먹거리를 파는 아늑한 식당까지 전 세계의 온갖 문화가 뒤섞인 자유롭고 관용적인 분위기가 형성되어 있었다.

김건과 소주희가 남산에 도착한 것은 이미 가로등과 네온사인이 뉘엿뉘엿 지는 해를 대체하기 시작할 무렵이었다.

"저기 있어요!"

김건이 담쟁이로 뒤덮인 붉은 벽돌 건물을 가리키며 말했다.

"어디요? 저 프랑스어 몰라요!"

"저기요! 한글로 '데메테르'라고 쓰여 있잖아요?"

"그래요? 눈이 침침해서 잘…. 안경을 써야 하나?"

소주희가 손가락으로 안경을 만들어 쓰며 말했다.

가게 앞에 차를 세우고 두 사람은 서둘러 밖으로 나왔다.

'데메테르'는 화려한 호텔식 코스요리를 선보이는 식당이 아니라 마음 편하게 가벼운 주머니로도 먹을 수 있는 가정식 프랑스요리를 표방하는 곳이었다.

프랑스에서 가져온 앤티크 가구들과 오래된 깃발 등이 작은 가게 안에 적절하게 배치되어 아늑한 느낌을 주었다. 어둑한 조명에 테이블마다 켜진 작은 촛불 덕에 테이블 하나하나가 외따로 떨어진 작은 섬처럼 보였다. 이곳에서 식사하는 손님들은 아마도 모두 자신만의 무인도에서 식사하는 기분을 느낄 것이다.

소주희는 문을 열고 들어서자마자 풍기는 버터에 볶은 양파의 달달하면서 고소한 향에 자기도 모르게 발을 멈춰 서서 눈을 감고 가슴 깊이 냄새를 들이마셨다.

"어서 오세요. 김건 씨, 소주희 씨 맞죠?"

계산대에 있던 중년 여인이 두 사람을 맞이했다.

"프랑스 친구한테서 연락을 받았어요. 십 년 전 '데메테르'를 찾으신다고요?"

"네, 맞습니다. 십 년 전 파리에 있던 데메테르에 왔던 손님을 찾고 있습니다."

"십 년 전 손님이요? 너무 막연한데요. 그 손님이 유명한 사람인가요?"

"그건 아닙니다. 하지만 좀 특이한 점이 있어서 식당에서 일하셨던 분이라면 기억할지도 모릅니다."

"글쎄요, 어려울 것 같은데. 아무튼 제가 사장님 모셔올게요."

여인이 사무실처럼 보이는 안쪽 방으로 들어가서 누군가를 불렀다. 프랑스어로 대화하는 소리가 들리더니 두 사람이 밖으로 나왔다.

"안녕하세요. 제가 세바스티앙입니다."

중년의 프랑스 남자가 느린 한국말로 말했다.

"안녕하세요, 세바스티앙 씨, 여기 사장님이세요?"

세바스티앙이 손을 저으며 "아니요. 사장은 우리 와이프고 저는 종업원입니다." 하며 활짝 웃었다. 둥근 얼굴에 몽톡한 코를 가진 사람 좋아 보이는 인상이 매력적이었다. 활짝 웃을 때마다 오랜 시간 동안 웃어서 만들어진 주름이 기분을 좋게 만드는 마법 문자처럼 선명하게 드러났다.

"반갑습니다. 저는 김건이라고 합니다. 이쪽은 소주희 씨예요."

"아, 반갑습니다."

두 손으로 얼싸안으며 진심으로 반가워하는 세바스티앙에게서 기분 좋은, 낙천적인 바이러스 같은 것이 전파된 듯 김건과 소주희의 기분도 덩달아 밝아졌다.

"세바스티앙 씨 부모님께서 십 년 전에 파리에서 '데메테르'를 운영하셨다고 들었습니다. 그때 같이 일하셨나요?"

"위!"

세바스티앙이 곧바로 대답했다.

"저는 수셰프였어요. 아버지를 도와서 일했죠. 어머니는 서빙과 계산을 담당했고요. 지금 우리처럼."

세바스티앙과 중년 여인이 서로를 보며 활짝 웃었다.

"아, 그럼 혹시, 단골 중에 프랑스 남자와 한국인 두 명이 자주 만나던 팀이 있었나요?"

"글쎄요. 그런 사람들이 워낙 많아서…. 잘 모르겠는데요."

한국에 온 지 오 년이 됐다는 세바스티앙은 느리지만 확실한 한국말을 구사했다. 아내의 나라에 적응하기 위해서 부단히 노력한 것 같았다.

"죄송하지만 잘 생각해보세요. 떠오르는 사람 없나요?"

세바스티앙이 고개를 가로저었다.

"미안하지만 너무 오래돼서 기억이 안 나요."

다시 막막해진 느낌에 김건의 표정이 어두워졌다. 간신히 잡은 실낱같은 희망이 끊어진 느낌이었다.

"아저씨, 셰프니까 요리를 물어보면 기억하실지 몰라요."

"아! 그렇지!"

소주희의 훈수에 김건이 힌트를 얻었다.

"십 년 전 삼월 말쯤, 솔 베로니크를 주문했던 세 사람이 취소한 적이 있나요?"

한동안 골똘히 생각하던 세바스티앙이 박수를 치며 말했다.

"위! 맞아요! 자주 오시던 한국 손님 두 분이 솔 베로니크

삼 인분을 예약했다가 취소한 적 있어요. 한 사람이 사망했나? 그랬던 것 같아요."

"맞아요! 바로 그 사람들이에요. 프랑수아의 아버지 장이 사망해서 모임을 취소했다고 했거든요."

"아, 그래요?"

세바스티앙과 그의 한국인 아내도 기뻐했고 김건과 소주희도 서로 손을 맞잡고 펄쩍 뛸 정도로 기뻐했다. 그러다가 장의 죽음을 떠올리고는 조금 숙연해졌다.

"혹시, 그 손님들에 대한 정보를 가지고 계신가요? 이름이나 연락처, 아무거나!"

김건이 다시 조심스럽게 물었다. 지금부터가 중요하다. 희망이 이어질지 끊어질지가 세바스티앙의 다음 대답에 달려있다.

"아, 그건 직접 물어보세요."

"네?"

전혀 예상 밖의 대답에 김건이 뜨악했다.

"그 손님 중의 한 분, 프랑스에서 박사 학위 받고 한국에 왔어요. 지금 교수예요. 우리 가게 단골이죠!"

"그게… 정말이에요?"

김건과 소주희, 두 사람은 이 믿을 수 없는 행운에 어안이 벙벙해졌다.

"어떻게 이런 일이?"

"정말, 소 뒷걸음에 쥐를 잡았어!"

김건이 놀라서 말했다.

어느새 두 사람은 서로의 손을 꼬옥 쥐고 있었다.

"그분을… 만날 수 있을까요?"

"아, 운이 좋으시네요. 마침, 오늘 와계세요."

여사장이 말했다.

"지금, 여기요?"

"네, 잠깐만요. 소개해드릴게요."

여사장이 창가 쪽에 혼자 앉아서 와인을 마시고 있던 중년 남자에게 가서 뭔가를 설명했다. 남자가 벌떡 일어나며 김건과 소주희 쪽을 쳐다보았다. 귀신을 본 것 같은 표정이었다.

"처음 뵙겠습니다."

소주희가 먼저 머리를 숙였다.

"누구시죠? 두 분?"

김건도 모자를 벗어 가슴에 대고 정중하게 고개를 숙였다.

"민간조사원 김건이라고 합니다. 언제나 최선의 결과를 내도록 노력하겠습니다."

"민간조사원이면 탐정? 저한테 무슨 일로…."

"혹시, 이 엽서 기억하시나요?"

김건이 프랑수아의 푸드 트럭에서 가져온 엽서를 꺼내 보였다. 남자가 놀란 표정으로 김건과 엽서를 번갈아 쳐다보았다.

"이건 내가 보낸 엽서인데! 대체 이걸, 어디서?"

"저희들은 장의 아들 프랑수아의 친구입니다. 프랑수아의 부탁을 받고 아버지의 친구인 선생님을 찾고 있었습니다."

"믿을 수 없군! 지금, 이 엽서만 가지고 나를 찾았다는 건가요?"

"네, 여러 사람들 도움을 받고, 운도 좋았습니다."

"하지만 그거, 암호로 써놓은 거예요. 우리들 말고는 아무도 못 풀 텐데…"

"많이 힘들긴 했습니다. 그런데 왜 친구들끼리 암호로 이런 엽서를 보내신 겁니까?"

김건의 질문에 남자가 옛날 일을 떠올리듯 눈을 감았다.

"우선, 장에 대해서 얘기해야겠네요. 장은 예술가이자 미식가였어요. 미술평론가이자 문학평론가였고 미식평론가이기도 했죠. 하지만 그는 이론에만 치우치는 다른 평론가와는 달랐어요. 그의 지론이 '대안 없는 평론은 어린아이의 불평에 지나지 않는다.'였거든요. 많은 평론가들이 다른 사람의 흠

집을 잠기에 바쁠 때 그는 실제로 어떻게 하면 더 좋아지는가를 직접 보여줬죠. 본인이 운영하는 레스토랑이 미슐랭 별을 받기도 했어요. 뭐, 주방장은 아내였지만 그의 미각이 식당 운영에 도움을 준 건 사실이죠. 예술가의 나라 프랑스에서도 그는 보기 드문 천재였어요. 그리고 다른 사람들처럼 뒤에 숨어 있지 않고 항상 앞에서 행동했죠. 수많은 반정부 시위를 주도하고 친구들과 약자의 편에 서서 싸웠어요. 하지만 아이러니하게도 나중에는 오히려 그의 도움을 받았던 친구와 약자들이 그를 공격했죠. 그래서 외국인인 우리를 만나는 게 그에게는 심리적인 휴식처가 되었던 것 같아요. 하지만 많은 반정부 시위 경력 때문에 항상 경찰의 감시를 받았어요. 그래서 그런 암호 엽서를 쓰기 시작한 겁니다. 다른 사람들의 방해 없이 마음 편히 쉬고 싶었겠죠. 우리를 만날 때면 정치나 다른 골치 아픈 이야기 없이 그냥 맛있는 와인을 마시며 사는 이야기를 했었죠."

과거를 회상하며 그는 자기도 모르게 미소를 지었다.

"장의 한국 사랑은 유별났어요. 그는 동양의 문화나 역사에도 정통해서 같이 있으면 오히려 그 친구에게 우리도 몰랐던 사실들을 배우곤 했죠. 한국에도 몇 번이나 찾아와서 한국 문화재와 미술품들을 조사했습니다. 당시 한국 정부에서는 그 열정에 감탄해서 전담 공무원을 보내서 도왔지요. 그런데 정말 궁금하네요. 어떻게 이 암호를 풀었나요?"

"쉽지는 않았습니다. 처음에는 아나그램으로 중복된 단어를 찾아냈죠. 그게…."

"코르누코피아!"

김건과 중년 남자가 동시에 말했다.

"맞아요. 틀림없어요. 하지만 진짜 어려운 건 메뉴와 식당인데, 그걸 어떻게?"

"빅데이터 기술로 단어의 의미를 유추할 수 있었습니다. 도버의 은혜는 서대기를 말하는 거고, 무와삭의 은혜는 포도를 말한다는 것을 알아낸 다음, 이 두 가지를 이용해서 만드는 대표적인 프랑스 요리를 찾았더니 바로…."

"솔 베로니크!"

남자가 감탄하듯 말했다.

"훌륭해! 솔직히 우리 이외에 다른 사람이 이 암호를 풀 거라고는 상상도 못했어요. 심지어 파리 경시청 보안과에서도 이 암호를 풀려다가 포기했다는 말을 들었어요. 그냥 도청하고 미행하는 게 더 간단하다는 거였죠. 그런데 십 년도 더 지나서 한국 사람이 이 암호를 풀다니! 솔직히 놀랐어요. 아, 계속하세요."

"네, 다음이 가장 어려웠습니다. 마지막 행에서 식당 이름을 찾기가 너무 힘들었어요. 그러다가 지옥의 여왕과, 어머니, 그리고 아나그램의 키워드인 코르누코피아가 사실은 모두 한 인물을 지칭한다는 사실을 알았죠."

"데메테르…. 그렇게 찾아냈군. 하지만 데메테르는 우리가 갔던 식당 말고도 몇 개는 더 있었는데 어떻게 특정했죠?"

"프랑수아가 힌트를 줬습니다. 장이 파리를 지옥이라고 표현했다는 것에 착안해서 파리의 스무 개 구를 한 쌍씩 열 개로 묶었죠."

'에헴' 하고 소주희가 헛기침을 했다.

"아, 여기 주희 씨가 힌트를 줬죠. 그렇게 나눈 열 개의 구를 단테의 『신곡』에 나오는 아홉 개의 지옥과 입구의 강에 대입했습니다."

"훌륭해! 기가 막히는군! 그래요. 장은 항상 파리를 완벽한 지옥이라고 묘사했어요. 결국 십육 구에 있던 데메테르가 우리가 가려던 식당이었지."

"네. 그런데 그 식당이 문을 닫았다고 하더군요. 사실 거기서 모든 것이 끝난 줄 알았습니다."

"그 식당은 문을 닫고 한국으로 옮겨왔어요. 나도 그 사실을 나중에 알고 바로 여기 단골이 됐죠."

"그게 행운이었습니다. 이미 문을 닫은 가게라는 사실을 알고 사실상 포기했었거든요. 파리 대사관에 계신 분이 지인을 통해서 '데메테르'의 사장 아들이 한국 여자와 결혼해서 한국에 가게를 오픈했다는 말을 전해주었지만 반신반의(半信半疑)했습니다. 그리고 이렇게 우여곡절 끝에 선생님을 뵙게 된 거죠."

"이런 일이…. 정말 일생에 한 번 있을까 말까 한 경험을 했어요. 그날, 마지막 만남이 취소되고 다시는 장을 볼 수 없게 됐을 때 우리 인연은 거기서 끝이라고 생각했죠. 우리는 그 사람의 트리하우스(Tree house: 서양에서 아이들을 위해 나무 위에 지은 놀이방. 어린 시절 마음의 위안을 얻는 곳) 같은 친구였어요. 장이 힘들고 외로울 때마다 만나는 휴식처였죠. 그는 우리가 자신의 진짜 인생에 결부되는 것을 원하지 않았어요. 그래서 그가 죽었다는 소식을 듣고도 장례식에 가지 않았죠. 그런데 이렇게 다시 그 친구와 연결되다니! 아, 그런데 장의 아들이 한국에 있다고요?"

"네, '프랑수아'라고 합니다."

"아, 가끔씩 그 친구, 아들 사진을 보여주곤 했죠. 아주 귀여운 아이였는데. 지금은 벌써 성인이 됐겠네요. 스물둘이나 셋쯤 됐나요?"

"한국 나이로 스물넷입니다."

"그렇군! 세월이 정말 빨라! 아, 그런데 나를 찾은 이유가 뭔가요?"

"그건 프랑수아가 직접 말씀을 드려야 할 것 같습니다. 저희가 받은 부탁은 선생님을 찾는 것까지였어요."

"본인이 직접 못 온 이유가 있나요? 혹시 어디 아픈가요?"

"아닙니다."

소주희가 말했다.

"프랑수아는 지금 외국인 보호소에 억류되어 있습니다."

"외국인 보호소에? 그럼 불법체류자라는 건가요?"

"비자에는 문제가 없어요. 인터폴에서 범죄자 주변 인물을 지칭하는 청색 수배 대상이랍니다. 그래서 강제 구금 되었습니다."

"청색 수배라, 아마도 장의 전력 때문일 겁니다. 장은 미술품 밀매로 인터폴 적색 수배를 받았으니까 그럴 만도 하지요."

"미술품 밀매요? 그럼 장의 아버지가 범죄자?"

소주희가 놀라며 되물었다.

"아, 그 반대예요. 당시에 장은 행동주의 예술가들의 모임에서 리더 역할을 하고 있었어요. 그 조직은 여러 활동을 했지만 프랑스와 서구 열강이 강제로 빼앗은 아시아와 아랍, 아프리카의 국보와 미술품을 원 주인에게 돌려주는 운동을 하고 있었어요. 거기에는 한국의 국보들도 포함되어 있죠. 그의 행동에 많은 사람들이 찬성했고 그중에서도 몇 사람은 지하 조직을 만들어서 비밀리에 미술품 반환운동을 했습니다. 그중 하나가 도난당한 미술품을 사들여서 원래 나라로 되돌려 주는 것이었죠."

"대단해요!"

소주희가 외쳤다.

"완전 의적이잖아요?"

"우리 입장에선 그렇죠. 하지만 프랑스 당국과 보수주의자들은 그를 눈엣가시로 여겼어요. 음양으로 장과 가족들을 공격했고, 때문에 그들은 하루도 편하게 산 적이 없었어요. 하지만 장은 조금도 굽히지 않았어요. 도리어 항상 이렇게 말했죠. '내가 포기하면 결국 보수주의자들의 음모가 성공한다.'고요"

"보수주의자들의 음모요? 그게 뭐죠?"

"그것까진 몰라요. 아까 말한 것처럼 장은 우리에게 피해를 주고 싶어 하지 않았어요. 우리를 만날 때는 이런 급진적인 이야기는 가급적 배제하고 일상적인 이야기만 했죠. 오히려 이런 이야기들은 다른 사람들을 통해서 알게 된 거예요."

"다른 사람들이요?"

"장의 동료들…. 나는 파리 대학 예술학부에 있었는데 그 대학에도 장의 동료들이 꽤 있었어요. 오히려 그들을 통해서 장의 이야기를 더 많이 알 수 있었죠."

"아, 그러셨군요."

김건이 고개를 끄덕였다. 한꺼번에 너무 많은 것을 알게 된 밤이었다. 하지만 막연함 대신에 뭔가가 정리되어가는 느낌이었다.

털썩 의자에 앉아 넋을 놓고 있던 남자가 갑자기 정신이 든 듯 말했다.

"이런, 내가 정신이 없네요. 우리 아직까지 통성명도 안 했죠? 저, 이런 사람입니다."

한불 미술연구소 소장
○ ○ 대학교 교수

윤 범

남자가 벌떡 일어나며 명함을 꺼내서 내밀었다.

김건과 소주희도 명함을 주고받았다.

"오, 진짜 탐정에, 오? 소주희 씨는 프랑스 셰프네요? 오늘
은 대단한 분들을 많이 만나네요. 아, 그럼 프랑수아는 언제
만날 수 있죠? 사실 나도 장에게 부탁받은 게 있어서 꼭 만나
고 싶어요."

"면회는 가능하지만 프랑수아, 지금 강제 추방될 위기에
놓였어요."

소주희가 어두운 표정으로 말했다.

"이런, 그 정도로 심각한가요? 상황을 자세하게 알아봐야
겠네요."

두 사람에게서 프랑수아에 대한 이야기를 상세하게 들은
윤범 교수가 바로 휴대폰으로 어딘가 전화를 걸었다.

"응, 나야. 미안한데 뭐 하나만 좀 알아봐줘. 아니, 급한 일
이야!"

긴장이 풀린 김건과 소주희는 서로 얼굴을 마주 보며 웃었
다. 일이 이렇게 풀릴 거라고는 생각도 못 했다! 윤범 교수가
전화를 끊고 자리에서 일어났다.

"미안하지만 내일 내가 프랑스로 출장을 떠나요. 그쪽에서
도 친구들 통해서 좀 알아볼게요."

"네, 부탁드립니다."

"감사합니다."

"두 분, 만나서 반가웠습니다."

휴대폰을 들여다보며 윤범 교수가 문 앞으로 걸어갔다.

"아, 교수님!"

갑자기 김건이 윤 교수를 불렀다.

"네?"

"혹시, 장이 활동하던 그 조직, 이름이 뭔지 아십니까?"

"아, 들은 적 있어요. 이런 이름으로 기억하는데, 레메…
게톤!"

◦─◦≡◦◦◦≡◦─◦

해가 미처 하늘 위로 다 오르기도 전인 이른 아침이었다.
채 여덟 시도 안 된 오전, 검은색 자동차가 인천국제공항 출
국장 앞에 정차했다. 차에서 내리는 프랑수아 옆에 두 명의
법무부 직원이 서 있었다. 한 사람은 덩치 큰 젊은 남자였고
또 한 사람은 마른 체형의 중년 남자였다.

"그러니까 파리에서 꼭 먹어봐야 되는 건 크레페도 아니고
크로크무슈도 아니야. 바로 바게트 샌드위치지!"

중년 남자가 힘 있게 말했다.

"바게트, 우리나라에도 많잖아요?"

"뭘 모르네, 프랑스산 밀로 만든 바게트는 근본적으로 틀려. 겉은 바삭하고 안은 쫀득한 게 차원이 다르다고! 거기다가 프랑스 치즈랑 햄도 정말 기가 막히다! 기분 좋은 짠맛, 알지? 케첩이니 머스터드니 이딴 거 안 넣어도 그냥 그 자체로 맛있어!"

"에이, 전 달달한 게 좋은데!"

"조용히 해라! 인마!"

그들은 거칠게 프랑수아를 끌어내려 좌우에서 부축하듯 안으로 이끌었다. 프랑수아는 말없이 초췌한 모습으로 그들에게 끌려 공항 청사 안으로 들어갔다. 유리문 안으로 들어서기 전에 그는 마지막으로 뒤를 돌아보았다. 그곳에서 보이는 풍경은 길게 뻗은 도로와 넓은 주차장밖에 없었지만 그는 마지막으로 한국의 모습을 봐두고 싶었다. 구름 한 점 없는 푸른 하늘이 끝없이 펼쳐져 있었다. 오늘 따라 대기질도 좋아서 미세먼지 수준도 '나쁨' 단계에 불과했다. 요즘의 한국에서는 이 정도면 양호한 편이다. 심호흡을 할 때 '콜록' 하고 마른기침이 나왔다.

아버지가 사랑했던 이 나라에 와서 이들에게 도움이 되고 싶었지만 그를 원하지 않는 사람들이 더 많았다. 이제 그들의 권력에 굴복해서 아무 소득 없이 프랑스로 돌아갈 일만 남았다.

이른 새벽, 보호소 직원이 갑자기 그를 깨웠다. 그의 강제 추방이 결정되었다는 것이다. 이해할 수 없는 일이었다. 이렇게 갑자기 추방이 결정된 것도 그렇고 이렇게 곧바로 추방을 집행하는 것도 이해가 안 되는 일이었다. 아무에게도 알리지 않고 변호사나 외부의 도움을 청할 틈도 없이 황망하게 프랑수아는 끌려 나왔다. 이것은 정상적인 법과 절차를 무시한 행위였다. 큰 권력을 가진 누군가가 그렇게 해서라도 프랑수아를 이 나라에서 쫓아내고 싶어 하는 것 같았다.

법무부 직원들은 조금의 시간도 낭비하지 않았다. 그들은 쌀쌀한 이른 아침에도 커피나 샌드위치 같은 것은 거들떠보지도 않고 곧장 입국 수속대로 향했다. 공무원증과 여권을 보여주자 미리 연락을 받은 항공사 직원이 담담한 표정으로 수속을 도와주었다. 비행기에 오르는 것은 프랑수아와 역도 선수처럼 덩치 큰 남자 직원이었다. 파리 드골 공항에 도착하면 프랑스 법무국 직원이 나와서 인계를 받기로 되어 있었다.

"떠들거나 난동 피우면 수갑 채울 거야!"

직원이 프랑수아에게 으름장을 놓으며 어깨를 떠밀었다.

모욕적이고 불쾌했다. 쓸쓸한 웃음밖에 나오지 않았다. 그 태도가 법무부 직원의 심기를 건드렸다. 프랑수아가 자신을 비웃는다고 생각한 그는 아까보다 더 세게 그를 밀쳤다. 며칠 동안 제대로 식사를 못한 프랑수아가 휘청하고 힘없이 앞으로 밀려 넘어졌다. 앞에 있던 사람이 그를 부축해주었다.

"메르시."

프랑수아는 감사하다고 말하며 자신을 붙잡아준 사람을 올려다보았다. 구식 양복을 단정하게 입고 중절모를 쓴 남자가 씨익 웃으며 "*Bienvenue*(천만에요)."라고 대답했다. 김건이었다!

"프랑수아! 이제 괜찮아요. 파이팅!"

그 옆에 소주희도 서 있었다.

"김건 씨! 주희 씨! 여긴 어떻게?"

"저분 도움을 받았습니다."

김건이 옆에 서 있는 노신사를 가리켰다. 둥근 얼굴에 둥근 안경, 둥근 입모양으로 웃고 있었지만 아주 매서운 눈빛을 한 사람이었다.

"아! 변호사님!"

프랑수아가 반갑게 외쳤다.

"와주셨네요!"

"늦어서 미안해요, 프랑수아 씨. 외국 출장에서 방금 돌아왔어요."

단정한 정장 차림을 한 노신사가 명함을 꺼내 보였다.

"프랑수아 마르셀 씨의 변호를 맡은 변호사 이선구라고 합니다."

법무부 직원들은 당황해서 서로 눈치만 보았다. 이 일은 아무에게도 알리지 않고 신속하게 처리하기로 되어 있었다. 변호사가 나타나면 문제가 복잡해진다.

"죄송하지만 지금 변호사님이 하실 수 있는 일이 없습니다. 프랑수아 마르셀 씨는 프랑스 법무국의 양해를 받아서 인도하는 겁니다. 절차상 아무 문제가 없습니다."

"문제가 너무 많아서 뭐부터 말해야 할지 잘 모르겠네요."

노신사가 걸걸한 목소리로 비웃듯 말했다.

"우선, 프랑수아 씨가 무슨 죄를 지었지요?"

"그게… 불법 체류, 무허가 식당 영업 등등."

덩치 큰 직원이 말하자 변호사가 끌끌 혀를 찼다.

"그게 추방 사유가 된다고 보시나요?"

"그게… 저…"

덩치 큰 직원이 말을 더듬자 고참이 끼어들었다.

"프랑수아 마르셀은 인터폴 청색 수배 대상입니다. 그래서 프랑스 법무국의 요청에 따라서 강제 송환 절차를 밟고 있는 겁니다."

"그 말씀, 확실합니까?"

"네?"

"프랑스 법무국이 송환 요청을 한 게 확실한가요?"

"저희는 그렇게 알고 있습니다."

"거기서 벌써 모순이 있네요!"

변호사가 지적했다.

"청색 수배는 인터폴에서 내린 건데 왜 프랑스 정부가 송환을 요구합니까?"

이번에는 고참 직원의 말문이 막혔다. 하지만 그는 노련하게 다시 반론을 제기했다.

"프랑수아 마르땅 씨가 불법 영업을 한 건 엄연한 사실입니다. 그래서…."

"마르땅이 아니고 마르셀이에요. 그리고 불법 영업은 잘해야 벌금형이지 추방 대상이 아닙니다. 거기다 프랑수아 마르셀 씨는 영업 허가를 받기 위한 수속을 진행하고 있었어요. 영업 허가증이 없다는 이유로 추방한다는 건 말이 안 됩니다."

"저희도 공무원으로서 절차와 규범에 따라서…."

"강제 추방에는 기본 원칙이 있어요."

고참 직원의 말을 변호사가 담담하게 끊었다.

"가장 중요한 건 쌍방가벌성(雙方可罰性)의 원칙입니다. 인도의 대상이 되는 범죄는 대체로 인도 청구 시 청구국과 피청구국 쌍방에서 범죄를 구성할 것을 전제로 하여 일정한 기준 이상의 중대한 범죄에 국한한다! 이것이 기본 원칙입니다. 당신들 주장대로 제 의뢰인이 불법 영업을 했다고 해도 그것은 한국과 프랑스 쌍방에서 범죄로 인정될 만큼 중대한 범죄로 볼 수 없습니다."

"그 말씀은 다 맞지만…."

고참 직원이 필사적으로 말했다. 그의 이마에서 굵은 땀방울이 흘러내렸다.

"저희는 공무원으로서 프랑스 정부의 요청에 따라 이 사람을 인도하는 것뿐입니다!"

"그건 걱정 마세요."

변호사가 빙긋 웃으며 말했다.

"이미 오류를 바로 잡았으니까 곧 연락이 올 겁니다."

"네? 그게 무슨…."

말이 끝나기도 전에 고참 직원의 휴대폰이 울렸다.

"네, 전화 받았습니다. 네? 뭐라고요? 벌써 공항에 와 있는데 그러면…"

얼굴이 빨개진 고참 직원이 돌아서며 항의하듯 말했다. 하지만 금방 체념한 듯 전화를 끊고 한숨을 쉬며 돌아섰다.

"프랑스 법무국에서 연락이 왔답니다. 다른 사람을 착각했답니다. 프랑수아 마르땅… 아니 마르셀 씨, 송환할 필요 없답니다."

김건과 소주희가 환호성을 지르며 프랑수아를 얼싸안았다. 법무부 직원들의 안색이 삶은 게 껍질처럼 붉어졌다.

"어떻게 하신 거예요? 프랑스에 아는 사람이 있었어요?"

프랑수아가 변호사에게 물었다.

"제가 아니라 윤범 교수님이 도와줬어요. 그분 아주 힘 있는 친구들이 많더군요. 프랑스에 있는 친구를 통해서 프랑수아 씨 송환 요청 건을 철회시켰어요."

"그랬군요."

'윤범'이라는 이름을 들은 프랑수아의 표정이 미묘하게 굳어졌다.

상급자와 통화를 마친 고참 직원이 변호사에게 말했다.

"하지만 일단 보호소로 돌아가야 합니다. 프랑수아 씨가 풀려나려면 절차가 남았습니다."

"선생님 입으로 프랑스 정부의 요청으로 제 의뢰인의 신병을 확보했다고 하셨죠? 그럼 이제 프랑스 정부가 실수를 인정했으니까 더 이상 법적 구속력이 없습니다. 안 그런가요?"

"그건 맞지만 절차라는 게."

"절차가 필요하다면 여기서도 가능하죠. 공항 청사도 법무부 관할이니까요. 다시 보호소로 돌아갈 필요는 없습니다. 제가 여기서 수속을 할 테니 가장 가까운 곳으로 가시죠."

변호사의 말에 다시 토를 달지 못하고 법무부 직원들이 수긍했다. 앞에서 뚱한 표정으로 걷던 덩치 큰 직원이 "아, 바게트 샌드위치 못 먹겠네." 하고 중얼거리자 고참 직원이 곧장 면박을 주었다.

"조용히 해라, 인마!"

해가 저물면 공원은 낮 시간의 밝고 가벼운 기운과는 다른 어둡고 무거운 기운으로 바뀐다. 공원 속 야생의 식구들은 아무도 없는 이 시간에 활발히 움직이며 진짜 그들의 삶을 영위한다. 늦은 밤, 가로등과 조명이 하나둘 꺼지고 도심 속의 모형 정원 같은 작은 숲의 불빛이 명멸하며 사라지면, 이곳에서는 더 이상 사람의 그림자를 찾을 수 없다. 긴 잠을 자던 진짜

주인들이 기지개를 켜며 구겨진 날개를 펴기 시작한다.

하지만 오늘 밤은 아니다! 이미 충분히 늦은 밤이지만 어두운 공원 밖에서 커다란 불빛 두 개가 다가오고 있었다. 기껏 어둠 속에서 사냥을 시작하려던 부엉이는 언짢은 얼굴로 둥근 머리를 다시 날개깃 속에 깊이 처박고, 이제나저제나 눈치만 살피던 작은 들쥐들은 그 틈을 타 잽싸게 먹이를 주우러 다시 굴 밖으로 나섰다.

프랑수아는 공원 입구 근처에 차를 멈추고 옆면의 칸막이를 들어 올렸다. 한국에 와서 익숙해진 기계음과 진동에 심장이 떨렸다. 다시 새로운 뭔가를 시작한다는 기대감에 한껏 들떠서 어둠에 눌려 낮게 깔린 차가운 공기를 가슴속 깊이 들이마셨다. 몇 개의 간이 테이블을 꺼내서 펼쳐놓고 접이 의자도 가지런히 놔두었다. 스토브의 불을 켜고 조명들이 각각의 테이블을 비추도록 설치한 뒤 프랑수아는 힘껏 두 손을 마주쳤다. 큰 소리에 숲속에 숨어 있던 겁 많은 새 몇 마리가 푸드덕 날아올랐다.

"자, 시작할까?"

이제 다시 신데렐라 포장마차의 영업이 시작되었다. 프랑수아는 얼굴 가득 행복한 미소를 지었다.

"축하합니다!"

갑자기 일단의 사람들이 나타났다.

"아, 여러분! 메르시! 다들 잘 오셨어요!"

김건과 소주희를 필두로 몇몇 단골들, 이철호 회장과 주동신도 있었다. 이상한 것은 이철호 회장과 주동신이 별 위화감이 없다는 것이었다. 이철호 회장에겐 이전에 주동산과 같이 있을 때 보였던 불안함이 없었다. 오히려 더 스스럼없이 주동신을 대하고 있었다. 소주희는 주동신을 볼 때마다 애매한 표정을 지었다. 아직 누가 누군지 모르겠다는 표정이었다. 신포에서 조금 떨어진 곳에 클래식 세단이 서 있었지만 소주희는 그쪽으로는 눈길도 주지 않았다.

"응? 그건 뭐죠?"

프랑수아의 호기심 어린 시선이 소주희가 양손으로 들고 있는 납작한 케이크를 향했다. 그 위에 불꽃 하나가 타고 있었다.

"이건 제가 만든 두부케이크예요. 한국에는 교도소에서 나온 사람에게 두부를 먹이는 관습이 있어요. 일제강점기부터 시작된 관습인데 하얀 두부를 먹어서 마음을 깨끗이 하라는 뜻도 있고, 교도소에서 부족했던 영양소를 보충하라는 의미도 있대요. 프랑수아, 한 입 하세요!"

"하지만 저는 보호소에 있었지 교도소가 아닌데요?"

"어쨌든 안에서 제대로 먹지도 못하고 고생했잖아요? 자, 어서!"

"그래요. 프랑수아, 좀 들어봐요."

사람들이 거들자 프랑수아도 웃으며 두부케이크 한 조각을 집어서 입에 넣었다. 사람들이 박수치며 환호했다.

"와! 맛있어요. 부드럽고, 달지 않아서 좋은데요."

프랑수아가 케이크를 꿀꺽 삼키고 말했다.

"주희 씨, 정말 좋은 페이스트리 셰프예요! 멋져요!"

"감사합니다. 아직, 멀었어요."

소주희가 말했다.

"응? 주희 씨 평소하고 다른데요. 왜 이렇게 겸손하시죠?"

"저 원래 이런데, 무슨 말씀을… 호호호!"

입은 웃으면서도 소주희가 눈으로 쏘아보고 있어서 김건은 뜨악해서 입을 다물었다.

"다들 너무 감사해요. 아, 저도 선물 있어요. 잠깐만요."

프랑수아가 차 안으로 들어가서 바쁘게 뭔가를 만들기 시작했다. 고소하면서 달콤한 과일 향이 퍼지자 사람들은 눈을 감고 냄새에 빠져들었다. 냄새만 맡아도 행복해지는 기분이었다. 프랑수아가 오래지 않아 뚜껑을 덮은 접시 하나를 들고 나왔다.

"감사의 의미로 오늘은 요리 하나를 준비했습니다. 브알라!(Voilà, 프랑스어로 짜잔!)"

뚜껑을 열자 김이 모락모락 나오는 생선요리가 모습을 드러냈다. 청포도 소스로 맛을 낸 서대기 요리였다.

"아! 솔 베로니크군요?"

"한국산 서대기로 만들었어요."

"서대기는 정약용의 『다산어보』에도 나오죠. 이거, 아주 맛있겠는데!"

이철호 회장이 감탄하며 말했다.

"여러분, 모두 앉으세요. 오늘은 제가 쏩니다!"

프랑수아의 선언에 모든 사람이 환호하며 자리에 앉았다.

사람들이 각각 테이블에 자리 잡고 프랑수아는 바쁘게 솔 베로니크를 조리하기 시작했다.

"프랑수아, 피곤하지 않아요? 도와드릴까요? 그렇게 며칠 쉬라니까, 바로 다음 날 가게를 열어요?"

소주희가 걱정스럽게 물었다.

"괜찮아요. 저는 이래야 힘이 나요."

말 그대로 차 안에서 분주하게 움직이는 프랑수아가 빛나 보였다.

"자, 다 됐어요!"

"서빙은 제가 할게요."

소주희와 김건이 음식 접시를 테이블로 옮겼다.

"오늘은 특별히 아껴둔 와인도 있습니다. 비싼 건 아니지만 맛있는 보르도 와인이에요. 제가 쏩니다!"

사람들이 박수치며 환호했다.

모든 사람들이 솔 베로니크와 보르도 와인을 받아들고 즐거운 얼굴로 프랑수아의 요리를 즐겼다. 김건과 소주희도 트럭 옆에 있는 스툴에 앉아서 솔 베로니크를 먹기 시작했다.

"아, 이런 맛이구나!"

김건이 감탄하며 말했다.

"이건 화려한 맛이라기보다 오히려 그리운 맛이네요."

"맞아요. 솔 베로니크는 집에서도 자주 만들어 먹는 요리예요."

"고마워요, 프랑수아. 덕분에 이런 것도 맛보네요. 잘 돌아왔어요."

"저도 고향집에 온 것 같아요. 고마워요."

두 사람의 말에 프랑수아도 코끝이 찡해져서 살짝 고개를 숙였다.

"고마워요. 모두 여러분 덕분이에요."

프랑수아의 인사에 사람들 모두 박수를 치며 환호했다.

"특히, 두 분. 정말 감사해요."

김건과 소주희는 고개를 저었다.

"우리보다 아버지 친구인 윤범 교수님 덕분이죠. 그런데 그 분 아주 힘 있는 분인가 봐요."

"유감스럽게도 윤 교수님은 일 때문에 프랑스로 가셨답니다. 거기서 프랑스 법무부와 송환 문제를 해결하신 모양이에요. 돌아오는 대로 만나러 오시겠답니다."

김건의 말에 프랑수아가 어깨를 으쓱했다.

"언제든 기회가 있겠죠."

김건과 소주희도 그를 따라서 웃으며 어깨를 으쓱해 보였다. 빨리 빨리에 익숙한 한국인들이 프랑스식의 유쾌한 낙관주의에 전염되는 느낌이었다.

나뭇가지를 흔드는 선선한 바람소리와 바지런한 풀벌레의 날갯짓 소리만 간간이 들려오는 자정 무렵의 공원에서 사람들은 달빛을 조명 삼아 만찬을 즐겼다. 다소 여위고 기운이 없어 보였지만 프랑수아는 이전과 같은 웃는 얼굴로 사람들을 대하고 있었다.

"프랑수아."

음식을 먹으며 눈치를 보던 김건이 조심스럽게 입을 열

었다.

"네?"

"이제 무슨 일인지 말해줄 수 없나요?"

프랑수아가 가만히 김건을 쳐다보았다.

"뭘 알고 싶으세요?"

"전부 다!

김건은 담담하게 말했지만 그 눈빛은 조금도 흔들리지 않았다.

"가능한 대로 다 말해줘요."

프랑수아도 그의 마음을 읽고 고개를 끄덕였다.

"알았어요. 하지만 아마 실망하실 거예요."

"프랑수아가 아는 것만 말해주면 돼요. 그럼 실망하지 않을 겁니다."

어두운 숲속을 가만히 응시하며 잠시 생각을 정리한 다음 프랑수아가 입을 열었다.

"우선, 이건 알아주세요. 저는 여러분을 속이거나 어떤 이익을 얻으려는 게 아니에요. 저는 아버지의 유지를 이어받아서 한국에 온 거예요."

"알아요, 프랑수아. 저는 프랑수아를 절대, 의심하지 않아요."

소주희의 대답에 김건은 앞서 유치장에서의 일을 떠올리고 "팬클럽회장이시네." 하며 작게 한숨을 내쉬었다.

"고마워요. 제 대답은 지난번과 같아요. 제 아버지 장은 급진주의 행동파 예술가였어요. 많은 사람들이 아버지의 뜻을 따랐죠. 그들은 주로 사회적 약자를 위한 운동을 했는데 그 중에서도 가장 중요한 일은 프랑스에 보관된 한국, 중국, 이집트, 아랍, 아프리카 등의 예술품과 보물들을 그 나라로 돌려주는 운동이었죠. 그들은 그 모임을 '레메게톤'이라고 불렀고, 항상 어머니의 레스토랑이 문 닫은 뒤에 식당에서 모임을 가졌어요."

그 이야기는 윤범 교수에게 들었던 것과 일치했다. 그의 말에 거짓은 없어 보였다.

"'레메게톤'은 밀거래되는 미술품을 되사거나 훔쳐서 자국으로 되돌려주는 운동을 했고, 많은 사람들이 비밀리에 그들을 도왔어요. 몇 번이나 성공해서 여러 나라에 잃어버린 미술품을 돌려줬는데, 그중에는 한국도 포함되어 있어요."

"한국도? 아! 그럼 십몇 년 전에 어느 프랑스 호사가가 한국이 잃어버린 국보를 자기 돈으로 사서 돌려줬다는 기사를 봤는데, 그게 바로?"

이철호 회장이 놀란 얼굴로 물었다.

"아마 그럴 거예요."

"소오름!"

"와, 대단해요! 프랑수아 아버지, 정말 좋은 분이잖아요?"

"고마운 분이네요."

김건도 동의했다. 프랑수아는 담담하게 말을 이어갔다.

"처음에 그들은 자신들의 선의가 세계에 전달될 거라고 믿으며 기뻐했어요. 하지만 얼마 안 돼서 좌절하기 시작했죠."

"왜요?"

"국보를 되돌려준 나라에서 그것을 제대로 관리하지 못해서 다시 도둑맞는 일이 생겼거든요. 한국에 돌려준 보물도 몇 년 뒤에 다시 도둑맞았죠."

"아, 기사에서 봤어요. 이거 참 부끄럽군."

이철호 회장이 침통한 얼굴로 고개를 저었다.

"더 심한 건 아랍 권역에 되돌려준 보물이 파괴된 일이었어요. 아랍 쪽에서는 과거 불교 문명 때의 보물을 제대로 관리하지 않는 경우가 많아요. 거기다 탈레반 같은 조직은 선전을 위해서 불교 문화재를 파괴하기도 했죠."

"아프카니스탄 말이군요. 과거에는 찬란한 불교문화를 꽃피웠던 곳인데 이슬람의 침략으로 멸망하고 모든 불교문화가 사라졌죠. 탈레반에 의한 바미얀 마애석불 파괴 사건은 아주 유명하잖아요."

말하는 김건의 표정도 어두워졌다.

"맞아요. 그런 일들이 반복되자 '레메게톤' 내부에서도 서로 의견 충돌이 일어났어요. 계속 원래 나라에 보물을 돌려주자는 의견과 더 이상의 행동은 자원 낭비라는 의견으로 매일 싸움을 했죠. 그 과정에서 '레메게톤'은 분열됐고 더 적극적인 행동을 취하는 급진파와 예전대로의 방식을 고수하는 온건파로 나뉘었어요. 리더였던 내 아버지 장은 온건파에 남았어요. 급진파의 리더는 '라파엘'이라는 사람이었는데 나중에는 마피아와 손을 잡았어요. 그들은 위험한 일에 손을 대기 시작했고 적극적으로 아버지를 방해했어요."

프랑수아는 잠시 말을 멈추고 숨을 골랐다. 그가 얼마나 힘들게 말을 하는지 모두가 다 느낄 수 있었다.

"일은 점점 더 어려워졌어요. 아버지를 지지하던 많은 사람들이 등을 돌렸어요. 부자들의 도움이 있어야 밀거래되는 미술품을 살 수 있었는데 그 일도 점점 어려워졌죠. 동료들도 거의 다 떠나고 아버지는 외롭게 그 일을 계속했어요. 그 과정에서 아버지는 거의 모든 재산을 써버렸어요. 남은 것은 어머니의 식당뿐이었죠. 모든 사람들이 말렸지만 아버지는 뜻을 굽히지 않았어요. '모든 보물은 원래 있던 자리에서만 진정한 가치를 가진다.'라는 것이 아버지의 지론이었죠. 그는 자신을 돕는 사람을 찾아서 많은 곳을 다녔어요. 그러다가 한국인 친구를 통해서 한국에 있는 부호를 알게 됐죠. 아버지는 직접 한국에 와서 그 친구를 만났고 자신의 뜻을 밝힌 다음 도움을 받게 됐죠."

한국인 부호라는 말에 김건은 긴장했다. 혹시 얼마 전에 만났던 아세아 씨의 남편? 많은 미술품을 숨겨두고 있었던 그와 관계가 있을까?

"그런데 한국에 왔을 때 아버지는 '레메게톤' 급진파에 남아 있던 옛 친구의 연락을 받았어요. 그는 급진파에서 뭔가 엄청난 것을 꾸미고 있다고 말했어요. 그리고 그것이 전 세계, 특히 한국과 중국, 일본, 태국, 베트남 등의 역사 깊은 아시아 국가를 노리고 있다는 말도 했죠."

"그게 무슨 일이에요?"

"아버지도 모른다고 했어요. 다시 파리로 돌아왔을 때 그 친구는 이미 죽었어요. 교통사고였죠."

"아! 설마!"

이철호 회장이 외쳤다.

"맞아요. 마피아가 그를 죽인 거죠. 그리고 얼마 뒤에 제 아버지 장도…. 집에 총을 든 강도가 들어왔어요. 마피아가 잘 쓰는 방법이죠."

프랑수아는 말을 잇지 못하고 얼굴을 찡그렸다. 그런 모습의 프랑수아는 한 번도 본 적이 없었다. 소주희는 손으로 입을 가렸다. 모두가 그를 안타깝게 쳐다보았다.

"미안해요. 프랑수아."

김건이 사과했지만 프랑수아는 고개를 저었다.

"괜찮아요. 어머니와 저는 살아남았어요. 어머니는 저를 데리고 파리를 떠나서 어머니 고향인 바닷가 마을로 가서 작은 식당을 하며 저를 키우셨어요. 언제 '라파엘'이 보낸 사람이 찾아올지 몰라서 불안한 생활이었지만 어머니는 최선을 다해 저를 키웠죠. 그렇게 몇 년이 지났을 때 누군가가 우리를 찾아왔어요. 그 사람은 부모님의 옛 친구였죠. 저와 어머니에게 아버지의 마지막 말이 담긴 동영상을 보여줬어요. 아버지는 라파엘이 뭔가 무서운 일을 꾸민다고 했어요. 그 일은 시간이 많이 걸리지만 일단 완성되면 한국, 중국, 일본의 역사를 영원히 바꿔버릴 거라고 말했어요."

김건은 프랑수아가 했던 말을 떠올렸다.

'그것은 용처럼 성장하는 데 시간이 걸리지만 다 자라면 무서운 재앙이 된다.'

도대체 그것이 무엇인지 짐작도 가지 않았다.

"그 일이 뭔지 모르나요?"

"저도 몰라요."

프랑수아는 고개를 저었다.

"제가 아는 건, 아버지에게 들은 말뿐이에요. 용이 완전히 자라기 전에 한국으로 가서 친구들을 찾으라고 했어요. 이런 말도 했죠. '조용한 아침의 나라에서 다섯 명의 기사(騎士)를 찾아라. 그리고 용을 맞이할 준비를 하라'고요."

모두가 한동안 입을 열지 못했다. 그의 말이 사실이라면 뭔가 어마어마한 일이 닥칠 것이 분명했다. 그리고 프랑수아는 위험을 무릅쓰고 우리에게 경고를 하러 온 것이었다.

"그래서 이렇게 포장마차를 열었군요. 그… 기사를 모으기 위해서."

김건이 무겁게 말했다. 모든 것이 지나치게 동화 같은 이야기였다.

"미안하지만 좀 믿기가 힘드네요. 너무 판타지 이야기 같잖아요. 다섯 명의 기사라니 도대체…"

주동신이 고개를 갸우뚱하며 말했다. 귀에 걸린 금색 십자가가 유난히 반짝거렸다. 김건만 그런 생각을 한 것이 아니었다.

"아! 저도 그렇게 생각해요. 다섯 명의 기사는 아버지가 한 이야기가 아니라 '마담 샬롯'이 한 말이에요."

"마담 샬롯?"

"어머니의 친구예요. 진짜 실력 있는 영매사죠."

"영매사요? 무당?"

"그 사람은 진짜 싸이킥이예요. 아버지가 돌아가시던 날, 그분 전화를 받고 엄마가 저를 데리고 집을 떠났죠. 우리가 떠났을 때 검은 옷을 입은 사람들이 집으로 들어왔어요. 계속 집에 있었으면 우리도 아마…."

모든 사람들이 멍한 표정으로 입을 벌리고 있었다. 믿기 힘든 이야기의 연속이었다.

"비밀 조직에 마피아, 영매사까지… 이건 완벽한 '이야기' 야!"

이철호 회장이 탄복했다.

"네. 저도 그렇게 생각해요. 마담 샬롯은 수정 구슬을 보거나 타로 카드로 점을 치는 가짜가 아니에요. 그분이 예언할 때 손을 잡으면 정말 그 미래가 보여요."

"말도 안 돼!"

소주희가 자기도 모르게 소리를 높였다.

"그런 거 다 사기잖아요?!"

"저도 그런 줄 알았어요. 직접 보기 전까지는…"

사람들의 의심을 이해한다는 듯 프랑수아가 빙긋 웃었다.

"그럼 프랑수아도 그 미래를 봤나요?"

김건이 물었다.

"우리도 다 본 거예요?"

소주희도 물었다.

"봤어요. 하지만 자세한 건 아니에요. 제가 본 건 음식을 먹으며 웃는 사람들, 셀 수 없이 많은 한국의 보물들, 그리고 용이에요."

"용? 용을 봤어요?"

이철호 회장이 놀라며 물었다.

"요즘 세상에 진짜 용이 있다고?"

"어떤 용인지는 모르겠어요. 무슨 깃발인지도 모르고… 하지만 확실히 용의 이미지였어요."

"이거 참, 믿기도 그렇고 안 믿기도 그렇고…."

이철호 회장이 고개를 저으며 말했다.

"그럼 그때부터 한국에 올 준비를 한 건가요? 아버지의 유지를 이으려고?"

주동신의 물음에 프랑수아가 고개를 끄덕였다.

"그때부터 한국어를 공부하고 요리하는 법을 배웠어요. 엄마한테서 매일 요리 수업을 받았죠. 매일 아침부터 밤까지 열심히 공부했어요. 그렇게 한국에 올 준비를 했습니다."

소주희는 프랑수아의 말에 충격을 받았다. 프랑수아도 자신처럼 어렸을 때부터 요리를 배웠다. 하지만 그는 스스로 목표를 가지고 노력했고 자신은 꼭두각시처럼 시키는 대로만 했다가 결국 그 길을 포기했다.

"정말 존경스러워요. 프랑수아!"

소주희가 떨리는 목소리로 말했다.

"저 옛날부터…."

말하려던 순간 입을 닫았다. 갑자기 주동산이 한 말이 떠올라서였다.

'자존감이 높은 사람은 상대방이 나하고 맞는지에 주목하지만 자존감이 낮은 사람은 상대방에 자신을 맞추려고 하죠. 스스로에게 자신감이 없기 때문에 상대방에게 자신을 맞추려고 하는 겁니다.'

"고마워요, 주희 씨. 별로 대단한 건 아니에요. 제가 원해서 한 거니까요."

프랑수아가 손을 내저었다.

"그렇게 한국에 왔고 푸드 트럭을 시작했죠. 사람들을 만나며 거의 다 준비됐다고 생각했지만, 그들이 먼저 움직이기 시작했어요. 용이 자라는 시간이 생각보다 빨랐던 거죠."

"흠흠!" 낮고 굵은 기침 소리가 사람들의 주목을 끌었다. 이철호 회장이었다.

"우선, 고맙다는 말을 먼저 해야겠어요."

그가 숙연한 표정으로 입을 열었다.

"지금 그 말대로라면 프랑수아는 알지도 못하는 사람들을 위해서 목숨을 걸고 이 먼 곳까지 온 거예요. 아무나 할 수 있는 일이 아닙니다. 당신은 영웅이에요!"

"아니요."

프랑수아가 고개를 저었다.

"제 아버지는 괴로워했어요. 다른 나라를 도우려고 만든 조직이 오히려 그 나라를 해치려고 한다는 사실 때문에 괴롭다고 했어요. 제가 여기에 온 것은 책임감을 느꼈기 때문입니다. 아버지가 못한 일을 대신 이루고 싶습니다."

"말이 안 나오네요."

김건이 말했다.

"프랑수아가 얼마나 무거운 마음으로 여기에 왔는지 짐작도 못 했어요."

"그런데 어떻게 그렇게 밝을 수 있죠?"

소주희의 물음에 프랑수아가 활짝 웃었다.

"왜냐하면 전 알고 있었거든요."

"뭘요?"

"꼭 좋은 사람들을 만날 거라는 사실이요!"

모두가 숙연해졌다. 이렇게 끝없이 긍정적인 프랑스 청년에게 무한한 감동을 느꼈다. 밑도 끝도 없이 요리 실력 하나만 믿고 머나먼 타국에서 아버지의 유언을 지키려고 온 젊은이의 행동력도 대단했지만, 꼭 좋은 사람들을 만날 거라고 믿는, 어떻게 보면 철없는 젊은이의 치기(稚氣)라고 치부할 수도 있는 그 낙관주의엔 정말이지 감탄을 금할 수가 없었다. 모든 사람들이 같은 생각으로 입을 열지 못했다. 과연, 내가 같은 입장이라면 저 젊은이처럼 할 수 있었을까?

"탐정 아저씨, 이제 됐어요? 아직도 프랑수아 의심하세요?"

손으로 눈물을 훔치던 소주희가 난데없이 김건에게 쏘아댔다.

"저도 딱히 프랑수아를 의심한 건 아닙니다. 그저 앞뒤 사정을 알고 싶었던 것뿐이죠."

"하지만 아저씨 때문에 우리 프랑수아, 마음 아프잖아요!"

"우리 프랑수아, 우리 프랑수아 하시는데 그 정도로 프랑수아랑 친합니까?"

프랑수아만 감싸는 소주희의 태도에 마침내 김건도 발끈

했다.

"여기서 '우리'라는 표현은 한국어의 관용적 표현으로 친근감을 나타내는 의미로 쓰입니다."

프랑수아가 끼어들자 마음이 상한 김건이 "나도 알아요!" 하고 쏘아붙였다. 그때 '땡땡' 하며 맑은 유리종 소리가 들렸다.

"자! 이제 그만하시고."

이철호 회장이 포크로 와인 잔을 두드리며 일어섰다.

"이제 우리가 할 일은 명백합니다. 프랑수아는 목숨을 걸고 우리에게 경고하러 왔고 그 사실만으로도 감사할 일입니다. 프랑수아의 말이 맞을지 아닐지는 좀 더 시간을 두고 지켜봐야겠지만 우리는 주의를 게을리하지 않으면서 닥쳐올 위험에 대비해야겠습니다. 하지만 우선…."

이 회장이 술잔을 들어 올렸다.

"오늘은 이 멋진 요리와 와인을 즐깁시다! 프랑수아, 한마디 부탁해요!"

이 회장의 요청에 프랑수아가 잠시 생각에 잠겼다.

인간에게 희망이 떠난 뒤에 무엇이 남는가?

한국 사람들을 돕겠다는 오직 한 가지 생각으로 이곳에 왔지만 벽에 부딪혔고 모든 희망을 잃었었다. 이제 남은 것은 아무것도 없다고 생각했을 때, 친구들이 나타났다. 그리고 그 친구들이 불가능을 가능으로 만들었다.

앞으로 어떤 일이 일어날지도 모르고 앞으로 어떻게 될지도 모르지만 이 사람들을 만난 것만으로도 자신의 여행은 가치가 있었다는 사실을 프랑수아는 너무나 잘 알고 있었다. 혼자서 품고만 있는 희망은 하룻밤 단꿈으로 끝나지만, 도움을 주는 친구들과 함께하는 희망은 진짜 현실이 된다. 어쩌면 아버지 장은 이것을 알려주고 싶어 했는지도 모른다.

모든 사람의 시선이 신데렐라 포장마차의 주인에게 모였다. 프랑수아가 활짝 웃는 얼굴로 술잔을 들어 올리며 말했다.

"*Bon appetit*!(맛있게 드세요)"

-fin-

글
로
우

칵
테
일

칵테일 *cocktail*

-
- 칵테일(Cocktail)은 술과 여러 종류의 음료, 첨가물 등을 섞어 만든 혼합주이다. 무알코올 혼합 음료도 칵테일이라고 불리며 때로 목테일(Mocktail)이라 부르기도 한다. 만드는 사람의 기호와 취향에 맞추어 독특한 맛과 빛깔을 낼 수 있다.

  1795년경 미국 뉴올리언스의 페이쇼라는 약사가 달걀 등을 넣은 음료를 조합해서 만들어 프랑스어의 콕티어(Coquetier)라고 부른 것이 최초라는 설이 유력하다. 혼합한 알코올음료에 닭 꼬리깃털(Cock-tail)을 올려서 만들었다는 설도 있다.

  칵테일의 기원은 인도와 페르시아 등에서 시작됐다. 이 지역에서 오래전부터 있던 '펀치'라는 혼성음료를 만들어 마시는 문화가 유럽으로 전파되었다는 설이 지배적이다.

오케스트라의 부드러운 음악이 흐르며 무대 위로 하얀 안개가 펼쳐졌다. 여신처럼 아름다운 신부와 신처럼 잘생긴 신랑이 축배의 잔을 들고 있다. 밝은 조명이 꺼지고 푸른빛의 은은한 조명이 켜지자 무대 전체에 신화 속 세상처럼 신비한 분위기가 감돌았다.

어두운 조명 아래에서 두 사람의 손에 들린 술잔이 밝은 초록색으로 빛났다. 남자의 잔보다 여자의 잔이 더 밝고 영롱해 보였다.

"아!"

"와!"

여기저기서 감탄사가 터져 나왔다.

무대를 장악한 두 사람의 옷과 장신구에서도 은은한 빛이 흘러나왔다. 너무나도 아름다운 연출에 모두가 넋을 잃고 있었다. 모든 것이 완벽했다. 두 사람은 잔을 들어 건배하고 서로의 팔을 엮어 술잔을 입에 가져갔다. 러브 샷으로 이 아름다운 그림을 완성하려는 순간이었다.

"잠깐!"

갑자기 한 남자가 튀어나와 두 사람을 제지했다.

"마시면 안 됩니다."

고풍스런 양복에 중절모까지 쓴 남자를 제지하려고 보안 요원이 달려왔지만 남자는 품위 있게 그들을 살짝 피하며 외쳤다.

"그 잔에는 독이 있습니다!"

종로에 있는 시계골목은 더 이상 과거의 영화를 찾아볼 수 없었다. 1970년대 활황의 봄날을 맞이했던 이곳은 1980년대까지 불같은 여름 한철을 보냈고, 대한민국의 IMF 구제금융 요청이라는 쌀쌀한 가을을 맞더니, 휴대폰이 보급되기 시작한 2000년대부터 매서운 한파가 불어 닥치기 시작했다. 한때 골목 안쪽 깊은 곳까지 시계가게가 빽빽이 들어앉은 탓에 '시계의 메카'라고 불렸던 곳이지만 지금은 간판만 남은 빈 가게

들이 유적처럼 듬성듬성 주저앉아 있을 뿐이었다.

이곳 가장 깊은 골목 안쪽에 '심영사'가 있었다. 대한민국에서 내로라하는 시계 장인들이 모인 이곳에서 자신들이 못 고치는 물건을 맡긴다는 최고의 장인이 여기에 있었다. 바로 '시계귀신'이라 불리는 '이수락 명장'이었다. 시계수리공으로서 그의 명성은 한국보다 외국에서 더 드높았다. 자동차 바퀴에 깔려 산산 조각난 어느 유럽 총리의 시계를 백 퍼센트 복원하면서 그는 천재 시계공으로 이름을 알렸다. 스위스의 유명한 시계회사에서 그를 스카우트하려고 몇 번이나 사람을 보내 엄청난 연봉을 제시했지만 그는 이 제안을 단칼에 거절하고 그 자리에 그대로 남아 있었다. 이유는 하나뿐이었다. 한국 시계에 자신의 손길이 필요하다는 것이었다. 이런 도인 같은 면 때문에 유명해졌지만 사실 그의 실력은 말로 설명할 수 없는 경지에 닿아 있었다. 심지어 정보력이 뛰어난 일본의 시계 애호가들이 시계수리를 더 많이 맡기는 추세였다. 죽어버린 공룡의 뼈대 같은 시계골목에서 이 집만큼은 아직도 손님이 드나드는 이유였다.

김건은 조금 삐걱대는 문을 조심스럽게 열고 안으로 들어갔다.

"선생님!" 하고 불렀지만 시계명장은 돌아보지 않았다. 습관이었다. 한창 일에 열중할 때면 그는 주위의 모든 것을 무시했다. 예전 군사독재 시절에 이 골목을 찾았던 대통령을 무시하고 일만 했던 일화는 유명하다. 그를 잘 모르는 사람은 이런 태도 때문에 화를 내기도 해서 명장은 친구가 많지 않았다. 심지어 하나뿐인 손녀조차 이런 할아버지를 싫어했다. 하지만 그는 결코 다른 사람의 평가에 일희일비하지 않았다.

시계명장은 확대경을 눈에 낀 채, 미세한 손놀림으로 먼지만큼 작은 기어를 머리카락만큼 가는 톱으로 썰어서 다듬고 있었다. 하나하나, 시간이 지날수록 아주 작은 무(無)에서 아주 작은 유(有)가 만들어졌다. 그는 이 순간, 다른 우주를 만들기 위해 지금의 우주를 떠나 있었다.

인간은 결코 두 개의 우주에 동시에 존재할 수 없다. 그것이 규칙이다!

김건은 빙긋 웃으며 가게 안 이곳저곳을 구경하기 시작했다. 언제나처럼 그의 시선은 가게 중앙의 한곳에 멈췄다. 정교한 모조 카나리아가 들어 있는 황금빛 새장이었다. 특이하게 새장 아래에 시계가 있는 이 조형물은 십팔 세기의 시계명장 피에르 자케 드로가 완성한 오토마통(Automaton) 시리즈의 하나로 프랑스 왕실에서 소유하던 것을 개인이 사들여 이수락 명장에게 복원을 부탁한 것이었다. 장장 이 년간 각고의 노력 끝에 시계를 수리했지만 정작 소유주와 연락이 끊어져 이곳에 보관한 지 십 년이 넘었다.

매시간 카나리아가 아름다운 소리로 춤추며 울어대는 이 시계의 메커니즘을 보고 있노라면 그저 경이로울 따름이었다. 이백 년 전의 작품이라고는 믿기지 않았다. 집중해서 시계를 고치는 이수락 명장과 집중해서 시계를 보고 있는 김건. 두 사람은 서로 말없이 한참 동안 자신들만의 세계에 빠져 있었다.

세 시가 되자 가게 안의 모든 자명종들이 일제히 제각각의 소리로 울어댔다. 각각의 소리들이 만들어내는 불협화음이 절묘한 화음을 이루고 있었다. 금빛 새장 속의 금빛 카나리아도 앞뒤로 몸을 흔들며 울기 시작했다. 아름답고 영롱한 소리였다.

"벌써 세 신가?"

이수락 명장이 수리하던 시계를 내려놓고 확대경을 눈에서 빼냈다.

"응? 언제 왔어?"

그때서야 김건을 발견한 명장이 반색했다.

"시계가 더 늘었네요. 지난번에 왔을 때는 삼백십칠 개였는데 지금은 삼백삼십사 개가 됐어요."

김건이 웃으며 말했다.

"아직도 숫자기억놀이 하나?"

노인이 가죽 주머니에서 담뱃잎을 꺼내서 파이프에 채워 넣으며 물었다.

"기억을 잡고 있으려면 어쩔 수 없어요. 조금만 방심하면 놓쳐버려요."

가게 진열장의 수많은 시계 컬렉션을 훑던 김건의 시선이 눈 결정체 모양의 시계에 멈췄다.

"눈처럼요."

"자네도 참 고생이 많네."

"그렇지도 않아요."

그가 나체의 여신이 시계를 들고 있는 모형을 집더니 귀에 갖다 대었다.

"인간은 죽을 때까지 자전거를 타고 앞으로 나가야만 하는 존재예요. 균형을 잡고 계속 전진하지 않으면 넘어져버리죠."

"멋진 말이네만…."

이수락 명장이 초콜릿향이 나는 향긋한 담배 연기를 길게 내뿜었다. 파이프담배는 시계밖에 모르는 그의 유일한 취미였다.

"자네가 틀렸어. 지금 이 안에 있는 시계는 모두 합쳐 삼백 삼십삼 개야."

"지금까지는 그렇죠."

그 말을 들은 김건이 빙긋 웃으며 주머니에서 회중시계를 꺼내 보였다.

"이것까지 합치면 삼백삼십사 개."

명장이 그의 회중시계를 받아들었다.

"시계가 느려져서요."

김건의 시계는 만들어진 지 백 년 가까이 된 오래된 물건이 었지만 아직도 작동되는 명품이었다.

"태엽 용수철이 풀렸어. 다시 한 번 감아주지."

그는 곧바로 담배를 내려놓고 시계의 뒷면을 열고 수리를 시작했다. 담배나 마저 피우고 하면 좋으련만 시계만 보면 바로 몸이 먼저 반응했다. 어쩔 수 없는 '시계귀신'이었다.

"자, 다됐네."

김건은 명인이 내민 시계를 귀에 대보았다.

'틱, 틱, 틱' 규칙적인 기계음이 기분 좋게 울렸다.

"세상에서 가장 정확한 기계가 뭔지 아나?"

이수락 명인이 파이프담배를 다시 물며 물었다.

"글쎄요, 관점에 따라…"

"그놈의 관점은!"

명인이 불쾌한 말투로 연기를 뻐끔거렸다.

"그런 사전적인 정의 말고 진리를 말하는 거야! 누구나 한 방에 알 수 있는…."

"아뇨, 모릅니다."

김건이 뒷머리를 긁었다. 이것이 그의 약점이었다. 지식은 소나기처럼 넘쳐나지만 지혜는 아지랑이처럼 간당간당하다.

"세상에서 가장 정확한 기계는 바로 심장이야!"

담담한 표정으로 명장이 말했다.

"누구나 알 것 같지만 모르는 거지. 콜럼버스의 달걀처럼 말해주면 알지만 그전에는 모르는 도리, 그게 바로 진리야!"

김건은 눈을 감고 시계소리를 들었다. 태엽소리가 정말 심장 박동처럼 느껴졌다.

"이전에 어떤 기자가 묻더군, 명장이 된 비결이 뭐냐고…. 간단해. 나는 심장소리에 맞춰서 메커니즘을 만들거든. 그것뿐이야. 심장처럼 뛰게 만들면 시계는 살아나는 거지."

"심장이라, 그게 비결이었군요."

길게 뿜어낸 푸른 연기가 부유하는 먼지를 흔들며 천천히 흩어졌다.

"남자는 말이야, 모름지기 그런 여자를 찾아야 하는 거야.

내 심장을 떨리게 하는 여자!"

"그럼, 사모님이 바로 심장을 떨리게 하는 분이셨나요?"

"그럴 리가!"

명장이 당치 않다는 듯 파이프를 뱉어냈다.

"내 심장을 떨리게 했던 사람은 이웃 마을 여대생이었어. 짝사랑만 하다가 보내버렸지. 그래서 평생 후회했어. 그런 사람을 놓치면⋯."

장인의 시선이 창문 넘어 먼 곳을 보고 있었다.

"평생 심장이 고장 난 채로 살아야 하는 거야."

김건이 회중시계를 품에 집어넣고 천 원을 돈 통에 넣었다. 명장은 간단한 수리에는 돈을 받지 않았지만 어려운 이웃을 위해 천 원을 받고 있었다.

"여기서 인생 상담을 받을 줄은 몰랐는데요?"

"그런 게 아니야!"

명인이 파이프를 거꾸로 두드려 재를 꺼내며 말했다.

"나는 진리를 알려주는 거야. 진리는 빛과 같아서 말로는 전할 수 없지. 오직 방향만 일러줄 뿐."

갑자기 김건의 스타텍이 울리기 시작했다.

"김건 조사원님? 좀 뵐 수 있을까요?"

이전에 들을 수 없었던 아리아 변호사의 긴장된 목소리가 스피커에서 울려나왔다.

"상의드릴 일이 두 가지 있어요."

명장은 다시 눈에 확대경을 끼고 시계부품을 손보기 시작
했다. 김건이 머리를 숙여 인사했지만 노인은 이미 자신만의
세계에 빠져 있었다.

그는 이 순간, 다른 우주를 만들기 위해 지금의 우주를 떠
나 있었다. 인간은 결코 두 개의 우주에 동시에 존재할 수 없
다. 그것이 규칙이다!

김건은 조용히 문을 닫고 가게를 나왔다. 삼백삼십삼 개의
시계가 그의 등 뒤에서 하나의 심장처럼 뛰고 있었다.

아리아는 벽에 걸린 그림을 노려보고 있었다. 깔끔한 정
장 차림의 그녀는 한 치의 흠도 없는 전문가의 모습이었다. 하
지만 지금은 그녀의 트레이드마크인 냉정함이 흔들리고 있
는 것처럼 보였다. 불안한 듯 긴 다리를 이리저리 움직이고 있
었다.

"이해가 안 되네요."

김건이 그녀의 옆에서 머리를 옆으로 갸우뚱한 채 그림을

보며 말했다. 두 사람은 현대 미술관에서 그림을 관람하는 중이었다. 위인지 아래인지 구분하기 힘든 그림을 한참 동안 보고 있자니 우주 공간에 있는 것처럼 평형감각이 사라진 느낌이었다.

"컬렉션 전체가 다 가짜라는 말인가요?"

"네."

아리아의 잠긴 목소리가 실내를 울리며 되돌아왔다. 그림을 관람하던 사람들의 시선이 두 사람을 향하자 그들은 겸연쩍은 표정으로 입을 다물었다.

"조사관님 덕분에 찾은 와인으로 언니는 경제적으로 안정을 찾았어요. 그런데 문제는 형부가 남긴 미술품이에요. 언니는 그 미술품을 모아서 형부 이름으로 작은 미술관을 만들려고 했어요. 그래서 전문가를 두 사람 불렀는데…."

아리아가 말을 멈추고 숨을 내쉬었다.

"그림이 모두 가짜일지도 모른다고 했어요."

갸우뚱했던 김건의 고개가 바로 섰다.

"전부 다요?"

"전부 다요!"

아리아에게서 초조함이 느껴졌다. 다른 사람이 아닌 언니의 일이라서 본인도 감정을 숨길 수 없는 모양이었다.

"전문가가 누구였죠?"

"일본인이었어요. '시바 료이치'라고 대학교수라던데요."

"'시바 료이치'"

김건은 한 손으로 턱을 바쳤다.

"그림은 어디서 감정했나요?"

"'한불 미술연구소'에서요. 정밀 감정을 하려고 맡겼죠."

"'한불 미술연구소'…. 한국 미술가 협회가 인정하는 유일한 미술품 전문 연구소. 미술품 복원부터 진위 감정까지 전방위에 걸친 미술 관련 업무를 취급한다…라고 되어 있네요."

김건이 양손 중지로 관자놀이를 빙글빙글 돌리며 말했다.

경외에 가득 찬 아리아의 시선이 김건을 향했다.

"어떻게 그걸 다 기억하세요?"

"인명사전을 외웠습니다."

그는 별거 아니라는 투로 말했다.

"김건 씨, 마음만 먹으면 변호사 되는 건 우습겠어요. 법전만 외우면 되잖아요?"

"그건… 제 취향이 아닙니다."

김건이 모자챙을 살짝 잡으며 말했다.

"또 다른 전문가는 누구였나요?"

"연구소 소장님이요. 형부 지인이었다고 하시던데, 성

함이…"

"윤범 교수!"

김건이 놀란 얼굴로 말했다.

"아는 분이세요?"

"네, 며칠 전에 만났습니다. 세상 참 좁네요."

프랑수아의 아버지 친구였던 윤범 교수. 그런데 그가 동시에 아리아의 형부의 지인이라니! 우연치고는 이상할 정도였다.

"먼저 그 그림들을 봐야겠어요. 그러고 나서 그 전문가라는 양반도 만나고."

"네, 부탁드릴게요."

"그럼 두 번째는 뭡니까?"

"네?"

"상의하실 일이 두 가지라고 하셨는데?"

"아, 네."

아리아가 얼굴을 붉히며 머뭇거렸다. 오늘의 그녀는 평소와 백팔십도 다른 모습이었다.

잠시 망설이던 아리아가 수줍게 입을 열었다.

"저랑 결혼식장에… 같이 가주실래요?"

그녀의 수줍은 눈망울이 김건을 향했다. 그의 심장이 '쿵!'

소리를 내며 뛰었다.

오케스트라가 연주하는 웨딩마치가 울리는 긴 통로를 김 건은 천천히 걸어갔다. 통로 끝에 단상이 놓인 무대가 있고, 그 앞에 하얀 정장 차림의 아리아가 서 있었다. 그녀의 두 볼 이 빨갛게 물들어 있었다. 이전에는 볼 수 없던 귀여운 모습에 저절로 웃음이 나왔다. 김건은 아리아 앞에 서서 모자를 벗 어들고 품위 있게 허리를 숙였다. 그리고 정중하게 손을 내밀 었다. 아리아가 부끄러운 듯 그의 시선을 피했다. 그러고는 손 을 들며 말했다.

"음악 좀 멈춰주세요!"

음악 담당자가 음악을 멈추자 거대한 홀이 고요한 적막에 빠졌다.

"좀 낫네요."

아리아가 어깨를 펴며 손으로 부채질을 했다.

김건이 다시 모자를 빙글 돌려서 올려 썼다. 왠지 아쉬운 표정이 감돌았다.

"나중에 이 일을 기억할 수 있을지 모르겠네요."

"네?"

"아닙니다. 그런데 여기, 오늘 예식은 저 두 사람, 한 쌍뿐이군요. 식장 전체를 하루 동안 통째로 빌린 건가요? 돈 많이 들었겠네요."

"아, 오늘 식을 올리는 예비신랑이 재벌가 아들이에요."

"어쩐지… 규모가 크다 생각했습니다."

"재벌 이 세라도 그 친구는 전혀 거만하지 않고 소탈한 사람이에요. 집안 체면 때문에 이렇게 하는 거죠."

"이해합니다. 누구나 사정이라는 게 있죠. 그런데 제가 어떻게 도와드리면 될까요?"

아리아가 미간을 찌푸렸다. 생각에 잠길 때의 습관 같았다.

"먼저 사정을 설명해드려야겠어요. 저희들은 모두 고등학교 동창들이에요. ○○○국제고등학교라고."

"아, 그 귀족학교라고 소문난…."

아리아가 얼굴을 찡그리며 한숨을 쉬었다.

"그렇게 알려졌죠."

"아, 죄송합니다. 계속하시죠."

"아시는 대로 그 학교는 대부분 성공한 집안 자제들이 다닙니다. 하지만 다 착한 애들이에요. 드라마에 나오는 것처럼 누굴 왕따시키고 등 뒤에서 일 꾸미고 하는 그런 사이코는 없었어요."

"그래요? 의외네요."

김건이 크게 고개를 갸우뚱했다.

"상식적으로 부유층 자제들은 재산과 신분 유지를 위한 부모들의 압박으로 스트레스 가득한 청소년기를 보낼 텐데?"

"우리는 안 그랬어요."

"흠!"

김건이 콧소리를 냈다.

"변호사님 느낌이 그랬다면 그런 거겠죠. 어차피 인간은 자신이 보고 싶은 부분만 보니까요."

"그런 거 편견이에요. 우리는, 정말 그런 사람 없었다니까요."

"그렇다고 해두죠. 이제 신랑신부 이야기 좀 해주세요."

아리아는 벽에 걸린 대형사진을 보면서 설명을 시작했다.

"오늘의 예비신랑인 김선우랑 예비신부 이가휘는 원래 연인 사이가 아니었어요. 왕빛나라는 애가 선우하고 연인이었죠. 어릴 때부터 집안끼리 알고 지내던 사이라 둘은 꼭 남매 같았어요. 어쩔 때는 빛나가 누나처럼 선우를 챙겨주고, 어쩔 때는 선우가 오빠같이 빛나를 챙겨줬거든요. 둘이 항상 티격태격하면서도 이상하게 잘 맞았어요. 선우는 감정을 잘 안 드

러내는데 빛나 앞에서는 안 그랬어요. 마음을 터놓은 것 같
았죠. 나중에 선우가 군대 제대하고 미국 동부로 유학을 가면
서 진짜 연인관계로 발전했어요. 그런데 성격이 잘 안 맞아서
헤어지고 다시 만나고를 반복했죠. 그것도 그 애들 사이에서
는 자연스러운 일이었어요. 워낙 어린 시절부터 알던 사이고
집안끼리도 자주 왕래해서 남매간에 싸우고 말 안 하는 것과
비슷한 느낌이었죠."

"그럼 예비신부는 언제부터…."

"가휘는 계속 선우를 좋아했어요. 그런데 가휘네 집안은
재벌가가 아니라 평범한 집이었어요. 아버지가 대기업 이사였
거든요."

"그게 평범하다고요?"

"거기선 그래요. 가휘는 짝사랑만 하고 있었는데 어느 날
선우하고 빛나가 진짜로 크게 싸우고 헤어지게 됐죠. 경영학
을 전공했던 빛나는 패션디자이너가 되고 싶어서 프랑스로
유학을 가려고 했는데 선우가 반대했죠. 결국, 헤어져서 빛나
는 프랑스로 떠났고 선우는 부모님 회사에서 일하게 됐어요."

"혹시 기획본부장?"

"맞아요, 어떻게 아셨어요?"

"드라마랑 완전 똑같은데요! 여주 남친은 언제나 본부장

님! 공식이잖아요?"

아리아가 '휴우' 하고 한숨을 내쉬었다.

"그때 가휘한테 찬스가 왔어요. 교사 임용고시에 패스해서 중학교 화학 선생님이 됐거든요. 친구들이 모두 모여서 축하 파티를 했죠. 그날 빛나하고 헤어져서 기분이 다운된 선우하고 고시를 패스해서 기분이 업된 가휘가 이상하게 케미가 잘 맞더라고요. 그래서 그날 결국… 둘이."

그녀가 말을 조금 머뭇거렸다.

"아, 두 사람이 같이 밤을 보냈단 말이죠?"

"네, 그리고 가휘가…."

아리아의 시선이 벽에 붙은 거대한 예비신랑신부의 사진으로 향했다. 예비신부의 옷은 허리 아래로 퍼져서 허리 라인이 전혀 드러나지 않도록 디자인되어 있었다.

"임신했군요!"

"네…."

직업적으로는 이성적이고 냉정한 변호사였지만 그녀 역시 아직은 이십 대 중반의 아가씨였다. 얼굴을 붉히며 부끄러워하는 모습이 귀여웠다.

"어쨌든!"

그녀가 다시 힘줘서 말을 이어갔다.

"그 일이 선우 부모님께 알려지면서 당장 결혼을 서두르게 됐어요. 선우가 삼대독자라서 자손이 귀한 집이라는 게 영향을 미쳤겠죠. 선우 어머님은 빛나를 더 좋아했지만 이미 벌어진 일이라서 그냥 받아들이기로 하셨어요."

"흠."

김건이 손으로 턱을 쓰다듬었다.

"좀 이상하네요."

"뭐가요?"

"이미 임신을 했다면 배가 부르기 전에 결혼식을 할 텐데 왜 약혼식을 먼저 하죠?"

"아, 그건 가휘 부모님 때문이래요. 아버님께서 미국에서 뇌종양 수술을 받으셨는데 귀국하려면 적어도 두 달은 걸린대요. 결혼식은 부모님께서 돌아오시면 하기로 했대요."

"아, 외국에 계신 부모님!"

김건이 빙긋 웃으며 말했다.

"그것도 드라마에 단골로 나오는 핑계 아닌가요?"

"정말! 드라마 이야기 좀 그만하세요!"

아리아가 짜증 난 표정으로 쏘아붙이고는 '아차!' 하고 바로 후회했다. 이상하게 김건 앞에서는 냉정을 유지하기 힘들었다. 자신의 속마음을 그대로 드러내게 된다.

"죄송합니다."

김건이 손으로 입에 지퍼를 채우는 흉내를 냈다.

"그럼, 그 뒤에 왕빛나 씨는 어떻게 됐나요?"

"지금 한국에 있어요."

"두 사람 결혼 소식에 많이 놀랐겠네요."

"네, 그랬지만 금방 쿨하게 인정하던데요."

"그건 드라마하고 다르네요."

"그 아이 성격이 원래 그래요. 사실은 이 약혼식도 빛나가 기획했어요."

"그래요? 이거 반전이네요. 그런데 뭐가 문젠가요?"

아리아가 주변을 살피고 나서 김건에게 바짝 다가섰다.

"누군가가 가휘를 죽이려고 하는 것 같아요!"

아리아의 몸에서 나는 라벤더 향과 '죽이려고'라는 단어가 자극적으로 뒤섞여 뇌 속으로 파고들었다. 심장이 '쿵' 하고 뛰었다.

"이거, 완전히 한 편의 드라만데요!"

"또!"

"죄송하지만 이런 일은 정말 드물거든요! 재벌가 아들이 역시 재벌가의 딸과 사귀다가 평범한 집안 아가씨가 나타나서 흔들리니까 재벌가 딸이 방해한다! 완벽한 공식이잖아요!"

"그렇게 보이긴 하지만… 제발 드라마 얘기는 그만 좀 하세요."

"주의하겠습니다."

고개를 숙여 정중하게 사과한 김건이 예비신랑신부의 사진을 응시했다.

"다른 각도로 보면 이건 백설공주 모티브와 같군요."

"백설공주요?"

"아버지인 왕을 두고 딸인 공주와 계모가 서로 싸우게 되죠. 클래식한 삼각관계입니다."

"아버지를 두고 딸이 왜 싸워요?"

"아! 백설공주 원작을 아직 못 보셨군요?"

"원작에는 그렇게 나와 있나요?"

"그림형제가 각색하기 이전에 구전되던 백설공주는 절대 아이들 동화가 아닙니다! 마르가레테라는 실존인물 이야긴데, 동심 파괴용이에요. 변호사님도 조심하세요."

"도대체 어떤 내용인데요?"

"이렇게만 말씀드리죠. 옛날 유럽인들은 그렇게 순진한 사람들이 아니었어요."

"그럼 제가 백설공주인가요?"

목소리가 들린 방향으로 돌아보니, 젊은 여자 하나가 무대로 걸어오고 있었다. 개성 있는 세련된 옷을 편하게 입고 있었다.

"빛나야!"

화장을 거의 하지 않았는데도 어딘가 빛나 보이는 얼굴이었다. 의지가 강해 보이는 각진 얼굴에 서구적인 눈매가 잘 어우러진, 날카롭지만 아름다운 얼굴이었다. 그 눈망울에 분노가 서려 있었다.

"민간조사원 김건이라고 합니다. 무슨 일이든 최선의 결과를 내겠습니다."

김건이 모자를 벗어서 가슴에 대며 말했다.

"왕빛나예요."

드라마 속 재벌 딸 이미지와 달리 수수한 모습에 위화감이 들 정도였다.

"얘기 다 들었어요. 누군가 가휘를 죽이려 한다고요."

그녀의 초초해 보이는 눈이 아리아를 향했다.

"왜 말씀 안 드렸어? 내가 돌아온 다음부터 그랬다고!"

답답해하는 빛나의 마음이 김건에게 그대로 전해졌다.

"내가 돌아오면서부터 누군가가 가휘한테 위협을 가하기 시작했어. 벌써 세 번이나! 처음은 학교 계단에서 누군가한테 밀려 넘어졌고 지하철에서도 밀려 넘어졌지. 그리고 자동차 사고도 일어났고. 그러니까 다들 하는 말이 내가 누군가를 사주해서 그랬다는 거잖아?"

"빛나야. 그런 뜻이 아냐. 난 만약을 위해서…."

"의심하는 게 아니면 왜 탐정을 데려왔니?"

"그건…."

아리아는 말문이 막혔다. 의심해서가 아니라 안전을 위해서라고 말하고 싶었지만 흥분한 친구에게는 무슨 말을 해도 소용이 없을 것 같았다.

"다들 내가 백설공주가 아니라 계모라고 믿는 거지?"

"제가 여기 온 이유는 범인을 잡거나 신부를 지키기 위해서가 아닙니다."

김건이 미소를 지은 채 낮은 목소리로 말했다.

"개인적으로 아리아 씨의 초대를 받아서 손님으로 온 겁니다."

왕빛나가 흥분을 가라앉히려고 심호흡을 했다. 사람들의 의심이 그녀를 극도로 예민하게 만든 것이 분명했다.

"아까 가휘 씨 사고가 세 번이었다고 하셨죠? 한 번은 학교 계단, 또 한 번은 지하철, 그리고 교통사고."

"네, 맞아요."

"흠, 그렇다면."

김건이 턱을 쓰다듬으며 말했다.

"저는 빛나 씨가 사람을 시켜서 위해를 가했다고 보지 않습니다."

왕빛나의 얼굴이 밝아졌다.

"왜요? 왜 그렇게 생각하세요?"

"일관성이 없어요. 살인 청부업자에겐 고유의 패턴이 있습니다. 그런데 여기서는 뒤에서 밀거나 교통사고를 냈죠. 너무 다른 패턴이라 같은 사람이라고 보기 어려워요."

"여러 명을 고용할 수도 있잖아요?"

"청부업자를 고용할 때는 반드시 한 명이나 한 팀만을 고용하게 됩니다. 만약 여러 명을 고용했다면 오히려 그들 사이에 충돌이 생기죠. 충돌이 생기면 그들은 다시 고용주를 찾아서 복수합니다. 상식이에요."

김건의 말에 두 여자는 불안한 표정으로 서로를 쳐다보았다.

"그리고 더 이해가 안 되는 건 학교에서 밀었다고요? 요즘 학교 안엔 어딜 가나 CCTV가 있어요. 거기다가 학생들 눈이 사방에 깔려 있고요. 청부업자라면 절대 학교 안으로 못 들어갈 겁니다. 차라리 인적 없는 집 근처나 지하주차장을 노렸겠죠."

"고마워요."

조금 마음이 놓인 얼굴로 왕빛나가 말했다.

"제가 요즘 좀 예민해져서."

"하지만 이런 추리는 가능하죠."

김건이 손가락을 세워 올리며 말했다.

"빛나 씨 본인이 했다면 가능하겠네요."

"뭐라고요?"

"얼굴도 예쁘고 동안이라서 교복을 입으면 학생처럼 보일 거고, 변장만 하면 얼마든지 지하철에서 등을 밀 수도 있지 않을까요?"

"조사원님!"

아리아가 깜짝 놀라서 외쳤다.

"지금 무슨 말씀을 하시는 거예요?"

"저는 그냥 가능성을 말씀드린 것뿐입니다."

그러면서도 김건의 눈은 왕빛나의 모든 것을 주시하고 있었다. 분노로 얼굴이 빨개졌지만 금방 원래 모습으로 돌아왔다. 현실을 직시하고 감정을 추스르는 모습이 제법 어른스러웠다.

"괜찮아요. 이제 익숙하니까. 그럼요, 가능성은 어디에나,

누구한테나 있죠."

잠시 그녀를 살펴보던 김건이 모자챙을 만지며 가볍게 고개를 숙였다.

"실례했습니다."

"아니요. 이해해요. 그게 일이시잖아요?"

김건이 웃으며 어깨를 으쓱했다.

"괜찮다면 예비신랑신부를 만나고 싶은데, 건물 안에 있나요?"

"네, 지금 화장 중일 거예요. 이쪽으로."

아리아가 친구에게 인사하고 돌아서는데 김건이 갑자기 왕빛나에게 질문했다.

"빛나 씨 집이 재벌이 아니라면 빛나 씨는 어떤 사람인가요?"

"아무도 아니죠."

왕빛나는 망설이지도 않고 대답했다.

"하지만 누군가가 되려고 노력하는 중입니다."

"그렇군요. 감사합니다."

돌아서려던 김건이 다시 그녀에게 말했다.

"아! 혹시, 동화 말고 진짜 백설공주 이야기 아시나요?"

"아니요. 모르는데요."

"마르가레테라는 독일 여자 이야기였답니다. 그 여자는 아버지를 차지하려고 계모한테 독을 먹였대요. 동화 속 착한 공주 이미지하고 다르죠."

"그럼 제가 그 마르게리타라는 말인가요?"

약간 톤이 높아진 왕빛나의 물음에 김건이 "아닙니다."라고 대답했다.

"중요한 건 누가 백설공주고 누가 계모인가가 아니라 이야기 속에 감춰진 진짜 선, 악이 누구인지를 밝혀내는 거죠. 사람들의 말은 중요하지 않습니다."

"하지만 다른 사람들의 평가 없이 어떻게 사회생활을 해요?"

"평가는 중요하죠. 하지만 다른 사람들의 눈높이에 자신을 맞춰서는 안 됩니다."

"왜요?"

"사람들은 자신이 보고 싶어 하는 것만 보니까요. 사람들의 평가에 맞춰 사는 건 찌그러진 거울에 자신을 비춰보는 것과 같습니다."

"그럼 어떡해야 돼요? 가족보다 가깝다고 믿었던 사람은 다른 여자랑 결혼하고 사람들은 제가 드라마 속 악녀라고 믿는데요?"

"인간 최대의 미덕이 뭔지 아십니까? 바로 망각입니다. 그런 건 무시하고 지금 해야 할 일만 하세요."

그리고 잊어버린 듯 한마디를 첨언했다.

"물론, 빛나 씨가 결백하다면 말이죠."

"전 결백해요."

그녀는 억울하다는 듯 길게 한숨을 내쉬었다.

"그러시겠죠. 하지만 백설공주가 될 가능성은 누구에게나 열려 있습니다."

어이없는 표정의 여자를 향해 김건이 모자챙에 손을 대고 가볍게 인사했다.

"그럼…."

두 사람이 신랑 대기실에 들어섰을 때, 김선우는 거울에 비친 자신의 얼굴만 열심히 들여다보고 있었다. 아리아와 김건은 안중에도 없었다. 긴 다리를 계속 떨고 있는 것이 어딘가 불안해 보였다.

"내 코가 너무 커 보이는데? 안 그래?"

"아뇨, 아주 잘 생기셨습니다."

"어머니가 당대 최고의 영화배우였으니 아들인 내가 못생길 리 없지만… 아무래도 코 비율이 좀 안 맞는 것 같아. 얼굴에 비해 너무 커."

화장사의 칭찬에도 그는 만족하지 못하고 거울 속에서 코를 이리저리 눌러보다가 김건에게 물었다.

"제 코, 너무 크죠?"

"아뇨. 크지도 작지도 않습니다. 얼굴에 딱 맞아요."

"그래요?"

"얼굴이 서양인처럼 앞뒤로 긴 편이라서 그 코도 잘 어울립니다."

"아, 고맙습니다."

김선우가 조금 안심한 듯 거울을 앞에 내려놓았다. 그 순간 김건이 허를 찌르듯 말했다.

"문제는 턱이죠!"

"조사원님!"

아리아가 다시 날카롭게 김건의 말을 막았다.

"턱선이 날렵한데 조금 앞으로 튀어나와 있죠."

"그래요?"

김선우가 놀라서 다시 거울을 집어 들고 턱을 비춰봤다.

"어디요?"

"아, 여기 앞쪽이."

김건이 손가락으로 턱의 한 부분을 가리키자 아리아가 막아섰다.

"정말! 그만하세요!"

"어디요?"

"괜찮아! 너, 이상한 데 없어!"

아리아가 달래듯 말하자 김선우는 마지못해 거울을 내려놓았다. 하지만 그는 걱정스러운 표정으로 계속 자신의 턱을 이리저리 비춰보다가 김건을 발견했다.

"그런데 누구시죠?"

"아, 이분은…."

"김건이라고 합니다. 한 가지 여쭤볼 게 있는데요."

김건이 아리아의 말을 자르고 김선우에게 다가섰다.

"네?"

"약혼자 이가휘 씨가 최근에 세 번이나 위험에 처했다고 들었습니다. 알고 계셨죠?"

"네, 그럼요!"

"그때 뭘 하고 계셨나요?"

"뭘 하다니요? 회사에 있었죠."

"약혼자가 다쳤는데 가보지 않으셨나요?"

"물론 갔죠. 퇴근 후에요."

"흠!"

김건이 고개를 갸우뚱했다.

"사랑하는 사람이 다쳤다고 하면 보통은 바로 달려가지 않나요?"

"일이 바쁘기도 했지만 그 애가 원래 좀 과장하는 습관이 있어요. 그래서 먼저 병원에 가보라고 하고 나중에 갔죠."

"과장한다… 그렇군요."

김건이 입을 다물고 대기실 여기저기를 둘러보기 시작했다. 김선우는 어이없는 표정으로 그를 쳐다보았다.

"뭐 하시는 분이야?"

김선우가 찡그린 얼굴로 묻자 아리아가 한숨을 쉬며 대답했다.

"민간조사원이야. 가휘 일 때문에 불렀어."

"아! 한 가지 더 있는데요."

김건이 다시 기습적으로 질문을 던졌다.

"뭔데요?"

"재벌가 아드님이 보통 집안 여자와 결혼하는 걸 부모님은 반대하지 않았나요?"

"저희 부모님은 어렸을 때부터 제가 사랑하는 사람과 결혼하도록 허락하셨습니다."

"그렇군요. 재벌가에선 보통 정략결혼을 하던데."

"드라마에서나 그렇죠. 만약에 이혼하면 원수가 되는데 굳이 정략결혼을 할 필요가 있나요?"

"그것도 그러네요. 하지만 한국 재벌가들은 다 혈연관계 아닌가요?"

김선우가 조금 짜증을 내며 물었다.

"글쎄요. 그런 면도 있지만… 질문, 또 있나요?"

"혹시 아버님이 엄하신가요?"

"아니요, 어머니가 엄하십니다. 여장부셨죠. 한때 영화배우셨는데."

"어머니가 어떨 때 가장 싫어집니까?"

갑자기 김건이 돌발 질문을 했다. 김선우가 당황해서 한동안 말을 못하다가 활짝 웃으며 대답했다.

"없습니다. 그냥, 완벽한 어머니세요."

"그랬군요."

"그런데 왜 이런 질문을?"

"마지막으로 하나만 더!"

김건이 다시 질문했다.

"혹시 우표 수집하시나요?"

김선우가 인상을 찌푸리며 대답했다.

"네, 뭐…."

김건이 양손을 주먹 쥐고 내밀었다.

"한쪽은 최초의 대한민국 건국기념우표, 다른 한쪽은 최초의 일본 건국기념우표. 어떤 걸 고르시겠습니까?"

잠시 얼떨떨한 표정으로 김건의 양 주먹을 번갈아 보던 김선우가 결정을 못 내리고 되물었다.

"둘 다 가지면 안 되나요?"

김건이 손을 거두어 들였다.

"감사합니다. 그럼 나중에."

그러고는 모자챙에 손을 대고 인사한 뒤 돌아섰다. 당황한 아리아가 "선우야, 너 오늘 너무 멋져!" 하고는 서둘러 김건을 따라나섰다. 두 사람의 등 뒤에서 "저 사람 누구야? 생각해보니까 열 받네?" 하는 김선우의 어중되게 성난 목소리가 들려왔다.

"도대체 왜 그러신 거예요?"

"들어보세요!"

김건이 손가락으로 신랑 대기실 쪽을 가리켰다. "에이, 정말!" 하고 씩씩거리던 방 안이 금방 조용해졌다.

"저게 진짜 화난 걸로 보입니까?"

"선우 별명이 영국신사예요. 원래 화를 잘 안 내는 성격이에요."

"미안하지만 신랑은 성격이 좋은 게 아니라 자존감이 낮은 겁니다."

아리아가 입을 다물었다.

"저 사람은 오랫동안 자기 스스로 결정을 내려보지 못했어요. 그 덕분에 결정 장애도 가지고 있죠. 선택해야 하는 상황에서 결정을 못 내리는 겁니다. 그리고 아까 뭐라고 그랬죠? 부모님이 결혼을 허락하셨다고 했죠? 자신의 인생을 결정하는 일에 부모님 허락이 우선하는 겁니다."

김건의 분석은 정확했다. 아리아는 멍해져서 듣고만 있었다.

"어머니에 대한 감정은 복잡합니다. 스스로 어머니를 완벽한 분이라고 세뇌시키고 있어요. 하지만 속으로는 불만이 쌓여서 폭발 직전일 겁니다."

"어떻게 그걸 한 번에…."

"왕빛나 씨와 연인이었다고 했죠? 그 사람은 자존감이 굉장히 높아요. 저 두 사람이 사귀었다면 언제나 빛나 씨가 잔소리를 하고 선우 씨는 듣는 입장이었겠죠. 그러다가 그게 쌓이면 어느 날 선우 씨가 폭발해서 헤어지자고 했을 겁니다. 며칠 뒤에는 다시 선우 씨가 울면서 전화했을 거고요. 아마 그런 패턴이 무한 반복됐겠죠."

"맞아요. 언제나 그랬어요."

"틀림없군요. 그럼 이제 예비신부를 만나러 갈까요?

─ ❀ ─

이가휘는 놀랄 만큼 아름다웠다. 모공이 하나도 안 보이게 얼굴 전체를 하얗게 칠한 신부 화장의 영향도 있겠지만 맨 얼굴 자체도 연예인 같았다. 큰 눈과 오뚝한 코, 작고 예쁜 입, 가녀린 턱선 등 그 미모가 숨 막힐 정도였다. 그녀가 가르치는 남학생들 대부분이 여선생님의 미모에 밤잠을 설칠 게 분명했다.

"어머, 리아야, 잘 왔어. 선우 잘하고 있어?"

그녀는 부드럽고 정감 있는 목소리로 아리아를 불렀다.

"그럼, 화장하니까 너무 멋있더라?"

"나는?"

"너도 진짜 예뻐. 너희들 진짜 잘 어울린다."

"고마워."

가휘가 애교 있는 목소리로 대답했다.

"그런데 누구?"

김건이 모자를 벗어들고 가슴에 댔다.

"김건이라고 합니다. 잠깐 실례!"

그러고 나서 김건은 그녀의 얼굴을 자세히 들여다보았다.

"지금 뭐 하는 거예요?"

아리아가 무례한 행동에 항의했지만 김건은 계속 그녀의 얼굴을 들여다보았다.

가휘가 손바닥으로 자신의 턱을 가리며 아리아에게 물었다.

"왜 이러시지?"

그때서야 김건이 물러나며 고개를 숙였다.

"죄송합니다. 너무 아름다우셔서 잠시 정신을 잃었습니다."

가휘가 활짝 웃었다.

"아니요, 괜찮아요."

"뭐 하나 여쭤도 되나요?"

"네?"

"약혼여행은 가시나요?"

그 말을 들은 가휘가 웃으며 고개를 저었다.

"아니요, 학기 중이라 시간이 없어요. 그리고 하필 동료 교사 하나가 임신해서 휴가를 받았거든요. 그래서 제가 쉴 수가 없네요."

그녀는 일정한 톤을 유지하며 차분하게 말했다.

"목소리가 너무나 예쁘시군요. 혹시 아나운서 학원 다니셨나요?"

그 말에 가휘는 입으로 손을 가리며 다시 활짝 웃었다.

"리아! 나 긴장 풀어주려고 모시고 온 분이야? 너무 기분 좋다. 아니요, 교사 하려고 목소리 톤을 좀 연습했어요. 하지만 감사해요."

아리아는 조금 안심했다. 가휘에게까지 무례한 행동으로 화를 돋울 줄 알았는데 김건은 의외로 그녀를 웃기고 있었다. 그는 오늘 여러 사람의 마음을 들었다 놨다 한다. 덕분에 보는 내내 조마조마했다.

그들이 웃고 떠드는 가운데 의상 담당이 옷과 신발을 가져왔다. 선녀가 입는 드레스처럼 우아하고 날렵한 라인이 살아 있는 옷이었다. 김건은 그 옷을 눈여겨보았다. 홀에서 본 사진과 사뭇 다른 분위기의 드레스였다.

"여기 신발은 맘에 드세요?"

투명한 하얀색과 푸른색의 보석 같은 색감을 가지고 있는 신발이었다. 그 신발을 본 가휘의 표정이 싸늘하게 굳었다.

"이럴 줄 알았어. 어떻게든 깎아내리시겠다, 이거지?"

하지만 그녀는 화를 낼 타이밍에서도 냉정함을 유지했다.

"그거 말고 저쪽 하이힐로 준비해줘요."

"네? 하지만 이건 감독님이."

날카로운 신부의 시선이 의상 담당을 꿰뚫자 그녀는 "죄송합니다." 하며 고개를 숙였다.

"바꿔드리겠습니다."

"부탁드릴게요."

이가휘의 목소리가 다시 정상 톤으로 돌아왔다.

"미안해요."

그녀가 우아한 목소리로 아리아와 김건에게 사과했다.

"제 키가 일 미터 오십육센티미터밖에 안 돼서 우리 신랑이랑 차이가 커요. 그런데 우리 감독님이 단화를 보내셨네요. 괜찮아요. 실수할 수 있죠 뭐."

"솔직히 말씀드려서 미모가 너무 출중하셔서 키가 작으신 줄도 몰랐습니다. 뭘 신어도 잘 어울리실 거 같네요."

아리아는 김건이 여자의 기분을 맞춰주는 데 능하다는 사실이 신기했다. 도대체 어떤 것이 이 남자의 진짜 모습일까 궁금해졌다.

"어머, 감사해요."

다시 손으로 입을 가리며 말했지만 김건은 그녀가 웃고 있지 않다는 것을 알고 있었다. 아직도 화가 안 풀린 게 분명했다.

"저희 아직 할 말이 있나요? 제가 할 게 좀 많은데."

"마지막으로 한 가지만 더! 한 가지 색만 고르라면 무슨 색 정장을 입으시겠어요?"

"음, 검은색이요."

"감사합니다. 행복하세요."

김건이 멋있게 모자를 돌려쓰고 대기실을 빠져나갔다. 아리아도 서둘러 그 뒤를 따랐다.

"아름다운 예비신부네요!"

"그렇죠?"

아리아의 대답에 메아리처럼 여운이 감도는 것을 김건은 놓치지 않았다.

"아, 그 표정 잘 압니다. 여자들이 뭔가 말은 하고 싶은데

차마 말은 못하겠다는 표정이죠."

"네? 어머! 아니에요!"

"제가 맞춰볼까요? 변호사님은 제가 신부를 향해 '아름답다'는 표현을 할 때마다 복잡한 표정을 지었어요. 그 이유가 뭘까요?"

"제가요? 아닌데…요."

"우선 질투는 아니죠. 변호사님 같은 미인이 다른 사람을 질투할 리가 없죠."

"네? 아니, 그게…."

아리아가 부끄러운 듯 고개를 숙였다.

"그럼 뭘까요? 왜 신부가 아름답다는 말을 할 때마다 표정이 달라졌을까?"

"저, 안 그랬어요!"

부정을 하면서도 아리아의 표정은 다른 곳을 보고 있었다.

"이발사는 임금님귀가 당나귀 귀라는 것을 알면서도 말을 못 했죠. 지금 그런 심정이죠?"

"무슨… 정말 아니에요."

"신부가 성형미인이죠?"

김건의 직언에 아리아가 화들짝 놀라서 신부대기실 쪽을 쳐다봤다.

"조용히 좀 하세요!"

"제가 얼굴을 계속 쳐다보니까 손으로 턱을 가리더군요. 그 부분에 자신감이 없다는 뜻이겠죠. 완벽한 브이라인인데 왜 그랬을까요? 그건 수술하기 전에 가졌던 열등감 때문이죠. 신부는 예전에 주걱턱이었죠?"

아리아는 말문이 막혔다.

"신부는 단순한 사람이 아니에요. 착해 보이는 태도를 유지하고 있지만 어렸을 때부터 감정을 억누르는 방법을 익혀온 사람이죠. 결정을 빨리 내리고 후회가 없어요. 전형적인 군인 정치가 타입이죠. 하지만 내면에는 결정광적인 요소도 있습니다. 냉소적이고 고집 세며 가치 비판적인 사람입니다. 어쩌면 결정 장애가 있는 남편에게는 저런 아내가 도움이 될지도 모르죠. 물론 남편은 집에서 숨도 못 쉬고 살겠지만요. 어때요?"

아리아는 세 친구들의 관계를 다시 생각해보았다.

"빛나는 선우가 스스로 결정하고 행동하도록 격려했고 때로는 야단쳤어요. 반대로 가휘는 모든 것을 미리 정해놓고 선우가 그냥 따르도록 했죠. 빛나와 같이 있을 때 선우는 스스로 결정해야 하는 것에 짜증을 내고 항상 충돌했어요. 반대로 가휘와 같이 있으면 아무것도 할 필요가 없었죠."

"과연 신랑은 누구와 함께일 때 가장 행복할 수 있을 까요?"

아리아는 이미 답을 알고 있었지만 입 밖으로 꺼낼 수 없었다. 때로는 옆 사람이 잘못된 방향으로 가는 것을 알면서도 그냥 지켜볼 수밖에 없다. 아무리 마음이 아파도 책임은 그 길을 선택한 본인이 지는 것이다.

두 사람은 다시 식장 안으로 돌아왔다. 이제 불과 두 시간 뒤에 예식이 시작될 것이다. 종업원들이 분주히 움직이며 테이블과 꽃 등을 세팅하고 있었다.

"정말 호화로운 식장이네요. 이런 데서 결혼하는 게 여자들 꿈이죠?"

"저는 아니에요. 만약 결혼한다면…"

아리아가 홍조를 띠며 말했다.

"이런 거창한 식은 필요 없어요. 친구들만 모아 시골 들판 같은 곳에서 조촐하게 식을 올리고 싶어요."

"아, 그것도 멋진데요."

김건이 들뜬 목소리로 말했다.

"꼭 드라마의 한 장면 같네요!"

소규모 오케스트라가 연주하는 잔잔한 음악이 예식장 전체로 퍼져 나갔다. 수십 개의 테이블에 모여 앉은 사람들의 마음도 경쾌한 현의 울림에 따라 떨리고 있었다.

시작 시간이 가까워지자 홀 전체를 비추던 조명이 밝아지며 장내의 분위기가 바뀌었다. 조용하던 음악의 톤이 높아지고 템포가 빨라지며 힘이 실렸다. 자리에 앉아 담소를 나누던 사람들의 표정이 지루함에서 기대감으로 바뀌었다. 상쾌한 음률이 홀 안을 가득 채웠다.

신부가 위험하다는 소문 때문인지 보안요원들이 무대 주변에 배치되어 있었다. 홀 중앙에는 상당히 큰 카메라를 어깨에 짊어진 방송국 카메라맨이 진지한 얼굴로 식장 안을 촬영하고 있었다.

김건과 아리아는 무대가 가장 잘 보이는 앞쪽 테이블에 앉아 있었다. 테이블 위에는 애피타이저로 예쁜 종이상자에 담긴 떡과 메뉴가 놓여 있었다. 한동안 떡이 담긴 종이상자를 들여다보던 김건이 앞에 있는 메뉴를 집어 들었다.

"한우 스테이크가 나온다네요? 진짜 한우일까요?"

"메뉴에 있으면 그렇겠죠."

Smoked salmon with Vegetable Relish, Tomato
훈제 연어와 야채 래리쉬, 토마토

Thyme Flavored Mushroom Cream Soup with garlic Croûton
타임향의 버섯 크림 스프와 마늘 크루통

Baked Halibut with Cream Sauce
크림소스 광어 요리

Grilled Korean Beef Tenderloin Steak with Baked Potato
한우 안심 스테이크와 구운 감자

Korean Style Noodles
잔치국수

Yogurt Mousse With Blueberry Compote
요거트 무스와 블루베리 콤포트

Coffee or Tea
커피 또는 차

"와, 언제 먹어봤는지 기억도 안 나는 그 비싼 한우를, 그 것도 안심 스테이크로 먹다니, 오늘 아리아 씨 덕분에 호강하네요."

"저기요. 일할 때는 아리아 변호사라고 불러주실래요?"

아리아의 냉랭한 반응에 김건은 멋쩍은 표정으로 "네, 아리아 변호사님." 하고 정정했다.

그의 말이 끝나기 무섭게 좌우의 문이 열리며 쟁반을 든 웨이터들이 전채요리를 서빙하기 시작했다. 트레이가 아니고 굳이 쟁반을 손에 들고 들어오는 연출은 호텔 측이 자기들의 정통성을 보여주고자 한 일종의 설정 같았다. 거대한 쟁반을 흔들며 걷는 사람들의 모습이 흡사 찰리 채플린이 나오는 무성영화처럼 보였다.

첫 번째 메뉴인 연어 샐러드가 손님들의 테이블에 놓이기 시작할 때, 사회자가 인사를 시작했다. 각종 텔레비전 프로그램에서 프리랜서로 활약 중인 유명한 사회자였다. 몸값이 어마어마하다고 소문이 난 사람이었다.

"안녕하세요. 오늘 예비신랑 김선우 군과 예비신부 이가휘 양의 약혼식에 참석해주신 내빈 여러분께 깊이 감사드립니다."

사회자의 소개와 함께 앞쪽 벽에 설치된 대형 스크린에 영상이 떴다.

"두 사람의 어린 시절입니다."

귀여운 남자아이의 얼굴과 예쁜 여자아이의 얼굴이 번갈아 화면을 채웠다. 자전거를 타는 모습, 합창대회에서 노래 부르는 모습 등이 비춰질 때마다 하객들이 웃으며 손뼉을 쳤다.

흐릿한 사진이었지만 어린 이가휘의 턱은 앞으로 조금 돌출되어 있었다. 김건은 아리아를 흘끗 보며 턱을 내밀어 보였지만 그녀는 일부러 그를 무시했다.

"이렇게 귀여운 아이들이 한 명은 서울 은평구에서, 다른 한 명은 서울 성북동에서 각각 자라서…"

두 아이들이 조금씩 자라면서 교복 입은 중학생이 되더니 다시금 고등학생이 되었다. 그러고 나서 곧이어 따로 따로 비추던 두 사람의 모습이 사진 한 장에 함께 담기기 시작했다.

"이들은 마침내 남산의 외국어 고등학교에서 운명적인 조우를 합니다."

반 전체를 찍은 사진에서 신부는 앞쪽에 앉아 있었고 키 큰 신랑은 뒤쪽에 서서 웃고 있었다. 신부 옆에 서 있는 왕빛나가 보였다. 차츰 사진이 흐려지면서 신랑과 신부의 얼굴만 확대됐다.

"신랑이 신부 쪽만 보고 있는 거 아셨나요? 하라는 공부는 안 하고, 쯧쯧…."

하객들이 모두 웃음을 터뜨렸다. 신랑이 보던 각도를 잘 보면 신랑이 보고 있던 사람이 신부가 아니라 왕빛나라는 것을 알 수 있었지만 사회자의 말을 이상하게 여기는 사람은 한 명도 없었다.

김건은 연어 샐러드를 입에 넣고 음미하면서도 주변 경계를 게을리하지 않았다. 하객들, 종업원들, 무대 뒤쪽의 스태프들, 심지어 보안요원까지 이상한 점이 없는지 자세히 살폈다. 그는 자신의 생각을 지우고 몸 전체를 거대한 레이더처럼 열어서 주변과 공감했다. 이 세상은 하나의 거대한 '흐름'이다. 그리고 모든 인간은 그 속에서 피고 지는 하나의 '현상'이다. 흐름을 읽으면 반드시 현상도 보이게 된다. 모든 현상은 흐름에 맞게 피고 지도록 되어 있다. 흐름에 맞지 않는 변칙이나 불규칙을 찾아가는 것이야말로 문제 유기체설(Case Organism Theory)의 핵심이다. 그는 온몸의 긴장을 풀고 신경을 집중했다. 그의 머릿속에 전체의 흐름이 파도처럼 밀려 들어왔다. 그의 두뇌가 예식 전체를 엄청난 속도로 시뮬레이션하고 있었다. 주변에 이상한 것은 없다. 딱 한 가지만 빼고.

"저기 구급차, 언제부터 있던 거죠?"

손님들이 오가며 문이 열릴 때마다 유리창 너머로 정문 앞

주차장에 서 있는 구급차가 보였다.

"글쎄요, 잘 모르겠는데요?"

김건은 일어나서 종업원과 보안요원들에게 구급차에 대해서 물었지만 아무도 차를 부른 사람이 없다고 했다. 굵은 목을 한 보안 팀의 팀장이 민간조사원이라는 말에 호기심을 감추지 못한 채 설명을 덧붙였다.

"저희도 이상하게 생각하던 참입니다. 이 건물 바로 뒤에 꽤 큰 종합 병원이 있어요. 사실 구급차가 대기할 필요가 없는 거죠. 부르면 바로 달려오니까요."

다시 자리로 돌아온 김건은 고개를 갸우뚱하며 부드러운 연어 샐러드를 입에 넣었다.

"뭐가 이상해요?"

"구급차는 시간이 돈인데 저렇게 오랫동안 서 있는 게 이상해서요. 사실은 두 시간 전에도 저 자리에 있었거든요."

"하객으로 왔겠죠."

"그럴 수도 있죠. 아니면…"

자기 그릇의 연어를 포크로 찍다가 빈 그릇밖에 없는 것을 발견한 김건이 주변을 두리번거리다 아리아에게 물었다.

"그 연어 드실 거예요?"

아리아는 머리가 아픈 듯 이마를 짚으며 김건 앞으로 접시를 밀었다.

화면에서는 친구들의 축하 인사가 이어지고 있었다. 때마침 아리아가 큰 화면에 등장해서 웃으며 축하 인사를 전했다.

"얘들아, 축하해. 너희들 안 지 벌써 십 년이 다 됐는데 둘이 결혼하는 게 안 믿어진다. 앞으로 서로 아껴주고 예쁘게 살아."

"야, 변호사님. 화면 잘 받네요!"

김건이 연어를 맛있게 씹으며 말했다. 아리아는 이 사람을 부른 것을 후회하고 있었다. 탐정을 불러서 빛나의 마음을 상하게 했고 선우의 기분도 상하게 했다. 이해하기 힘든 만큼 감당하기도 힘든 사람이었다. 제발 아무 일 없이 약혼식을 끝마칠 수 있게 해달라고 기도라도 드리고 싶은 심정이었다.

웨이터들이 두 번째 메뉴인 버섯 크림 스프를 손님들 테이블로 부지런히 날랐다. 사회자는 부드러운 진행으로 다음 순서를 소개했다.

"다음은 우리 예비신랑신부의 부모님들이 두 사람에게 전하는 말씀입니다. 함께 들어보시겠습니다."

무대 앞으로 화려한 옷을 걸친 신랑의 어머니가 걸어 나갔다. 1980년대 유명 영화배우로 활동하던 류성희 여사는 당시에도 재벌 아버지를 둔 연예인으로 유명했다. 삼십 대 초반,

여배우로서의 전성기를 구가하다가 갑자기 일체의 연예활동을 중단하고 병든 아버지 대신 회사를 경영하기 시작했고, 금방 수완을 인정받아 정식으로 사장에 취임했다. 몇 년 뒤에는 모두의 예상을 깨고 젊은 대학교수와 결혼식을 올리는 등 파격적인 행보를 이어갔다. 불행히도 십 년 뒤에 사고로 남편을 잃었지만 그녀는 조금도 흔들리지 않고 큰 사업들을 계속 성공시켰고, 남편과의 슬하에 둔 아들 선우를 지금까지 잘 키워냈다. 그녀는 독특한 말투로 인사를 시작했다.

"오늘," 하고 일부러 한참 뜸을 들인 뒤에 "이 자리에 참석해주신," 하고 다시 뜸을 들이더니 "하객 여러분!" 하는 식이었다.

이 지루한 말투로 그녀는 자신의 인생 스토리와 사업 이야기, 앞으로의 구상 등을 장장 십 분이 넘도록 천천히 쏟아냈다. 마치 자신이 오늘의 주인공인 것 같은 분위기였다.

긴 연설 중에 하객들은 이미 스프를 다 마셨고 웨이터들은 다음 요리인 광어 요리를 서빙하고 있었다.

"오늘… 제 아이들의 축하연을… 부디… 끝까지… 즐겨주시고… 아이들의… 앞날을… 축하해주시기… 바랍니다."

놀랍게도 그 지루한 자기 자랑이 끝나자 하객들 대부분이 자리에서 벌떡 일어나더니 박수를 치기 시작했다. 감동한 것 같은 표정으로 열심히 박수를 치는 그들 대부분은 직원이거나 사업적으로 연결된 사람들임에 분명했다. 텔레비전 카메라는 이 모든 광경을 낱낱이 찍고 있었다. 마치 제 이 차 세계대전을 배경으로 한 영화의 나치 전당대회를 보는 것 같았다.

"이어서 신부 어머니의 말씀이 있겠습니다."

신부 어머니는 짧은 축하 인사로 말을 줄였다. 조금 전에 한꺼번에 에너지를 써버린 사람들은 탈진한 듯 앉은 채 음식을 먹고 떠들며 건성으로 박수를 쳤다.

김건은 넙치 살을 크림소스에 찍어서 쉬지 않고 입에 넣었다.

"야, 이거 맛있네요. 진짜 메인 요리가 기대되는데요."

어느새 다 먹은 김건이 아리아의 앞에 놓인 접시를 흘끔 보자 아리아가 이번에는 접시를 본인 앞으로 바짝 끌어당겼다.

"여기 드시러 왔어요?"

머쓱해진 김건이 포크를 내려놓고 테이블에 있던 디저트 종이상자에서 떡을 꺼내 입에 넣었다.

몇 사람의 축하와 축가가 이어지고 드디어 웨이터들이 메인 메뉴인 한우 스테이크를 세팅하기 시작했다.

"아, 드디어!"

김건이 반가운 듯 두 손을 비볐다.

"자, 이제 오늘의 메인 메뉴가 올라오고 있습니다. 그리고 오늘 오신 하객들에 대한 감사의 마음을 담아 예비신랑신부가 작은 공연을 준비했습니다. 잘하지 못하더라도 예쁘게 봐주시면 감사하겠습니다."

사회자의 말이 끝나자 홀 안의 조명이 서서히 어두워졌다. 무대 위에 안개 같은 연막이 깔리고 조각달이 밝게 비추는 짙은 녹색의 숲이 배경으로 깔렸다. 낮고 신비한 플루트 음색과 함께 밝은 조명이 무대의 양 극단을 비추자 그 속에서 각각 남자와 여자의 모습이 나타났다. 예비신랑과 예비신부였다. 두 사람은 신화 속의 주인공처럼 아름다운 옷을 입고 있었다. 우아함과 섹시함이 동시에 느껴지는 옷 태로 보아 도저히 신부가 임신 삼 개월이라고 믿기 힘들 정도였다. 천천히 숲속을 거닐다가 서로를 발견한 두 사람은 빙글빙글 돌며 서로를 살폈다. 남자가 내민 손을 피하고 잡은 어깨를 뿌리치던 여자가 넘어지려던 것을 남자가 잡아주었다. 그의 진심을 안 여자가 그 손을 잡고 미소를 지었다. 갑자기 숲속에서 짐승의 소리와 함께 무서운 그림자가 보였다. 여자가 얼른 남자의 품 안으로 뛰어들었다. 부끄러워진 여자가 빠져나가고 몇 번의 실랑이 끝에 두 사람은 마침내 서로의 마음을 이해하고 깊이 포옹하

며 행복해했다. 클라이맥스에서 남자가 여자를 끌어안고 빙
빙 돌기 시작했다. 그 와중에 신부의 높은 하이힐이 위태로워
보였다. 마지막에 신랑이 신부의 무릎 아래에 손을 넣어 번쩍
들어 올렸다. 그 상태에서 두 사람이 서로 키스하자 하객들이
탄성을 질렀다. 신랑이 손을 흔들자 조각달이 배처럼 아래로
스윽 내려왔다. 신랑은 신부를 밝은 달 위에 앉히고 바위 위
에 있던 투명한 음료가 든 유리잔을 건넸다. 두 사람이 잔을
들어 건배하자 맑은 종소리와 함께 원래 조명이 꺼지고 푸른
빛의 은은한 조명이 켜졌다. 무대 전체에 신화 속 세상 같은
신비한 분위기가 감돌았다. 두 사람이 들고 있는 유리잔 속의
음료가 밝은 녹색으로 빛나기 시작했다. 이어서 그들이 입은
의복과 장신구, 보석 등도 모두 밝게 빛나기 시작했다.

"아!"

"와!"

감탄사가 여기저기서 터져 나왔다.

환상적인 무대에 하객들의 박수갈채가 이어졌다. 김건은
무대 옆에 서 있는 왕빛나를 주시했다. 이 모든 것을 그녀가
기획했다면 그녀는 분명, 비범한 연출 감각을 가지고 있는 것
이 분명하다. 첫사랑의 약혼식을 지켜보며 연출까지 한 여자
의 심정은 알 수 없었지만, 그녀의 표정만은 담담했다.

두 사람이 서로의 눈을 쳐다보며 미소 지었다. 김건은 신부의 잔이 신랑의 잔보다 훨씬 밝게 빛나는 것을 발견했다. 너무나도 아름다운 연출에 모두가 넋을 잃고 있었다. 모든 것이 완벽했다. 두 사람은 서로의 팔을 엮어 술잔을 입에 가져갔다. 러브 샷으로 이 아름다운 그림을 완성하려는 순간이었다.

"잠깐!"

갑자기 김건이 튀어나와 두 사람을 제지했다.

"마시면 안 됩니다."

고풍스런 양복에 중절모까지 쓴 그를 제지하려고 보안요원이 달려왔지만 그는 품위 있게 그들을 살짝 피하며 외쳤다.

"그 잔에 독이 있습니다!"

놀란 신부의 몸이 휘청하고 흔들렸다. 손에 들고 있던 술잔이 떨어져 깨지며 밝은 녹색 액체가 사방으로 퍼져 나갔다.

"아악!"

신부가 무대 위로 그대로 쓰러졌다. 누군가가 구급차를 불렀다. 마침 밖에 서 있던 구급대원이 들것을 가져와 신부를 차로 운반했다. 사전에 모든 것이 계획되어 있던 것처럼 빠른 동작이었다. 얼굴이 하얘진 아리아가 김건에게 다가왔다.

"뭐예요? 어떻게 된 거죠?"

김건은 무대 위에 퍼진 채 빛나고 있는 녹색 음료를 보고 있었다.

"누군가가 아기를 죽이려고 했어요."

예비신랑이 화난 얼굴로 김건에게 달려들었다.

"당신 대체 뭐야? 우리한테 왜 이래?"

하지만 김건은 슬쩍 신랑의 팔을 밀어내며 옆으로 피했다.

"그런데, 또 신부 혼자만 보내셨네요. 보통은…"

그때서야 얼굴이 하얘진 신랑이 경광등을 울리며 호텔을 빠져나가는 구급차를 향해 손을 흔들며 달려갔다.

"잠깐! 스톱! 기다려요!"

그 모습을 지켜보던 김건이 갑자기 주먹으로 손바닥을 치며 "아차!" 하고 탄식했다.

"왜요? 뭐 알아내셨어요?"

아리아가 뭔가를 기대하며 물었다.

"한우 스테이크 아직 안 먹었는데."

그가 아쉬운 얼굴로 말했다.

이번에는 아리아가 이마를 짚으며 쓰러질 듯 휘청했다. 자신도 구급차에 타고 싶은 심정이었다.

병원 침대에 누워 멍하니 바깥쪽을 보고 있는 이가휘의 모습은 소설 속 여주인공을 연상시켰다. 싸늘한 햇살 너머를 응시하고 있는 창백한 얼굴은 「마지막 잎새」의 여주인공이 남은 꽃잎을 세고 있는 것처럼 보였다. 손으로 입을 가리고 가끔씩 가녀린 기침을 하는 모습은 뒤마피스의 「동백꽃을 들고 있는 여인」에 등장하는 여주인공 같았다. 분 냄새가 날 것 같은 하얀 얼굴에 새빨간 입술이 보는 이의 심장을 떨리게 할 만큼 아름다웠다.

아리아는 기분이 좋지 않았다. 김건이 만나기로 한 시간보다 이십 분이나 늦었기 때문이었다.

"왜 이렇게 늦었어요?"

만나자마자 따져 쏘아댔지만 김건은 태연하게 "죄송합니다. 일 때문에요." 하고 웃어 넘겼다.

이가휘를 면회하는 일도 쉽지 않았다. 수간호사는 처음에 면회금지라고 쌀쌀맞은 어투로 말했다. 하지만 그녀가 사건의 피해자고 수사상 만나야 한다고 말하자 잠깐만 기다리라며 위층의 원장실로 올라가더니 거의 이십 분이 지나서야 병원장의 특별 허가라며 십 분간의 면회를 허락했다. 김건과 아리아는 오 층 입원실 가장 안쪽에 있는 특실로 안내받았다. 수간호사는 조금 전의 태도와 달리 예의 바르게 노크한 후 문을 열고 허리를 숙여서 인사했다.

"아가씨! 손님 오셨습니다."

창밖을 보고 있던 허망한 눈동자가 두 사람을 향했다.

"가휘야."

아리아가 불렀지만 가휘는 다시 창밖으로 고개를 돌렸다. 손에 든 과일바구니를 건네줄 타이밍을 놓치고 머뭇거릴 때 김건이 가죽 장갑을 낀 손으로 바구니를 받아 테이블 위에 올려놓았다.

"뭐라고 위로의 말씀을 드려야 할지 모르겠습니다. 심려가 크시겠습니다."

김건이 모자를 벗고 정중하게 허리를 숙였다.

"비록 아기는 잃었지만, 하루빨리 쾌차하시기 바랍니다."

"어떻게요?"

가휘가 두 팔로 무릎을 감싸 안고 고개를 파묻었다.

"그냥 잊어지나요?"

"가휘야. 너 아직 젊어. 우선 몸 추스르고 다음 기회에…."

가휘가 "다음 기회?" 하면서 아리아의 말을 날카롭게 끊어버렸다.

"만약 이게 마지막 기회면? 다시는 아이 못 낳으면 어떻게 해?"

아리아는 말을 이을 수 없었다.

"담당 간호사 말로는 가휘 씨가 젊고 건강해서 별 문제 없을 거랍니다. 이런 때에 죄송하지만… 몇 가지 질문할 게 있어요."

"나가요!"

이가휘가 힘없지만 단호한 목소리로 말했다. 이 여자는 여러 가지 모순된 요소들을 동시에 가지고 있는 사람이었다. 분명히 이것도 일종의 매력일 것이다.

"당신 여기서 뭐 하는 거야?"

병실로 들어오던 김선우가 김건을 발견하고 소리쳤다. 같이 들어오던 왕빛나가 그의 팔을 잡았다.

"선우야, 이분은…."

"탐정인 건 알고 있어! 이 사람 때문에 가휘가 놀라서 넘어진 거야! 당신 어떻게 책임질 거야?"

진짜 화가 난 듯 그는 얼굴이 벌게져 김건을 비난했다.

"당신 때문에 아이가 죽었다고!"

"정말입니까?"

김건이 태연한 얼굴로 물었다.

"저 때문에 신부가 넘어졌고 아이가 유산된 게 확실한가요?"

"뭐 이런 뻔뻔스러운 인간이 다 있어? 사람들이 다 봤어! 방송국 카메라가 다 찍었다고! 당신이 튀어나와서 소리를 질렀잖아. 그래서 가휘가 넘어졌고!"

"선우야! 그만해!"

가휘가 눈물이 그렁그렁한 눈으로 소리쳤다.

"제발, 그만!"

그러고는 무릎 사이로 고개를 파묻고 울기 시작했다. 선우가 그녀의 옆으로 가서 두 팔로 안아주었다. 출중한 외모의 선남선녀는 서로를 위로해주는 모습도 보기 좋았다. 드라마의 한 장면처럼.

"제발 가요!"

김선우가 말했다. 그 말은 김건 한 사람에게 한 말이라기보다 자신들 두 사람을 제외한 다른 사람 모두를 향한 것 같았다.

"조사원님, 그만 가요."

아리아가 김건의 소매를 잡아당겼지만 그는 오히려 의자를 끌어다가 침대 옆에 놓더니 털썩 주저앉았다.

"당신 정말! 경비 불러야겠어?"

"누가 죽였는지 알고 싶지 않습니까?"

"뭐?"

"아기를 죽인 진짜 범인, 누군지 알고 싶지 않나요?"

김선우의 눈이 잠시 흔들렸다.

"무슨, 그거 당신이잖아?"

"천만에요."

김건이 단호하게 말했다.

"저는 아리아 변호사님이 불러서 신부를 보호하러 온 겁니다. 그런 제가 신부를 해칠 리 없죠."

"그럼 왜 나와서 소리쳤어? 독이 있다고?"

"실제로 위험했습니다. 그 잔에는 독이 있었으니까요."

"거짓말! 당신 말 듣고 가휘 음료를 수거해서 조사시켰어. 안에는 아무것도 없었다고!"

"아!"

김건이 오른손 검지를 세워 올리며 말했다.

"물론 그 음료 안에 있던 것은 독이 아닙니다."

"뭐? 당신 장난쳐, 지금?"

김선우가 큰 키를 벌떡 일으켜 세웠다. 그가 해를 등지자 어두운 그림자가 김건을 뒤덮었다. 화를 잘 내지 않는 유형이라고 했는데 이번에는 진짜 화가 난 듯 얼굴이 벌게졌다.

"방금 독이 있었다고 했잖아!?"

하지만 김건은 조금도 위축되지 않고 말했다.

"보통 사람한테는 독이 아닙니다. 하지만 산모한테는 독이 될 수 있죠."

"뭐?"

"변호사님, 그걸 좀⋯."

김건의 요청에 아리아가 태블릿PC를 꺼내서 화면을 켰다. 김선우와 이가휘, 두 사람이 무대 위에서 공연하는 모습이었다. 방송국 카메라맨이 찍은 것이라서 전문가답게 흔들림도 없이 초고화질로 선명한 영상이 아름답게 펼쳐졌다.

"마지막 건배 장면으로 돌려주세요."

김건의 말에 아리아가 동영상 거의 마지막 부분으로 건너뛰었다.

동영상 마지막에 서로 잔을 부딪치자 조명이 바뀌며 잔이 녹색으로 빛나기 시작했다.

"거기서 스톱!"

김건이 손을 들었다.

"잔만 확대해주세요."

화면을 확대하자 두 사람이 든 잔의 차이가 확실하게 보였다. 이가휘가 든 잔이 더 밝은 녹색으로 빛났다.

"신부가 든 잔이 더 밝게 빛나죠?"

"그런데?"

"우선 이 빛나는 음료에 대해서 알 필요가 있습니다. 빛나 씨가 연출하셨으니까 설명 좀 부탁드릴까요?"

생각에 잠겨 있던 왕빛나는 자신을 부르는 소리에 깜짝 놀라 고개를 들었다. 조금 머뭇거리다가 설명을 시작했다.

"그 잔에 든 음료는 퀴닌이 든 탄산수를 베이스로 만들어요. 키니네라고도 하죠. 자외선을 비추면 이 퀴닌이 가진 성분이 빛을 내기 때문에 서양에서는 빛나는 칵테일(Glow Cocktail)로 많이 연출해요."

"조금 부연 설명을 드리자면."

김건이 관자놀이를 손끝으로 누르며 말했다.

"퀴닌은 키니네로도 알려져 있고 해열, 진통, 말라리아 예방 등의 효과가 있는 알칼로이드로 말라리아 기생충의 헤모글로빈 섭취를 막는 작용을 하는 것으로 알려져 있습니다. 퀴닌은 키나나무 속 나무껍질에서 추출할 수 있는데, 1820년 프랑스 연구자 피에르…조지프…?"

김건이 말을 끊고 갑자기 고개를 갸우뚱했다.

"왜 그러세요?"

"잃어버렸나 봐요. 이상한데?"

"잃어요? 잊은 것이겠죠."

김건이 방대한 백과사전을 통째로 외운 것을 알고 있던 아리아도 고개를 갸우뚱했지만 이해할 수 있다고 생각했다. 사람은 망각의 동물이다. 인간은 새로운 정보를 입력하기 위해 끊임없이 이전의 기억을 지워나간다. 김건 본인은 굉장한 충격을 받았는지 표정이 굳어졌다. 하지만 그는 곧 머리를 좌우로 흔들고 다시 손가락으로 양쪽 관자놀이를 누르며 입을 열었다.

"과량의 퀴닌을 섭취할 경우 급성 폐수종을 일으켜 사망할 수 있고 임산부가 섭취했을 경우 기형아, 특히 청각에 장애가 있는 아이를 낳을 수 있으며, 과량 섭취할 경우 유산할 수도 있죠. 그래서 한국에서는 아예 사용을 금지하고 있습니다. 그럼 왕빛나 씨!"

"네?"

"용량을 정확히 지키셨나요?"

"그럼요, 서양의 퍼브나 바에서는 흔히 볼 수 있는 리큐어인 데다가 칵테일용 원액만 그대로 넣으면 되는 거라서 다른 걸 첨가할 필요도 없어요. 그리고 신랑만 마시고 신부는 입만 대기로 했어요."

"하지만 여기 영상을 보면 신부의 술잔이 더 밝게 빛납니다. 이건 분명히 적정량 이상의 퀴닌을 넣은 겁니다. 신부와 아기에게 치명적일 수도 있었죠. 그 음료는 누가 준비했나요?"

"소품담당 직원에게 부탁했어요. 그냥 병뚜껑만 따서 잔에 따르면 되는 간단한 일이었죠."

"그렇다면 소품담당부터 가휘 씨한테 도달하는 중간에 누군가가 퀴닌을 더 추가했다는 말이군요. 그 잔이 무대 위로 갈 때까지 접근했던 사람들을 차례로 말씀해주시겠어요?"

"탄산수라서 미리 따라놓을 순 없고 공연 중에 소품담당이 잔에 음료수를 따라서 준비해요. 그리고 조명이 바뀔 때 몰래 나가서 무대 위에 놓는 거죠."

"중간에 아무도 없었나요?"

"소품담당이 준비하고 나면 조연출이 확인하죠."

"그리고요?"

왕빛나는 잠시 머뭇거렸다.

"무대에 나가기 전에 저한테 보여주고 다른 준비를 하러 갔어요."

"빛나 씨가 마지막이었나요?"

"네. 그런 것 같아요. 조명이 바뀔 때 소품담당이 다시 잔을 가지고 갔어요."

"그럼 네가 그랬니?"

이가휘가 외쳤다.

"난 아니야. 내가 왜 그랬겠어?"

"당연히 너지! 선우 어머니께서는 너를 더 좋아하시지만, 아기 때문에 선우하고 결혼을 허락하신 거잖아. 그러니까 아기만 죽이면 나 밀어낼 수 있잖아! 안 그래?"

격앙된 목소리가 넓은 병실의 이곳저곳을 부딪치며 쇳소리 같은 메아리를 만들어냈다.

"난, 아니야!"

항변하는 왕빛나의 목소리는 상대적으로 약했다.

"빛나, 너!"

김선우도 의심하는 눈으로 왕빛나를 노려봤다.

"그럼 누가 그랬어? 너 말고 그런 동기를 가진 사람이 또 있니?"

김선우가 자신을 편들자 이가휘의 기세가 더 당당해졌다.

"혹시, 나 죽이려고 한 것도 네가 시킨 거니?"

"아냐, 난…."

빛나가 필사적으로 부정했지만 소용이 없었다. 모두가 그녀를 의심스러운 눈으로 보고 있었다. 방 안 가득한 부정적인 기운에 김건이 쐐기를 박았다.

"그렇게 볼 수도 있겠네요. 여기서 가장 큰 동기를 가진 분은 바로 왕빛나 씨죠!"

"조사원님!" 하고 아리아가 김건을 제지했다.

"너 정말 최악이구나. 왜 그랬어? 왜 내 아기를 죽였어? 그 애가 무슨 죄가 있다고?"

가휘가 눈물을 흘리며 악을 썼다. 답답한 듯 뭔가를 항변하려던 왕빛나의 눈에도 눈물이 맺혔다.

"조사원님, 빛나가 범인이라는 거 꼭 밝혀주세요. 꼭이요!"

"물론 범인은 찾아야죠. 아, 그 전에 몇 가지 여쭤볼 게 있습니다."

김건이 가휘에게 물었다.

"구급대원에게 가까운 병원 대신 식장에서 이십 분 거리에 있는 이 병원으로 가자고 하셨다던데, 맞나요?"

"네, 여기는 제 작은아버지가 운영하는 병원이라 익숙해요."

"여기에도 산부인과가 있나요?"

"아뇨. 하지만 산부인과 경험이 많으신 의사 분께서 계세요."

"그렇군요. 그럼 식장 앞에 구급차를 대기시킨 게 누구죠?"

"제가… 했어요."

이가휘가 대답했다.

"가휘 씨가 구급차를 대기시켰다고요?"

"네. 최근에 벌어진 일들도 있고, 혹시 사고라도 날까 봐… 그런데…."

감정이 격해졌는지 말을 잇지 못했다. 당당해 보여도 그녀는 아직 어린 아가씨였다.

"잘 알겠습니다. 아! 두 분 고등학교 때 사진을 보다가 찾았는데요. 선우 씨와 가휘 씨 방과 후 활동이 뭐였죠?"

"저희는 연극부였어요."

"빛나 씨도?"

"네. 저는 연출을 했어요."

"과연 그렇군요. 이제 다 됐습니다."

모두의 시선이 김건을 향하고 있었다.

"지금부터 범인을 밝혀드리죠."

김건은 주머니에서 작은 종이상자 네 개를 꺼냈다.

그 상자는 어제 두 사람의 약혼식장 테이블에 놓여 있던 디저트 상자였다. 김건은 작은 떡 세 개가 들어 있던 길이 십이 센티미터에 폭과 높이가 사 센티미터인 상자 두 개를 다시 반으로 잘라 사 센티미터짜리 정사각형 상자로 만든 것을 주머니에서 꺼냈다. 각각의 상자에는 숫자가 적혀 있었다.

"이 사건은 처음부터 세 사람의 삼각관계가 중심이었습니다. 클래식한 백설공주의 구도와 같아요. 계모는 왕비가 되어서 왕을 독차지하려고 백설공주에게 독을 먹입니다. 모두가 잘 아는 얘기죠."

그는 다시 주머니에서 종이로 접어 만든 네 개의 모형을 꺼냈다.

"상자 안에는 이런 모형이 하나씩 들어 있습니다."

김건이 종이모형을 들어서 모두에게 보여주었다.

"이건 왕관입니다. 공주의 머리에 쓰는 거죠."

그는 모형을 상자 안에 넣고 닫은 뒤 다시 다른 모형을 집어 들었다.

"이건 마녀의 모자입니다. 계모를 뜻하죠."

그 모형도 상자 안에 넣었다. 다음에는 개구리 모형을 집어 보여주더니 다시 상자에 넣었다.

"다음은 난쟁이입니다. 백설공주 이야기에서 중요한 인물이죠."

그는 마지막 모형까지 상자에 넣은 다음 사람들을 둘러보면서 말했다.

"제가 말씀드리면 상자를 하나씩 골라주세요. 그중에서 악녀의 상징을 고른 사람이 바로 아기를 죽인 범인입니다."

모두가 긴장해서 김건을 바라보았다. 그의 이상한 행동에 끌려가야 할지 말아야 할지 헷갈리는 모양이었다.

　　"그전에…."

　　김건이 자리에서 벌떡 일어나며 말했다.

　　"제가 볼일이 좀 급해서…. 잠시 다녀오겠습니다."

　　그는 상자를 들고 두리번거리다가 이가휘의 이불 속에 상자들을 밀어 넣었다.

　　"여기가 안전하겠네요. 그럼, 금방…."

　　김건이 배를 움켜쥐고 서둘러 병실을 나서자 사람들은 어이없다는 얼굴로 서로를 쳐다보았다.

　　병실을 나선 김건은 곧장 원장실로 향했다. 원장실이 있는 육 층은 오 층의 간호원실 옆 계단으로만 올라갈 수 있었다. 그가 계단으로 향하자 간호사가 그를 제지했다.

　　"거긴 관계자 외에 출입금진데요!"

　　"마침 잘됐네요!"

　　김건이 두 손가락으로 모자챙을 훑으며 말했다.

　　"네?"

　　"저는 관계자거든요!"

　　그리고 그는 계단을 통해서 육 층으로 뛰어 올라갔다. 간호사가 다급하게 경비실에 전화하는 소리가 들렸다.

"네, 외부인이 원장실로 올라가고 있어요! 빨리 와주세요!"

계단을 올라가자 원목으로 만들어진 문에 '원장실'이라는 표찰이 붙어 있었다. 김건은 바로 문을 열고 안으로 들어갔다.

"누구세요?"

책상에 앉아서 찌푸린 얼굴로 주식 시세를 보고 있던 원장이 놀란 눈으로 올려다보았다.

"민간조사원 김건이라고 합니다. 어떤 일이든 최선의 결과를 내겠습니다."

김건이 모자를 벗어 가슴에 대고 고개를 숙였다.

"저는 조카 분 유산(遺産) 사건을 조사하고 있습니다."

원장의 얼굴이 창백해졌다.

"나가요! 나는 할 말이 없어요!"

"이상하네요?"

김건이 고개를 갸우뚱하며 말했다.

"조카 분이 피해자인데 선생님은 할 말이 없다고 하시다니."

"그게 아니라…."

"이건 보통 자기 죄를 인정한 사람이 하는 반응인데요."

"뭐…뭔 소리를. 당신 영장 있어?"

"아!"

김건이 오른손 검지를 치켜세워 흔들었다.

"지금 그것도 범죄자가 하는 반응이죠."

원장은 입을 꽉 다물고 화를 참았다.

"안심하세요. 어떻게 된 건지 다 알고 있습니다. 저는 한 가지만 여쭤보면 됩니다. 절대 원장님이나 병원에는 해가 없을 겁니다. 하지만…."

김건이 책상에 양손을 얹고 상체를 원장 쪽으로 기울이며 말했다. 눈빛이 전에 없이 날카롭게 빛났다.

"만약 거절하시면 경찰과 함께 다시 오겠습니다. 물론 영장도 가지고요."

그때 문이 열리며 경비 두 명이 원장실로 들이닥쳤다. 운동깨나 한 네 개의 손이 김건의 팔을 좌우에서 붙잡았다.

"놔드려!"

원장이 체념한 듯 한숨을 쉬며 말했다.

경비들에게 나가라고 손짓한 후 원장은 의자에 몸을 기대고 눈앞의 남자를 바라보았다. 흑백 영화의 주인공 같은 차림새였다. 원장의 얼굴에 후회하는 빛이 가득했다.

"알고 싶은 게 뭐요?"

김건이 다시 병실로 돌아온 것은 십 분이 채 지나지 않아서였다.

"죄송합니다. 제가 평소에는 안 그러는데 오늘은 좀 민감하네요."

겸연쩍게 웃던 김건의 시선이 이가휘의 침대 위 이불 속에 넣어둔 종이상자로 향했다.

"자, 그럼 각자 상자 하나씩 골라볼까요?"

"우리가 왜 그래야 돼요? 전 싫은데요?"

왕빛나가 거절 의사를 표했다.

"이건 심리게임입니다. 사람의 심리를 이용하는 거죠. 반드시 모든 사람이 적절한 모형을 집게 되어 있습니다. 그러니까 한 번…."

"겁나니?"

이가휘가 쏘아붙였다.

"네가 범인이니까 무서운 거 아냐?"

왕빛나는 난감한 얼굴로 시선을 피했다. 어떻게 하면 이 상황을 벗어날 수 있을까 고민하는 표정이었다.

"알았어. 고를게."

그녀가 마지못해 대답했다.

"그럼 시작할까요?"

김건이 이불을 젖히자 네 개의 종이상자가 드러났다.

"이대로 하나씩 고르면 됩니다."

"저도 해야 되나요?"

김선우가 물었다.

"반!드!시! 해야 됩니다."

김건이 강하게 말하자 그는 인상을 찌푸리며 상자를 쳐다 보았다. 어느 것을 골라야 할지 모르겠다는 표정이었다.

"전 맨 마지막에 고를게요."

"그럴 줄 알았습니다. 자, 그럼 다들 하나씩 골라보실까요? 빛나 씨?"

왕빛나가 마지못해 침대로 다가가서 가장 왼쪽의 상자로 손을 뻗었다.

"잠깐!"

그러나 그보다 빠르게 이가휘가 먼저 손을 뻗어 상자를 가로챘다.

"이건 내 거야!"

어이없는 표정으로 가휘를 보는 빛나에게 김건이 그 옆의 상자를 집어서 건네주었다.

"어쩔 수 없네요. 빛나 씨는 이 상자로 하시죠."

왕빛나는 화를 참으며 김건이 내민 상자를 거칠게 받아들었다.

"변호사님도 하나 고르시죠."

"네? 저도요?"

"예. 변호사님도 현장에 있었고 동기도 있을 법하니까요."

"제가 무슨 동기가 있어요?"

"고등학교 때 몰래 선우 씨를 짝사랑할 수도 있었겠죠? 그러니까 같이…."

"저는 절대 그런 적 없어요!"

"아, 리아는 아닐 겁니다."

김선우가 입을 열었다.

"쟤는 남자 취향이 하도 이상해서 동기가…."

"야! 김선우!"

아리아의 비명 같은 외침이 방 안에 쩌렁쩌렁 울렸다. 그녀가 놀라서 황급히 손으로 자기 입을 막았다. 친한 친구들 사이에서 흔히 일어날 수 있는 소동이었다.

김건이 가장 오른쪽의 상자를 아리아에게 건네자 김선우는 살았다는 표정으로 마지막 남은 상자를 집어 들었다.

"좋습니다. 모두, 상자를 열어주세요."

이가휘가 도도한 표정으로 상자를 열었다. 그리고 보란 듯이 안에서 왕관 모형을 꺼냈다.

"아, 예상대로! 가휘 씨가 백설공주로군요. 그럼 다른 분들도 열어주세요."

아리아가 상자를 열자 안에서 난쟁이 모형이 나왔다. 김선우의 상자에서는 개구리가 나왔다.

모두의 시선이 왕빛나를 향한 가운데 그녀가 쭈뼛거리며 상자에서 마녀 모형을 꺼냈다.

"이거 무슨 뜻이야?"

김선우가 눈을 동그랗게 뜨고 말했다.

"결과가 나왔네요. 가휘 씨가 백설공주, 선우 씨가 개구리… 아, 기분 나빠하지 마세요. 그건 왕자라는 뜻입니다. 변호사님이 난쟁이, 이건 조력자를 뜻하죠. 마지막으로 빛나 씨가 마녀!"

"역시 너였구나!"

이가휘가 차가운 목소리로 말했다.

"네가 마녀였어!"

"난, 아냐! 내가 왜?"

왕빛나의 얼굴이 창백해졌다. 눈물이 맺힌 눈으로 입술을 깨물었다.

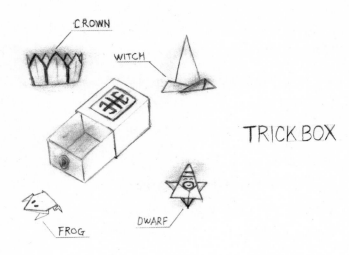

"네가 뽑은 게 마녀잖아? 아니야?"

"선우야, 넌…."

목이 메었는지 말을 멈추었다가 다시 물었다.

"넌 나 믿지?"

김선우의 눈빛이 흔들렸다.

"난…."

그는 갈등하고 있었다. 오랜 세월 오누이처럼 지내왔던 그녀가 그럴 리가 없다는 것을 잘 알고 있었다. 하지만 약혼녀인 가휘가 보고 있는 터라 쉽게 입을 열지 못했다.

"너 왜 이렇게 구질구질하니? 그냥 쿨하게 인정하면 안 돼?

너답게!"

　김선우의 갈등을 눈치챈 이가휘가 다시 목소리를 높였다. 이 틈에 아주 결정적인 한 방을 날리려는 것 같았다.

　왕빛나가 두 손에 고개를 파묻었다. 아무도 자신을 믿지 않는 현실에 절망감이 밀려왔다.

　"나다운 게 뭔데?"

　김건이 소리치자 다들 그를 쳐다보았다.

　"…라고 말할 줄 알았는데 드라마하고는 다르네요?"

　"조사원님! 지금 농담이 나와요?"

　아리아의 일침에 김건이 "어흠!" 하고 마른기침을 했다.

　"이제 인정해! 네가 모든 일을 꾸민 거야! 나를 죽이려고 했고 내 아이를 죽였어. 어쩜 그럴 수 있니? 너, 내가 아는 왕빛나 맞니?"

　"밤밤바라밤! 밤밤바라밤!"

　또다시 김건이 드라마에 나오는 긴박한 음악을 흉내 내며 분위기를 깼다. 한껏 감정을 고조시키던 이가휘가 참지 못하고 날카롭게 그를 째려봤다.

　"말씀 중에 죄송하지만, 빛나 씨는 아무도 안 죽였습니다!"

　김건이 웃으며 말했다.

　"뭐라고요?!"

찢어지는 고음이 이가휘의 입에서 터져 나왔다.

"자, 지금부터 다 설명해드리죠. 그 전에 먼저 각자 가지고 있던 상자를 제게 돌려주셔야 합니다."

김건은 장갑을 낀 손으로 사람들 손에 들려 있던 종이상자를 하나씩 수거했다.

"사실 모형은 중요한 게 아닙니다. 진짜 비밀은 바로 상자 자체에 있죠. 잘 보세요!"

손바닥 위에 올려둔 상자를 잘 볼 수 있도록 들어 올렸다.

"이 상자 앞에는 보호 필름이 붙어 있습니다. 지문이 잘 묻죠."

김건은 주머니에서 네모난 팩을 꺼내서 붓으로 고운 파란색 가루를 찍어 상자에 발랐다. 그리고 입으로 '후우~' 하고 불어내자 상자 옆 보호 필름에 파란색 지문들이 드러났다.

"원칙대로라면 이 상자에는 한 사람의 지문만 있어야 됩니다. 그런데 상자마다 두 사람의 지문이 묻어 있어요. 두 지문 중 한 개는 같은 사람의 것입니다. 어느 한 사람이 상자 네 개를 다 만졌다는 뜻이죠."

김건의 눈이 이가휘를 향했다.

"이건 분명히 가휘 씨 지문이죠?"

"조사원님 지문일 수도 있잖아요?"

이가휘가 당황한 얼굴을 감추며 쏘아붙였다.

"그럴 리가요? 이것 때문에 일부러 장갑을 꼈는데요. 아니면 누구 지문인지 확인해드릴까요? 국과수에 문의하면…."

"됐어요. 제가 보관했으니까 당연히 제 지문이 묻었겠죠."

"아닙니다. 지문이 묻은 진짜 이유는 가휘 씨가 이불 속에서 왕관을 찾으려고 하나씩 다 열어봤기 때문입니다."

"그게 무슨 말이야? 내가 왜요?"

떨리는 음성이 화살처럼 날카롭게 공기를 찢었다. 가련한 피해자의 모습은 이미 사라지고 없었다.

"당신이 꼭 백설공주가 되어야 했으니까요. 그래야 빛나 씨를 범인으로 몰 수 있겠죠?"

"그게 무슨 말이야? 가휘가 왜?"

김선우가 놀란 표정으로 물었다.

"먼저 백설공주 원작에 대해서 설명을 좀 드려야겠네요."

김건이 태연하게 설명을 시작했다.

"백설공주의 모델은 마르가레테라는 발데크 지방에 살던 사람입니다. 이 사람은 우리가 아는 백설공주와 많이 다릅니다. 일설에 의하면 동화에서와 달리 엄마에게 독을 먹인 것은 마르가레테라고 합니다."

"그게 무슨 뜻이죠? 그럼 백설공주가 악녀?"

"당시에 회자되던 백설공주 이야기는 크게 두 가지였습니다. 마르가레테라는 예쁜 소녀가 계모를 피해 집을 나와 왕자를 만나서 결혼을 약속했지만 그 직전에 왕자의 아버지인 왕이 보낸 사람에게 독살을 당했다는 이야기, 또 하나는 사악한 악녀 마르가레테가 엄마와 새엄마에게 독을 먹였다는 이야기죠. 아버지의 사랑을 독차지하려고 그렇게 했답니다."

"그럼 뭐야, 가휘가 왕관을 뽑았으니까, 가휘가 악녀?"

김선우가 이가휘를 쳐다보자 가휘가 짜증을 내며 말했다.

"넌 나보다 저 사람 말을 믿어? 뭐가 마가리따야? 빛나가 마녀잖아? 쟤가 범인이라니까!"

"자, 진정하시고요."

김건이 빙긋 웃으며 말을 이었다.

"상징은 단순히 하나의 의미만 가진 게 아닙니다. 모든 상징은 각각의 이야기에서 가장 적절하게 사용되는 재료죠. 모든 공주가 다 착한 것도 아니고 모든 마녀가 다 악한 것도 아닙니다. 신데렐라에서는 마녀가 공주를 돕잖아요? 여기서는 어떨까요?"

이가휘는 입을 벌린 채 말을 못 했다. 방 안의 누구도 말을 못 하고 김건만 쳐다보고 있었다.

"정리해볼까요? 이 사건의 포인트는 음료수에 누군가가 독을 타서 뱃속의 아이를 죽이려고 한 겁니다. 그렇다면 독이 없는 음료수병에서부터 무대 위의 신부에게 전달될 때까지 거쳐 간 사람들 중 하나가 독을 넣은 겁니다. 그렇죠?"

"그렇겠죠."

김선우가 고개를 끄덕했다. 그는 어느새 김건의 이야기에 푹 빠져 있었다.

"그럼 그 사람들을 차례로 한번 볼까요? 먼저 소품담당이 병뚜껑을 열고 음료수를 준비합니다. 그것을 조연출이 확인하고 감독에게 보여줬죠. 그리고 조명이 꺼지자 소품담당이 음료수 잔을 무대 위로 올렸죠. 그렇다면 용의자는 전부 세 명입니다. 소품담당과 조연출, 그리고 빛나 씨."

"맞아요. 그 세 명 중에…."

"그런데 사실은 한 명이 더 있습니다."

"네? 누가 또?"

"바로 신부 자신이죠?"

"무슨 소리를 하는 거야!"

이전에 들은 적 없던 고성이 이가휘의 예쁜 입에서 터져 나왔다. 톤이 조금만 더 높으면 영화 〈양철북〉에서처럼 유리가 깨질 것 같았다.

"내가 왜? 내가 왜 내 아기를 죽여?"

"동기를 묻는 거라면,"

대조적으로 냉정한 얼굴의 김건이 말했다.

"빛나 씨를 모함하기 위해서죠."

"아냐! 아냐! 절대 아냐!"

조금 전까지 쓰러질 것 같은 가녀린 환자였던 이가휘가 벌떡 일어나며 김선우의 팔을 잡았다. 그 힘이 너무 세서 김선우가 얼굴을 찡그렸다.

"저 사람! 저 사람, 빛나가 시킨 거야. 돈으로 산 거라고! 재벌들 어떤지 알잖아?"

"우리 집도 재벌이야."

"아니, 그게 아니라…."

김건은 그녀의 절규에도 아랑곳하지 않고 말을 이어나갔다.

"가휘 씨는 중학교 화학 선생님이더군요. 당연히 화학지식이 풍부하겠죠. 학교 실험실에서 키니네를 훔치기도 쉬웠을 겁니다. 가휘 씨 학교에 알아봤더니 가휘 씨 관리 소홀로 화학실험 약품 일부가 분실돼서 징계를 받은 적이 있던데요, 없어진 약품 목록 중에 퀴닌이 있었습니다."

김건이 복사한 서류 하나를 꺼내 보였다. 이가휘가 재직하고 있는 학교의 인장이 찍혀 있었다. 아리아는 깜짝 놀랐다.

저런 것까지 미리 준비한 김건의 전문성에 속으로 탄복했다.
약속 시간보다 늦게 온 이유를 이제 알게 되었다.

"가휘 씨는 리허설 때 글로우 칵테일을 쓰는 것을 보고 이
방법을 생각해냈습니다. 키니네가 말라리아 치료에 쓰이지만
많이 먹으면 유산을 할 수도 있다는 사실을 떠올렸죠."

"무슨, 가휘가 그럴 리가 없어요!"

김선우가 부정했다. 하지만 그 목소리에 힘은 없었다.

"가휘 씨에게는 다른 선택의 여지가 없었죠. 뱃속의 아기
를 죽여야 했으니까요!"

"뭐라고요?!"

"말도 안 돼!"

모두가 놀라서 김건과 이가휘를 번갈아 처다보았다.

"왜 가휘가 우리 아기를 죽여요? 가휘야 아니지?"

김선우가 이가휘에게 말했다. 그녀의 얼굴이 시체처럼 파
래졌다.

"진정하세요. 가휘 씨는 아무도 안 죽였습니다."

"뭐예요? 방금 죽였다고⋯."

"가휘 씨가 죽인 것은 뱃속의 아기가 아니라 자신의 거짓
말이었습니다!"

"그건 또 무슨 소리야?"

"가휘 씨는 처음부터 임신한 적이 없었습니다."

김선우는 망치로 머리를 맞은 사람처럼 이가휘를 쳐다보았다.

"아니, 분명히 병원에서…."

"그 병원이 바로 이 병원이죠? 이 병원 원장님이 가휘 씨 작은 아버지라고 들었습니다. 여러분 기억하세요? 아까 수간호사가 가휘 씨 부를 때, '환자분' 대신에 '아가씨'라고 불렀죠? 가휘 씨, 이제 그만 말씀하시죠? 병원장님한테 다 듣고 왔어요."

모두의 시선이 무겁게 이가휘에게 내려앉았다. 그녀는 두 팔로 무릎을 끌어안고 고개를 파묻고 있었다. 작은 어깨가 흐느끼는 듯 흔들렸다.

"가휘…."

김선우가 그녀를 달래려는 듯 어깨로 손을 가져갔다. 그런데 갑자기 "아, 재수 없어! XX" 하는 찰진 욕설과 함께 무표정한 얼굴이 고개를 들었다.

"아, 진짜! 박복한 년!"

목소리 톤이 낮게 바뀐 이가휘가 몸을 일으키더니 길게 기지개를 펴고 나서 자신의 긴 머리를 쓱싹 묶어 올렸다.

"거의 다 됐는데, 저 아저씨 때문에 망했네!"

"가휘야, 너!"

김선우가 놀란 눈으로 이가휘를 쳐다보았지만 그녀는 가볍게 무시했다.

"아니잖아? 큰 병원에서 소변 검사도 했잖아? 그래서 고지혈증 있어서 식이요법도 하고."

"그 소변, 같은 학교 여교사 거였죠?"

김건이 말했다.

"그 여교사가 복통이 심했을 때 가휘 씨가 같이 병원에 간 적이 있었다고 들었습니다. 그때 검사용 소변 샘플 일부를 빼돌렸겠죠."

"와, 이 아저씨 모르는 게 없네? 박수무당이야?"

이제까지의 가녀린 목소리는 사라지고 비꼬는 말투만 난무했다. 이가휘는 가방 속에서 콤팩트처럼 생긴 담뱃갑을 꺼내 익숙하게 담배를 물고 립스틱처럼 생긴 라이터로 불을 붙이고는 길게 연기를 내뿜었다.

"그 여자가 고지혈증이 있어서 나도 한동안 고기 끊었잖아. 나 원래 고기 진짜 좋아하는데."

그녀가 보란 듯이 천정을 향해 연기를 길게 내뿜었다.

"그래서 초음파 검사를 하지 않았던 거야? 말도 안 돼! 가휘야, 그럼… 너!"

"징징대지 마!"

날카로운 말에 김선우가 멈칫했다.

"저 아저씨 말대로야. 너하고 잤는데 아이가 안 생기더라. 그래서 뻥 친 거야. 마침 옆자리 동료가 임신 중이라서 소변도 얻었고. 그런데 병신 같은 네가 빛나 저 계집애만 보면 흔들리기에 일 꾸민 거야. 쟤 때문에 아기 유산됐다고 하면 모든 게 해결되니까, 알았어?"

연기를 길게 내뿜고 가휘가 김건을 노려보았다.

"그런데 아저씨, 나 임신 안 한 거 어떻게 알았어?"

"약혼식 날 신었던 신발 때문이죠."

"신발?"

"빛나 씨는 임신 삼 개월인 친구를 생각해서 굽 없는 구두를 준비했는데 당신은 굽 높은 하이힐을 신었어요. 안정기가 되지 않은 임산부가 하이힐을 신고 춤을 춘다는 건 아기 안전보다 다른 사람 눈을 더 신경 쓴다는 뜻이죠."

"와, 그걸 한 번 보고 알았어? 아저씨 진짜 탐정 맞구나?"

침대에서 내려온 이가휘가 옷장에서 외투를 꺼내 환자복 위에 겹쳐 입더니 하이힐을 신고 가방을 어깨에 턱 걸치고 태연하게 걸어 나갔다. 그 태도가 너무 당당해서 아무도 제지할 생각을 못 했다.

"아, 그리고!"

병실을 나서던 그녀가 갑자기 돌아보며 말했다.

"너희들 나한테 다시는 연락하지 마라! 죽여버린다!"

그 서슬이 너무 퍼래서 김선우는 기어들어가는 소리로 "가…가휘야!" 하고 중얼거렸다.

이가휘는 김건을 노려보며 담배 연기를 옆으로 '후우~' 하고 뿜어대고는 하이힐을 또각거리며 걸어 나갔다. 김건이 모자챙을 두 손가락으로 잡으며 그녀를 전송했다.

"아가씨! 병원에서는 금연이에요!" 하는 수간호사의 목소리가 복도를 울렸다.

가휘가 병실을 나서는데 병원장이 달려오며 소리쳤다.

"야! 너 이 계집애야! 대체 뭔 짓을 한 거야? 너 땜에 나까지 말려들었잖아!"

하지만 이가휘는 태연한 얼굴로 말했다.

"됐어요. 이제 다 끝났으니까 가서 일 보세요."

"뭐라고? 이게!"

"평소에는 전화도 안 하다가 재벌가 며느리 된다니까 신나서 돕겠다더니… 작은아버지도 정신 차려!"

"뭐? 이런 싸가지가!"

"그게 우리 집안 내력인데 어쩌겠어? 그냥 이러고 살아야지!"

그녀는 병원장 얼굴에 담배 연기를 '후우' 내뿜더니 태연하게 걸어갔다.

"너! 담배 안 꺼!"

너무나 맹렬한 그들의 기세에 눌려 아무도 나서지 못했다.

"대단하네요."

아리아가 멍하니 입을 벌린 채 말했다.

"전형적인 소시오패스로군요. 장차 큰 인물이 되겠는데요?"

김건이 뒤를 돌아보자 김선우와 왕빛나 사이에서 발생한 이상한 공기가 병실 안을 가득 메우고 점점 부풀어 오르고 있었다. 숨쉬기조차 답답한 공기가 모두를 무겁게 짓눌렀다.

그 침묵을 깨뜨리듯 왕빛나가 눈물을 닦으며 병실을 뛰쳐나갔다. 짧은 순간에 너무나도 극심한 감정의 롤러코스터를 탄 그녀는 더 이상 이 자리를 견딜 수가 없었다.

"빛나야!"

김선우는 그녀를 따라가야 할지 말지 망설였다. 김건은 테이블 위에 있던 종이개구리를 손바닥에 올려서 김선우에게 보여주었다.

"동화에서 개구리왕자는 공주의 키스를 받고 다시 왕자가 됐습니다. 하지만 다른 이야기도 있죠. 개구리는 너무 오랫동안 개구리로 지내면서 그 생활이 편해진 겁니다. 그래서 공주에게 자신은 왕자가 되고 싶지 않다고 했죠. 그리고 다시 우물로 가다가 뱀에게 먹혀버립니다. 공주가 이렇게 말하죠. 당신은 세상의 왕이 될 수 있었는데 우물 안에서만 살다가 고작 뱀에게 먹혀버렸구나…. 당신은 이미 공주의 키스를 받았습니다. 왕이 될지 개구리로 남을지는 스스로 정하는 겁니다."

김선우가 벌떡 일어나서 병실 밖으로 뛰어갔다.

"정말 한 편의 드라마네요."

아리아가 멍한 표정으로 말했다.

"응? 변호사님 드라마 싫어하는 줄 알았는데요?"

"그렇긴 하지만, 이건 정말 극적이잖아요? 그리고…"

그녀가 김건의 팔짱을 끼며 말했다.

"지금은 일 끝났으니까 아리아라고 불러주세요."

뜻하지 않은 그녀의 애교에 김건이 모자를 잡으며 싱긋 웃었다.

"이런 게 바로 해피엔딩이죠."

두 사람은 서로 마주보고 웃으며 병실을 나갔다.

왕빛나는 비행장 출국 대기실에 앉아 있었다. 거대한 유리창 너머로 땅에 미끄러져 내리거나 하늘로 날아오르는 비행기들의 모습을 멍하게 지켜보고 있었다. 그 옆에 아리아가 말없이 앉아서 같은 방향을 물끄러미 바라보았다.

"이 시 기억나?"

왕빛나가 작은 소리로 시를 속삭였다.

여기를 동물원이라고 생각하자.
비행기들은 하나하나가 외로운 새들,
몸속에 사연들을 꽉꽉 채운 텅 빈 새
구름보다 높이 날고 바람보다 빠르지만
자유가 없는 불쌍한 새

"고등학교 때 선우가 쓴 시지? 연극 대본에 나오던 거, 그걸 아직도 기억하니?"

"선우 속마음을 잘 드러낸 시거든. 이 시 처음 읽었을 때 눈물이 나더라."

아리아는 마음이 아팠다. 빛나와 선우는 서로의 마음까지 이해하는 완벽한 한 쌍이었다. 하지만 현실적으로 이제 진짜 이별해야 한다. 아마도 영원한 이별일 것이다.

"이번에 가면 언제 와?"

"안 올 거야."

왕빛나가 담담하게 대답했다.

"엄마가 선보라고 하시더라. 말이 선이지 사실은 정략결혼이야. 싫다고 하고 프랑스로 공부하러 간다고 했어."

아리아는 뭐라고 할 말이 없었다. 한동안 먹먹한 침묵이 이어졌다.

"아무 생각 없이 비행장을 보고 있으면 진짜로 동물원에 있는 것 같아. 그런데 이 통유리를 사이에 두고 누가 누구를 보고 있는 건지 모르겠어. 내가 저 동물들을 보는 건지, 동물들이 나를 보는 건지."

말없이 창밖을 응시하던 아리아도 점점 뭐가 뭔지 모르게 되었다.

"이번 일로 생각한 게 많아. 내가 그동안 얼마나 철부지 어린애였는지…. 친구라고 믿었던 아이가 철저한 거짓말로 사기를 치고, 진짜 사랑이라고 믿었던 사람은 나를 의심했지. 하늘과 땅이 뒤바뀌는 느낌이었다. 진실이 거짓이 되고, 선이 악이되는 순간…. 만약 네가 데려온 탐정이 아니었다면 지금쯤 나는 아기를 죽인 살인범으로 손가락질이나 받고 있을걸."

실제로 김건은 정말 큰 도움을 주었다. 덕분에 이가휘의 파렴치한 거짓말을 잡아낼 수 있었다.

"지금은 이상하게도 마음이 편해. 이제 모든 것을 새로 시작할 수 있을 것 같아!"

텅 빈 눈으로 다시 비행장을 내려다보며 왕빛나가 말했다.

"여기 있잖아, 진짜로…."

"꼭 동물원 같죠?"

옆에서 들리는 남자 목소리에 왕빛나가 고개를 돌렸다. 김선우였다.

세상 어디에나 갈 수 있지만
어디에도 둥지가 없는 외로운 새
그래서 더 크게 우는 슬픈 새
그런 새들이 날아 내리면, 다시
억지로 사연을 밀어 넣고 억지로 하늘로 날려 보내는,
여기를 잔인한 동물원이라고 생각하자

말이 안 나왔다. 뇌세포들이 비행기 소음에 모두 날아가버린 것 같았다.

"안녕하세요? 김선우라고 합니다.

남자가 손을 내밀었다.

"혹시 파리 잘 아시면 길 안내 좀 해주실래요? 제가 파리는 처음이라서요."

그 손을 잡는 대신, 왕빛나는 두 손에 얼굴을 파묻었다.

"사실은 어머니 말 안 듣고 외국 나가는 것도 처음이거든요."

김선우가 멋쩍게 웃어 보였다. 이제까지의 나약한 모습 대신 굳은 결심을 한 남자의 모습이었다.

기대하지도 않았다. 이제 잃어버린 사랑이라고 생각했다. 그런 그가 자신의 의지로 이렇게 그녀의 눈앞에 서 있다! 걷잡을 수 없이 흘러내리는 눈물이 손가락 사이사이로, 손목과 팔뚝을 타고 흘러내렸다. 김선우는 아무 말 없이 그녀를 끌어안았다.

—⁂—

"여기 정말 멋있죠?"

이전에 도와준 턱으로 소주희가 김정호 형사와 복숭아 형사를 신데렐라 포장마차로 초대해서 식사를 대접하고 있었다.

"자, 오늘의 요리인 감자 그라탱과 로스트 치킨입니다. Bon

appetit!"

기막힌 냄새를 풍기는 그럴싸한 요리가 눈앞에 펼쳐지자 김 형사가 눈을 감으며 감탄했다.

"야, 이 냄새! 기가 막힌다!"

평소에 딱딱한 표정의 복승아 형사도 지금은 눈을 반짝이며 입맛을 다셨다.

"야, 주희 씨! 이거 정말 대박! 냄새 진짜 좋네요!"

"여기 음식 맛은 셰프인 제가 보장해요. 어서 드세요."

"수셰프 아니에요?"

김형사가 생각 없이 되묻자 복승아가 그의 어깨를 주먹으로 때렸다.

"아, 네… 수셰프죠. 아직은… 어서 드세요."

맞은 어깨를 손으로 문지르며 그라탱을 한 입 베어 문 김 형사가 신음 같은 감탄사를 내뱉었다.

"야, 이건 진짜 맛있다! 어떻게 이런 맛이! 야, 복! 어때?"

복승아 형사는 닭다리를 들고 뜯으면서 고개를 끄덕였다.

"여기는 프랑스 현지보다 맛있는 것 같습니다!"

까다로운 복승아 형사도 감탄한 표정이었다. 모두가 같은 표정으로 자정 가까운 시간에 환상적인 프랑스 요리를 즐겼다. 확실히 프랑수아의 요리에는 그런 힘이 있었다. 먹는 사람들에게 프랑스를 여행하는 것 같은 행복을 전해주었다.

그때 "어?" 하며 김정호 형사가 공원 입구 쪽을 쳐다보았다.

"저거, 김건 아냐?"

"그러네요. 그런데 옆에 있는 미녀는 누구?"

대답하던 복숭아가 무심코 옆을 보고 깜짝 놀랐다. 소주희의 눈에 퍼런 불꽃이 일고 있었기 때문이다. 김정호 형사와 복숭아 형사는 분위기를 파악하고 얼른 옆으로 떨어져 앉았다.

"아, 주희 씨! 어? 김 형사, 복 형사님도 오셨네?"

김건이 손을 들어 사람들에게 인사했다.

"어떻게 된 거예요?"

입안의 음식 조각이 튀는지도 모르고 소주희가 김건에게 쏘아댔다.

"왜 둘이 같이 와요?"

"같이 일했거든요. 김건 조사원님 덕분에 잘 해결했어요. 그런데 저, 정말 오빠라고 부르면 안 돼요?"

아리아가 김건의 팔에 매달리며 말했다.

"아, 아리아 씨는 일할 때하고 놀 때 갭이 너무 커서 좀 무섭습니다."

소주희의 서슬 퍼런 눈빛 앞에서 김건이 아리아의 손을 살짝 잡아서 내리며 속삭였다.

"나중에 기회 봐서."

'오빠?'

소주희는 치밀어 오르는 화를 간신히 눌렀다. 자신은 김건을 '아저씨'라고 부르는데 아리아는 벌써 '오빠'라고 부르는 것이 불안했다. 그들의 관계가 아직 그 단계는 아니라는 점에 조금 안심하면서도 마음이 놓이지 않았다. 조금 전까지 "맛있어요. 입에서 녹아요!" 하며 먹던 프랑수아의 닭요리가 모래를 씹는 것처럼 껄끄러워졌다.

"글로우 칵테일, 잘 해결했어요?"

프랑수아가 두 사람에게 와인을 따라주며 말했다.

"네, 프랑수아가 알려준 덕분에요. 메르시."

"비앙브뉘, 어쨌든 축하해요."

"글로우 칵테일? 그게 뭐예요?"

소주희가 묻자 아리아가 조금 거만한 표정으로 대답했다.

"어머 그것도 몰라요? 퀴닌이 들어간 음료수에 자외선을 비추면 빛이 나는 건데…. 퀴닌은… 조사원님, 그게 뭐였죠? 설명 좀…."

김건이 웃으며 손가락으로 관자놀이를 눌렀다.

"퀴넌은…."

모두들 다음 말을 기다리고 있는데 정작 그는 놀란 얼굴로 손가락으로 관자놀이만 문지르고 있었다.

"뭐 해요? 기억 안 나요?"

"야, 김건! 이 간나, 넘자도 인간이고만 기래."

김정호 형사가 놀리며 웃었다. 하지만 김건은 창백해진 얼굴로 눈을 감고 뭔가를 생각하려고 애쓰고 있었다. 그러고는 "잃어버렸어요!" 하고 낮게 외쳤다.

"잃어버린 게 아니고 잊어버린 거겠지?"

김정호가 말했지만 김건이 고개를 저었다.

"아니야! 잃어버렸어! 통째로!"

그는 계속 손끝으로 관자놀이를 누르며 기억을 떠올리려고 애썼지만 실패했다.

"이상하다. 이럴 리가 없는데."

"에이, 그럴 수도 있죠, 뭐. 기억날 거예요."

"네, 그렇겠죠."

소주희의 위로에 김건도 애써 고개를 들었다.

"참! 윤범 교수님 있잖아요?"

소주희가 막 생각난 듯 손뼉을 치며 말했다.

"오늘 오시기로 하셨는데?"

"아! 저기 오셨네요!"

김건이 가리킨 곳에 한 사람의 실루엣이 보였다. 멋진 양복 차림에 턱수염을 기른 중후한 중년 신사가 트럭 쪽으로 천천히 다가오고 있었다. 윤범 교수였다. 긴장한 표정으로 이쪽을 두리번거리던 그는 트럭 안의 프랑수아를 발견하고 깜짝 놀랐다.

"이럴 수가! 정말로 장의 아들이야!"

그는 뭔가에 홀린 것 같은 표정으로 터벅터벅 걸었다.

"네가 정말, 장의 아들이냐?"

윤범 교수가 떨리는 목소리로 물었다.

"Oui!"

"네가 아주 어렸을 때 너를 본 적이 있었다. 이젠 어른이 됐구나."

"저도 당신을 잘 알아요, 무슈."

프랑수아가 윤범 교수의 얼굴을 머릿속에 새겨 넣으려는 듯 뚫어지게 보며 말했다.

"당신의 얼굴은 죽어도 잊지 못할 거예요!"

반갑게 웃고 있던 윤범의 얼굴이 굳어졌다.

"내 아버지를 죽인 사람!"

프랑수아의 눈에서 불꽃이 일었다. 이전에 한 번도 본 적이 없는 모습에 트럭 주변의 모든 사람들이 놀랐다.

모두가 그 자리에서 그대로 굳어버렸다. 공간 자체가 얼어버린 것 같았다. 이 속에서 움직이는 것은 단 두 사람뿐이었다. 당장이라도 달려들 것처럼 분노에 떨며 노려보는 프랑수아, 굳었던 얼굴을 풀며 서서히 웃고 있는 윤범 교수. 그들 두 사람만이 이 공간에서 살아 움직이고 있었다.

"*Tueur*(살인자)!"

프랑수아가 무섭게 외쳤다.

늦은 밤, 혼자서 사무실에 앉아 있던 신영규는 수신음을 듣고 메일을 열었다.

"이건 뭐야?"

인터폴에 있는 친구의 연락이었다.

긴급연락
최근 인터폴이 추적 중인 중요 범죄 용의자가 가짜 여권으로 한국에 입국한 것으로 보임. 지난 시월 십팔 일, 뉴욕 발 서울 행 에어버스에서 미국인 조지 에머슨이 심장마비로 숨진 채 발견됨. 사법해부 결과 수면 유도제와 근육 이완제가 검출되었다. 용의자는 같은 방법으로

적어도 열두 건의 살인에 관계된 것으로 보이는 인물로 독물 전문가로
알려짐. 의사 같은 해부학 지식과 약사 같은 독물 지식을 갖춘 그는
여러 인물, 여러 얼굴로 위장해서 본 모습은 알려지지 않았음. 자신만
의 고유한 독을 만들어서 살인하기 때문에 '독 예술가(Poison Artist)'라
고 불린다. 속칭, S.A.M. 의미는 불명.

법의학 전문가 오종환 교수의 말이 떠올랐다.
"독… 예술가?"

세련된 검은 양복을 입은 남자 하나가 어두운 공원 안에서
신데렐라 포장마차를 지켜보고 있었다. 비행기에서 옆자리
남자를 죽였던 바로 그 남자였다.
"아, 재미있겠어!"
그는 이빨로 혀끝을 살짝 깨물며 웃었다.

―2권 끝. 3권에서 계속.

희망이 떠나면
무엇이 남는가?

급하게 상자의 뚜껑을 닫았지만 이미 분노, 시기, 질투, 망상 등 신이 인간에게서 떼어놓으려 했던 모든 악한 것들이 밖으로 빠져나와 세상 밖으로 날아가버린 뒤였다. 소녀는 절망했다. 자신으로 인해 이 세상은 분노와 폭력이 지배하는 지옥이 되어버렸다.

　그때였다. 상자 안에서 뭔가가 문을 두드리듯 그녀를 불렀다.

　"소녀여. 뚜껑을 열어서 나를 꺼내다오. 나는 '희망'이다. 어떤 어려움이 있어도 나는 사람들의 편에서 그들의 힘이 되어줄 것이다. 그래서 이 세상을 구원할 것이다."

　소녀는 망설였다. 혹시 마지막 남은 이것이 가장 사악한 것이라면 어떻게 할까? 두려움에 휩싸인 소녀는 머뭇거렸다.

"나는 지도 없이 항해하는 자의 동반자이다. 나는 힘없고 아픈 자의 벗이다. 나는 게으르고 가난한 자들의 후원자이며 모든 혼자서 사랑하는 이들의 조언자이다. 아무리 큰 실패를 한 사람도 나와 함께라면 다시 재기할 수 있고, 아무리 큰 실연을 당한 사람이라도 나와 함께하면 다시 사랑할 것이다. 소녀여, 그대 역시 마찬가지다. 나를 풀어주면 올림포스의 신들도 그대의 잘못을 용서할 것이다."

신들이 용서할 거라는 말에 소녀는 용기를 내어 다시 상자의 문을 열었다. 안쪽에서 뭔가가 기어 나왔다. 하지만 그것은 소녀가 상상하던 것과 너무나 달랐다.

쭈글쭈글한 가죽을 뒤집어쓴 흉측한 대머리 노인이 소녀를 보며 누런 이를 드러낸 채 '끼히히히히' 웃고 있었다.

"너는 좋은 것이 아니구나!" 소녀가 놀라서 외쳤다.

"내가 좋은 것이라면 어째서 신이 온갖 나쁜 것들과 같이 나를 넣었겠는가?"

'희망'이 말했다.

"나는 언제나 인간의 옆에 있다. 그들이 냉혹한 현실을 인식하고 계획을 세우는 대신 나는 그들에게 '헛된 희망'을 불어 넣는다. 짝사랑하는 사람이 나를 안 좋아한다는 아픈 현실을 깨닫는 대신 언젠가 그 사람이 나를 사랑하게 될 거라는 '거짓된 희망'을 심어준다. 노력하지 않고 성공하기를 꿈꾸는 젊은이에게 언젠가 좋아질 거라는 '달콤한 희망'을 주고, 헛바람이 든 모험가들에게 준비하지 않고도 목적지에 갈 수 있다고 '찬란한 희망'을 심어준다."

"어째서? 그건 모두 거짓이잖아?"

소녀가 외쳤다.

"소녀여. 희망 자체는 아무 의미가 없단다. 나는 인간들의 욕망대로 그들이 원하는 모습을 보여줄 뿐이다. 그들은 한 가지의 진실보다 아흔아홉 가지의 거짓을 보고 싶어 한다. 그것이 바로 인간이다. 그들은 그렇게 거짓과 가식으로 점철된 세상에서 스스로를 속이며 살아간다. 희망이 없다면 이 지옥 같은 세상을 어떻게 살아갈 수 있겠는가?"

"아! 내가 무슨 짓을 한 거지?"

소녀는 주저앉아 울기 시작했다. 희망이 옆에서 다정한 목소리로 그녀를 달래주었다.

"걱정하지 마라. 소녀여!"

'희망'은 천의 목소리를 가졌다. 때로는 아빠처럼 자상한 목소리로, 때로는 엄마처럼 상냥한 목소리로 말했다.

"모든 것이 잘될 것이다."

소녀도 어느새 자신이 원하는 답을 주는 '희망'에게 빠져들기 시작했다.

"나를 도와주었으니 나도 너를 도와주마. 이대로라면 너는 신의 벌을 받아야 한다. 메두사가 되어 영웅의 단칼에 목이 잘려 방패의 장신구가 되거나 살찐 오리가 되어서 벌레나 먹으며 살아가다가 네 늙은 엄마한테 잡혀서 목이 비틀려 내장을 모두 뺀 요리 신세가 되겠지!"

희망의 말에 소녀가 목 놓아 울었다. 자신의 신세가 너무나도 비참했다.

"하지만 신의 벌을 피하는 한 가지 방법이 있단다."

희망이 소녀의 귀에 대고 소곤거렸다.

"그게 뭐야? 뭐든지 할게!"

"간단하다. 바로 내가 들어 있던 상자 안에 숨는 거지!"

"상자?"

"그래, 바로 이 신의 상자 안! 세상 모든 나쁜 것을 한데 모아두어도 될 만큼 크고 튼튼한 상자! 네가 여기에 숨는다면 이 세상 그 누구도 너를 찾을 수 없을 것이다. 물론, 신들도 너를 찾을 수 없을 거다!"

"그게… 정말이야?"

"나를 믿으렴!"

희망이 든든한 보호자의 얼굴로 말했다.

"사실 신이 우리를 여기 가둔 것이 아니라 우리가 신을 피해서 여기 숨었던 거란다. 생각해보렴. 인간을 아끼는 전지전능한 신들이 왜 우리를 없애지 않았겠니? 바로 이 상자 때문이야. 제우스의 특별 주문으로 헤파이스토스가 만든 이 신의 상자는 천 개의 눈을 가진 아르고스의 눈길마저도 피할 수 있단다. 이 상자는 형벌이 아니라 바로 피난처인 거야!"

소녀는 희망의 말에 마음이 움직였다. 그래, 그렇게라도 신의 분노를 피할 수 있다면…. 그녀는 희망의 말에 마지막 희망을 품고 상자 안으로 들어갔다. 하지만 쉽지 않았다. 멈칫대는 소녀에게 희망이 말했다.

"걱정 말아라. 상자 안은 우리들 모두가 연회를 열 수 있을 만큼 넓고 크단다."

소녀는 용기를 내서 다시 상자 안으로 걸어 들어갔다. 그리고 마침내 상자 안에 길게 몸을 뉘었다.

"정말 이렇게 하면 신들의 용서를 받을 수 있을까?"

소녀가 가슴 앞에 두 손을 모으며 말했다.

"그건 모르겠구나. 나는 용서가 아니라 벌을 피하는 방법을 알려준 것이다."

'희망'이 뚜껑을 들어 올렸다.

"나를 믿으렴. 모든 것이 다 잘 될 거야."

희망이 인자한 아빠의 얼굴로 말하며 무거운 뚜껑을 덮었다. 빛이 점점 사라지면서 소녀는 두려움에 훌쩍훌쩍 울었다.

"하지만 나에겐 신의 용서가 필요해!"

"벌을 피할 수 있다면 용서 따위가 무슨 필요인가? 세상 모든 사람이 그렇게 살아간단다."

상자 뚜껑이 닫히고 더 이상 안에서는 아무 소리도 움직임도 없게 되었다. 소녀는 희망을 품고 상자 안에 죽은 듯이 누워 있었다. 안에서는 절대로 열 수 없는 문짝이 완전히 닫히고 희망에 의해 굳게 밀봉되었다.

"이제 내가 할 일은 없구나!"

희망은 상자를 돌아보며 말했다.

"소녀여. 조금만 참으렴. 길고 긴 시간이 지나고 모든 사람들이 죽은 뒤에는 너의 죄도 잊힐 거다."

희망은 창틀을 훌쩍 뛰어넘어 밖으로 몸을 던졌다. 자신을 찾는 이 세상의 많은 사람들에게 거짓된 꿈과 환상을 주기 위해 하늘 높이 날아가버렸다. '끼히히히히' 하는 웃음소리가 해질녘 하늘에 길게 울려 퍼졌다.

희망이 떠난 뒤에 방에는 아무도 남지 않았다. 거대한 관 같은 상자만이 텅 빈 방 안에 덩그러니 놓여 있었다. 이윽고 해가 산 너머로 사라지자 그마저도 보이지 않게 되었다. 그렇게 소녀와 상자는 사람들에게서 영원히 잊혔다.

-fin-

이철호 선배님을 처음 만난 건 제가 군대를 막 제대한 스물세 살 때였습니다. 소설가를 꿈꾸던 저는 원로 소설가 이상우 선생님이 지도하시던 '금요문학회'라는 추리문학모임에 들어갔는데 선배님은 그곳에서 먼저 활동 중이던 고참이었죠. '금요문학회'는 대단한 곳이었습니다. 많은 소설가, 드라마작가, 시나리오작가 등이 이곳을 거쳐 등단했고 현역에서 활동 중인 분들도 많았습니다. 이런 출중한 사람들이 모인 곳에서도 이철호 선배님에 대한 평가는 엄청났습니다. 아직까지 등단하지 않은 것이 이상하다 할 정도로 선생님과 동료들의 절대적인 신뢰를 받고 있었죠. 프로 뺨치는 문장력에 전문가 뺨치는 지식을 동시에 가진, 그야말로 '쌍따귀의 사나이'였습니다.

1990년대 초에는 소설가가 되는 가장 대표적인 방법이 신문사의 신춘문예 공모를 통한 등단이었습니다. 프로 소설가가 꿈인 사람들은 모두 등단을 목표로 하고 있었습니다. 그중에서도 이철호 선배님은 정말 군계일학이었습니다. 그분은 사전을 통째로 외우고 다니는 것처럼 박학다식했습니다. 무엇을 물어도 모르는 것이 없었죠. 지금처럼 쉽게 검색을 할 수 없던 시절에 그런 능력은 정말 비범한 것이었습니다. 『신데렐라 포장마차』에 등장하는 김건의 능력은 바로 이철호 선배님이 모델이었습니다.

저는 그 전에도 다른 소설강좌에서 공부했었고 스터디모임도 했었습니다. 그래서 소설가들이 다른 사람의 작품을 평가할 때 얼마나 신랄하게 비평하고 상대방을 깎아내리는지 잘 알고 있었죠. 하지만 그곳의 분위기는 좀 달랐습니다. 추리작가 지망생들이라서 더 냉정하고 더 악랄할 줄 알았는데 비평을 하되 반드시 더 나아지는 방법을 제시하는 것에 놀랐습니다. 특히 이철호 선배님은 그 방대한 지식을 이용해서 정말 상상도 못한 해법을 제시하곤 해서 모두의 감탄을 자아내곤 했습니다.

지금도 잊지 못하는 순간이 있습니다. 첫 수업이 끝나고 같이 지하철을 타고 돌아가는 길이었습니다. 지방에 사시던 선배님은 여의도에서 고속버스 터미널로 향했고 저 역시 같은 방향이었죠. 같이 자리에 앉아 있는데 눈앞에 맹인 거지가 지나가고 있었죠. 선배님이 그 거지를 가리키면서 특유의 낮은 목소리로 속삭이듯 저에게 물었습니다.

"저 사람은 진짜 맹인일까요? 가짜 맹인일까요?"

저는 별생각 없이 진짜 같다고 말했습니다.

선배님은 고개를 저으며 거지가 들고 있는 플라스틱 바구니를 가리켰어요. 그는 엄지손가락으로 바구니 끄트머리를 잡고 있었죠.

"진짜 맹인은 손가락을 바구니 안쪽으로 깊이 넣어서 바구니를 들어요. 맹인 거지들은 누가 돈을 훔쳐갈까 봐 지폐가 들어오면 바로 안주머니에 넣거든요. 그래서 엄지손가락으로 지폐를 감지하죠. 저렇게 잡는 건 초짜거나 가짜 맹인이라는 뜻인데 저 사람 행동이 너무 자연스러워서 초짜 같지는 않네요."

처음에는 선배님의 말을 의심했지만 호기심에 다음 역에서 그 거지를 따라내려 보니 그 사기꾼은 지팡이를 접어서 주머니에 넣고서 휘적휘적 걸어갔습니다. 전율이 일어날 정도로 충격을 받았죠. 정말 셜록 홈즈 같은 통찰력이었습니다. 『신데렐라 포장마차』1권에 김건이 가짜 맹인을 발견하는 에피소드가 바로 이 경험을 바탕으로 한 것입니다.

그때부터 수업이 있는 날이면 어김없이 이철호 선배님을

만나서 이야기를 듣고 질문하고 같이 돌아다니며 새로운 눈으로 사물과 사람들을 보는 방법을 배웠습니다. 무엇보다도 항상 영국신사처럼 구식 양복을 말쑥하게 입고 점잖게 행동하는 그분의 모습을 보며 어느새 저 역시 같은 행동과 말투를 따라 하고 있었습니다. 공격적이고 냉소적이며 급한 성격이던 군대를 갓 제대한 청년은 자신보다 열 살 많은 멘토를 만나서 조금씩 신사다운 느긋함과 여유로운 관용, 무엇보다 긍정적인 미소를 배우게 됐습니다.

그분은 여성들한테 인기도 많았습니다. 미남은 아니었지만 듬직한 체구에 젠틀한 말과 태도를 접한 여성들은 누구나 호감을 가졌습니다. 하지만 그분은 그런 시선들을 담담하게 피했습니다.

"선배님은 왜 아직 결혼 안 하세요?"라고 물었을 때 그분은 웃으면서 "아직 때가 안 되어서요."라고 대답했습니다.

"선배님이 준비가 안 되신 건가요?"

"나도 안 됐지만 내 신부감도 안 됐죠."

"결혼 상대는 있으세요?"

"아니요."

"네? 그럼…."

"지금은 없지만 나타날 거예요. 나중에 때가 되면."

그분의 대답은 언제나 철학적이고 나중에 다시 생각해보면 다른 의미가 있는 중의적인 것이 많았습니다.

그분은 처음 만났을 때부터 몇 년이 지난 뒤까지도 한 번도 저에게 말을 놓지 않았습니다. 그것이 신기했죠.

"선배님은 왜 저한테 말씀을 안 낮추세요?"

"왜냐하면, 우리는 소설가잖아요? 각자의 우주를 가진 사람들인데 함부로 말을 놓으면 안 되죠."

"에이, 전 아직 등단도 못 했는데요."

제가 자조 섞인 대답을 하자 선배님은 진지하게 이렇게 말했죠.

"등단해서 소설가가 되는 게 아니에요. 소설가로 살다가 소설가로 죽기로 결심하면 소설가가 되는 거예요."

그리고 이런 말도 덧붙였죠.

"가일 씨는 소설가로 살고 있나요?"

그것이 두 번째로 충격을 받은 말이었습니다. 마치 머릿속에 있던 껍질이 깨져나가는 느낌이었죠. 저는 그때부터 소설가로 살다가 죽기로 결심했습니다.

하지만 현실은 쉽지 않았죠. 매년 응모했던 신춘문예는 고배에 고배를 마시고 저는 어느덧 처음 만났던 선배님의 나이에 가까워질 때까지 신춘문예를 통과하지 못하고 있었습니다. 나이가 들어갈수록 고개는 낮아지고 가족이나 친구들을 볼 면목도 없어졌습니다. 어느 날 낮술을 한잔하고 선배님께 전화를 걸었습니다. 그래서 힘들다고, 너무 어렵다고 하소연을 했습니다. 저는 당연히 평소처럼 따뜻한 목소리로 저를 위로해주실 거라고 생각했죠. 하지만 돌아온 대답은 완전히 달랐습니다.

"가일 씨, 제가 왜 나이도 한참 어린 가일 씨한테 존댓말을 쓰는지 알아요? 그건 가일 씨를 내 친구가 아닌 라이벌로 생각하기 때문이에요. 세상 모든 소설가들은 서로 라이벌입니다. 지금 우리는 사실 같은 땅을 빼앗으려고 전쟁 중인 장수들인 거죠. 그런데 지금 적장한테 싸움이 힘들다고 하소연하는 건가요?"

여느 때처럼 담담하지만 아픈 목소리였고 평소처럼 조곤조곤했지만 뼈를 때리는 말이었습니다.

"소설가는 이 세상에서 가장 외로운 직업이에요. 스스로 강해지지 않으면 아무도 못 도와줘요."

저는 세 번째로 충격을 받았죠. 뱃속에 갑자기 차가운 폭포가 흐르고 일시에 술이 다 깨버리는 느낌이었습니다. 전화를 끊고 서점으로 가서 백과사전을 구입했습니다. 그날부터 백과사전을 손에서 떼지 않고 읽고 또 읽었죠. 상식을 넓히고 지식을 넓히면서 이전의 좁은 세상에서 더 넓은 세상으로 나오려고 노력했습니다. 다시 처음부터 습작을 하고 이야기를 만들고 캐릭터를 만들고 트릭과 반전을 만들었습니다. 그렇게 해서 마침내 2000년도에 저는 모 신문사의 신춘문예공모에 통과해서 정식으로 등단작가의 반열에 올랐습니다. 공교롭게도 이철호 선배님도 희곡으로 두 번째 등단을 하셨죠. 선배님은 진심으로 축하해주셨습니다.

다음 해인 2001년도에 저는 동화로 다시 한 번 모 신문사의 신춘문예를 통과했습니다. 이철호 선배님은 이번에도 자기 일처럼 기뻐하셨죠. 모든 소설가는 서로 라이벌이라던 분치고는 너무 순수하게 기뻐하셨죠.

하지만 그 뒤에 장편소설 출간은 잘 되지 않았습니다. 저는 하루빨리 당당한 소설가가 되고 싶었지만 얄팍한 경험만으로는 '그 시대를 전달하는 사명'을 가진 소설가의 자격에 미흡하다는 생각으로 많이 고민했습니다. 그러다가 마침내 삼십 대 중반의 나이에 중국으로 유학을 결심했습니다. 몇 번의 장편소설 출판에 실패하고 남의 일만 해주다가 완전히 기진맥진한 상태였기에 결심이 쉽지는 않았죠. 선배님은 그런 저에게 웃으면서 충고하셨습니다.

"인간은 기본적으로 양파예요. 몇 겹이나 갑옷을 껴입고 약한 진짜 모습을 숨겨놓죠. 소설가는 이 진짜 모습을 드러내야 돼요. 그러니까 몇 번이나 껍질을 깨야 되는 거죠. 그러다가 언젠가 진짜 자신을 만나면 그때부터 진짜 글을 쓰게 되는 거예요."

"진짜 나를 어떻게 알 수 있습니까?"

"그냥 알게 돼요. 진짜 내 모습을 인정하게 되면 더 이상 깨질 껍질도 없으니까 맞아도 안 아프거든요. 아이러니하게도 가장 약한 줄 알았던 깊은 속이 사실은 가장 강한 거죠. '진짜'니까요."

저는 선배님의 말에 용기를 얻었습니다. 나이에 상관없이 깨지러 가는 여행을 하라는 말씀에 혈혈단신으로 아는 사람 하나 없는 중국으로 떠났죠.

고생했지만 즐거웠습니다. 나름대로 많은 껍질을 깨뜨렸죠. 몇 년간은 거의 글을 쓰지 못했습니다. 새로운 언어가 이전의 언어체계들을 무너뜨렸습니다. 특히 글을 쓰는 방법 등이 심각하게 무너졌습니다. 어느 날 중국생활에 대한 짧은 스케치를 하려고 했는데 한국어 단어들이 하나도 떠오르지 않았습니다. 도저히 신춘문예를 두 번이나 등단한 사람의 글이라고는 믿을 수 없는 한심한 문장조차 며칠을 고민해서야 겨우 쓸 수 있었습니다. 절망했죠. 견문을 넓히려고 외국으로 나왔다가 오히려 가장 중요한 것을 잃었으니까요. 하지만 소설가는 이 세상에서 가장 외로운 직업이라는 선배님의 말씀이 떠올랐습니다. 스스로 강해지지 않으면 아무도 못 도와준다는 말에 다시 혼자서 단어를 떠올리고 문장을 만들어갔습니다. 외국어를 공부하면서 한국어로 습작을 한다는 것은 보통 힘든 일이 아니었습니다. 하지만 길이 보일 때까지 달려갈 수밖에 없었습니다.

그러던 어느 날, 기숙사 방 침대에 누워서 중국에서의 생활들을 회상하고 있었는데 갑자기 머릿속에 뭔가가 스쳐 지나갔습니다. 내가 겪을 일을 떠올리는 건 이렇게 쉬운데 왜 글을 쓰려고 하면 그렇게 어려울까? 그때서야 깨달았습니다. 아, 내가 남의 이야기를 쓰려고 하니까 이렇게 힘들었구나! 남의 일을 미사여구로 그럴듯하게 쓰려다 보니 문장 하나하나가 이렇게 무겁고 힘이 들었구나! 큰 껍질 하나가 깨져나가는 순간이었죠.

그때부터 글 쓰는 것이 쉬워졌습니다. 남의 일이 아니라 내 일을 쓰면 되니까요. 내가 등장인물이 되어서 내 경험을 가지고 쓰니까 긴 이야기도 단숨에 쓸 수 있었습니다. 저는 이철호 선배님께 이것을 자랑하고 싶었습니다. 은근히 칭찬도 받고 싶었죠. 마침 짧은 기간 한국으로 나올 일이 있어서 한국으로 돌아오자마자 기쁜 마음으로 전화를 걸었습니다. 그런데 아무도 전화를 받지 않았습니다. 나중에 우리가 속해 있던 '한국추리작가협회'의 연락을 받고서야 알게 된 사실은 마침 제가 한국으로 돌아오기 이틀 전에 갑자기 지병으로 세상을 떠나셨다는 것이었습니다. 허겁지겁 장례식장으로 달려갔습니다. 거기서 알게 된 더 가슴 아픈 이야기는 선배님이 결혼식을 불과 한 달 앞둔 상태였다는 것입니다. 내가 준비되고 신부가 준비되면 언제든 결혼할 수 있다던 말씀이 떠올랐죠. 모두가 준비가 되었는데 신랑이 갑자기 세상을 떠난 것입니다. 이상하게 눈물도 안 나왔습니다. 그냥 멍한 상태로 서 있다가 절을 하고 집으로 돌아왔습니다. 귀에서 계속 '위잉' 하는 이명이 들렸습니다.

애석하게도 선배님은 제가 중국으로 떠난 뒤에 준비 중이던 소설을 중단하고 생업에 전념했습니다. 한국의 출판시장이 줄어들면서 출판사들은 일본 작가들의 책만을 내기를 원했고 국내 작가들은 수준이 낮고 인지도가 없다며 원고조차 받으려 하지 않았습니다. 그렇게 선배님의 소설은 끝내 세상에 나오지 못했습니다.

"나중에 추리소설로 노벨상을 받을 사람은 이철호 씨뿐이다."

협회 소설가들이 모이면 농담처럼 하던 이야기였습니다. 그는 진정한 소설가였고 철학자였으며 은둔 고수였습니다. '이인기재의 나라'인 이 한국에서도 그는 특출한 인재였습니다. 하지만 아쉽게도 이 세상은 그분의 소설을 공유할 기회를 영원히 잃어버렸습니다. 이것은 이철호라는 소설가 한 사람의 손해가 아니라 우리 한국사회 전체의 손실입니다. 그리고 저는 그날 가장 흠모하던, 가장 이기고 싶던 라이벌을 잃어버렸습니다. 그분에게 제 소설을, 껍질을 하나하나 깨뜨리고 본질에 가까워진 제 글을 평가받을 기회를 영원히 잃어버렸습니다.

중국으로 돌아가는 비행기 안에서 창밖의 하얀 구름을 보다가 갑자기 제가 울고 있는 것을 깨달았습니다. 그때서야 실감이 나며 깊은 상실감이 들어서 앞좌석 등받이에 머리를 박고 눈물을 흘렸습니다.

인생의 목표를 상실한 느낌에 아무것도 할 수가 없었습니다.

중국에 돌아와서도 매일매일을 무기력하게 살아갔습니다. 술도 많이 마시고 공부도, 습작도 손을 놓고 무기력하게 살아갔죠. 그러던 어느 날, 언젠가 선배님이 하신 말씀이 떠올랐습니다.

"선배님은 왜 소설가가 되셨어요?"

제 당돌한 질문에 선배님은 특유의 빙긋 웃는 미소를 지어 보이며

이렇게 대답했습니다.

"영원히 살려고요."

"네?"

"소설가는 이 세상에서 가장 고독한 직업이에요. 하지만 소설가가 되는 것은 영원히 살 수 있는 유일한 방법이죠. 소설가는 글을 쓰면서 작품 속에 자신의 분신들을 투영시켜서 먹고 마시고 울고 웃고 사랑하게 만들죠. 이 세상 모든 예술 중에서 소설만큼 작가의 삶이 적나라하게 투영되는 형태는 없어요."

선배님은 정말 상상도 못 했던 대답을 하셨습니다.

"좀 외롭긴 해도 영원히 살 수 있는데 한번 해볼 만하잖아요?"

그 말씀이 생각나자, 내 소설 속에 이철호 선배님을 살려보자는 생각이 들었습니다. 낮고 부드러운 말투, 신사답고 우아하며 품위 있는 행동, 백과사전을 모두 씹어 먹은 것 같은 박학다식함, 연극배우 같은 큰 표정, 선배님의 이런 특징들을 살려서 캐릭터를 만들어보기로 결심했습니다. 그렇게 '김건'이라는 탐정이 탄생했습니다.

저는 이런 식으로나마 선배님을 이 세상에 살려놓으려고 결심했습니다. 그리고 본 책인『신데렐라 포장마차』2권에는 한국추리소설가협회의 회장 이름을 '이철호'라고 지었습니다. 선배님이 살아계셨다면 당연히 '한국추리작가협회'의 회장이 되셨겠죠. 이철호 선배님이 살아 있는 모습 그대로 소설을 쓰면서 영원히 사는 것이 무슨 뜻인지 잘 알게 됐습니다. 덕분에 또 한 개의 껍질을 깨뜨린 느낌입니다.

오늘 밤, 못 견디게 선배님이 보고 싶습니다. 제가 했던 그 수많은 질문에 단 한 번도 짜증을 내신 적이 없었고, 단 한 번도 허투루 대답하신 일도 없으셨던 선배님. 지하철에 나란히 앉아서 소설에 대해서, 인생에 대해서 나누었던 기나긴 대화들이, 그 순간이 사무치게 그립습니다. 어쩌면 이 무한한 우주의 어느 차원에서 우리는 은하철도를 타고 우주공간을 달리며 끝없이 이야기를 나누고 있을지도 모릅니다.

당신은 어린 후배 소설가가 가질 수 있는 가장 완벽한 선배였으며 최고의 멘토이자 라이벌이었습니다.

진심으로 감사합니다.

아직도 많은 껍질을 깨나가고 있는
후배 정가일 올림

신데렐라
포장마차